पगला-दीवाना

समीर

प्रकाशक : **डायमंड पॉकेट बुक्स (प्रा.) लि.**
X-30 ओखला इंडस्ट्रियल एरिया, फेज-II
नई दिल्ली-110020
फोन : 011-40712200
ई-मेल : sales@dpb.in
वेबसाइट : www.diamondbook.in

Pagla Deewana

By : Sameer

पगला-दीवाना

आकाश पर काली घटायें मंडरा रही थीं। हल्की बूंदा-बांदी हो रही थी। एकाएक गाड़ी की गति धीमी हुई और पानी से धुली सड़क पर दौड़ती हुई गाड़ी एक झटके से रुक गई।

यह देखकर अंदर बैठी युवा लड़कियों में से एक ने दूसरी से पूछा—'क्या हुआ रेखा...गाड़ी क्यों रोक दी?'

'रोकी नहीं—रुक गई। लगता है—इंजिन में कोई खराबी आ गई है।

इतना कहकर देखा गाड़ी से बाहर आयी और बोनट उठाकर इंजन का निरीक्षण करने लगी। अब तक दूसरी लड़की भी बाहर आ चुकी थी। रेखा को यों इंजन पर झुके देखकर उसने पूछा—

'कुछ पता चला?'

'पैट्रोल खत्म।'

'माई गॉड! अब क्या होगा?'

'वही—जो मंजूरे खुदा होगा।'

'रेखा—तुझे मजाक सूझ रहा है और यहां भय के मारे मेरी जान निकली जा रही है। समय पर घर न पहुंची तो तूफान खड़ा हो जायेगा...।'

'तूफान तो यहां भी आ रहा है सीमा।' रेखा ने बोनट गिरा दिया तथा आकाश की ओर देखकर बोली—'घटायें देख रही है?'

'एक और मुसीबत।'

'मुसीबत को छोड़ ओर पीछे चलकर धक्का लगा। यहां तो आस-पास कोई पैट्रोल पम्प भी नहीं है।'

सीमा परेशान सी इधर-उधर देखने लगी।

तभी पीछे से आने वाली एक गाड़ी ठीक इनके निकट आकर रुकी। गाड़ी की चालक सीट पर बैठे युवक ने बाहर आकर एक नजर उनकी गाड़ी पर डाली और फिर बारी-बारी से सीमा एवं रेखा को देखते हुए वह बोला—

'लगता है—आपकी गाड़ी खराब हो गयी है!'

'जी नहीं—फिलहाल तो हमारी किस्मत खराब हो गयी है।'

'ऐसा कैसे हो सकता है?'

'अब देखिये न—सुनसान सड़क और आकाश में घटाए।'

'मेरे विचार से मौसम तो बुरा नहीं।'

'और मेरे विचार में।' यह सीमा थी। कूल्हों पर दोनों हथेलियां रखकर वह बोली—'मौका भी बुरा नहीं है।'

'जी—मैं समझा नहीं।'

'समझे नहीं—या समझकर भी नासमझ बन रहे हैं?'

'देखिये—मैं आपकी सहायता करना चाहता हूं और आप...।'

'मैं आपकी सहायता को ठुकरा रही हूं—यही न? तो सुनए—मैं आप जैसे दरियादिल लोगों को अच्छी तरह जानती हूं। कहीं भी कोई लड़की मुसीबत में फंसी देखी और चल पड़े सहायता करने। सच तो यह है कि आप जैसे लोग मदद के नाम पर अपना उल्लू सीधा करते हैं।'

'सीमा।' रेखा ने उसे डांट दिया—'यह अशिष्टता है। किसी पर अकारण ही शंका करना ठीक नहीं।'

'मुझे क्या।' सीमा गुस्से से बड़बड़ायी और एक झटके से गाड़ी का द्वार खोलकर अंदर बैठ गयी।

रेखा ने एक नजर अंदर बैठी सीमा पर डाली और फिर युवक से कहा—'आप मेरी सहेली की बातों पर ध्यान न दें। इसका स्वभाव ही कुछ ऐसा है। सच तो यह है कि इस समय हमें वास्तव में आपकी सहायता की जरूरत है।'

'कहिये—हमारी गाड़ी का पैट्रोल खत्म हो गया है। यदि आप हमें अपनी गाड़ी से थोड़ा पैट्रोल दे सकें तो...।'

'पैट्रोल तो मैं आपको दे दूंगा मैडम।' गाड़ी में बैठी सीमा को देखते हुए युवक रेखा से बोला—'किन्तु एक शर्त पर।'

'शर्त...।' रेखा चौंक पड़ी।

युवक मुस्करा कर बोला।

'जी हां। और वह यह कि आपकी सहेली को अपनी अशिष्टता के लिए क्षमा मांगनी होगी।'

'विचित्र-सी शर्त है आपकी। अच्छा चलिए—सहेली की ओर में मैं क्षमा मांग लेती हूं।

'नौ मैडम—यह सिद्धांत के विरुद्ध है। गलती आपकी सहेली ने की है—अतः क्षमा भी उन्हीं को मांगनी होगी। और हां—मेरे पास केवल पांच मिनट का समय है। उसके पश्चात् मैं अपनी मंजिल की ओर बढ़ जाऊंगा।'

इतना कहकर युवक ने एक सिगरेट सुलगायी और अपनी गाड़ी के अंदर बैठ गया।

रेखा ने उसे यों जाते देखा तो गुस्से से दांत पीस लिये। फिर वह पलटकर सीमा के पास आई और उसे बोली—'अब क्या सोच रही हो रानी जी? चुपचाप गाड़ी से बाहर निकलो और

उससे क्षमा मांग लो। वह कहता है कि यदि तुम्हारी सहेली अपनी अशिष्टता के लिए क्षमा मांग लेगी तो मैं पैट्रोल दे दूंगा।'

'मैंने कौन-सी अशिष्टता की है?'

'तुझे उस पर बिना वजह शक नहीं करना चाहिये था।'

'तू आजकल के मजनुओं को नहीं जानती।'

'अच्छा बाबा—वह मजनूं ही सी। अब उठा भी।'

'नहीं रेखा—मैं उस दो टके के आदमी से क्षमा नहीं मांगूगी।'

तभी जोरों से बादल गड़गड़ाए—दूर कहीं बिजली गिरी और रेखा घबरा कर सीमा से बोली—'क्या सोच रही है सीमा—जल्दी कर। वर्षा शुरू हो गयी तो मुसीबत आ जायेगी।'

'रेखा तू?'

'मेरी अच्छी बहन—मुंह से दो शब्द कहने में जाता ही क्या है। चल ना...।'

'क्या मुसीबत है।'

सीमा बड़बड़ायी और गाड़ी से निकलकर युवक के पास आ गयी। युवक उसे देखकर गर्वपूर्ण अंदाज में मुस्कराया और सीमा उसे बोली—'सारी मिस्टर सहायता रामजी। मेरा मतलब है—अशिष्टता के लिए क्षमा करें और हमें थोड़ा सा पैट्रोल दे दें।'

'यह हुई न बात। अब आप आराम से बैठिये। पैट्रोल आपकी गाड़ी में पहुंच जायेगा।'

रेखा एवं सीमा पीछे हट गयीं। युवक गाड़ी से बाहर आया और उसने अपनी गाड़ी से पैट्रोल निकाल कर सीमा की गाड़ी में डाल दिया। इस बार ड्राइविंग सीट पर सीमा बैठी और इंजन स्टार्ट करने के बाद सौ रुपये का एक नोट उस युवक की ओर बढ़ाकर वह बोली—'आपका मेहनताना।'

'मेहनताना—लेकिन।'

'आपके पैट्रोल की कीमत।'

'आप भी कमाल करती है। यह तो मेरा फर्ज था।'

'मगर जो कुछ मैं कर रही हूं—वह मेरा फर्ज है।' इतना कहकर सीमा ने नोट उस युवक की हथेली पर रखा और पूरी शक्ति से एक्सीलेटर दबा दिया।

गाड़ी तेजी से आगे बढ़ गयी।

किन्तु युवक अभी भी वहीं खड़ा था और बारी-बारी से क्रमशः दूर होती सीमा की गाड़ी एवं मुट्ठी में दबे नोट को देख रहा था। तभी मूसलाधार वर्षा आरंभ हो गयी और युवक नोट को अपनी जेब में ठूंसकर जल्दी से गाड़ी में बैठ गया।

* * *

आसमान साफ था। खिड़की के रास्ते ताजा हवा के झोंके अंदर आ रहे थे और मोहन अपनी स्वर्गवासी बहन मधु की तस्वीर के आगे सर झुकाए खड़ा था। उसकी आंखों में आंसुओं की मोटी-मोटी बूंदें झिलमिला रही थीं और हृदय में हाहाकार-सा मचा था।

आज रक्षाबंधन का त्यौहार था।

यही वह पवित्र दिन था—जब मधु उसकी कलाई पर राखी बांधकर उसकी चिरायु की मंगलकामना करती थी और वह राखी बंधवाने के बाद मां से कहता था—

'दीदी को पैसे दो न मां।'

'पगले—राखी वह तुझे बांधती है और पैसे मैं दूं। तू ही क्यों नहीं दे देता?'

'पर—मेरे पास तो कुछ भी नहीं है मां।'

मां होंठों ही होंठों में मुस्करा कर रह जाती और वह दीदी से कहता—

'दीदी—जब मैं बड़ा हो जाऊंगा तो तुम्हें ढेर सारे रुपये दूंगा।'

'मुझे कुछ नहीं चाहिये रे। मैं तो बस यह चाहती हूं कि मेरा मुन्ना जल्दी से बड़ा हो जाये।'

और सचमुच बड़ा हो गया था वह। बाईस वर्ष की अवस्था हो गई थी उसकी। उसे एक मोटर गैराज में नौकरी भी मिल गई थी और वह चार पैसे भी कमाने लगा था। किन्तु आज उसकी दीदी दुनिया में नहीं थी। होती तो कितनी खुश होती उसे देखकर। वह उसकी कलाई पर राखी बांधती और वह पूरा का पूरा वेतन दीदी की हथेली पर रख देता।

यह सब सोचते ही मोहन की आंखों से सावन-भादों की झड़ी लग गयी। हिचकियों से रो पड़ा वह। तभी किसी ने पीछे से उसके कंधे पर रख दिया और मोहन की हिचकियां अंदर ही अंदर घुटकर रह गईं। चेहरा घुमाकर देखा—पीछे मां खड़ा थी।

मां को देखकर वह हथेलियों से आंसू पोंछने लगा और मां उससे बोली—'याद आ रही है दीदी की?'

'मां—दीदी हमें छोड़कर क्यों चली गईं? वह तो कहती थीं—मैं तेरी कलाई पर हर साल राखी बांधा करूंगी। फिर उन्होंने अपना वचन क्यों नहीं निभाया? क्यों अकेला छोड़ दिया दीदी ने मुझे? बताओ न मां—क्यों हुआ ऐसा—क्यों?'

मोहन फिर रो पड़ा।

उसे रोते देखकर मां की आंखें भी भर आईं। आंचल के छोर से बेटे के आंसू पोंछकर वह बोली—'विधाता को यही मंजूर था बेटे। हमारे भाग्य में दीदी का इतना ही साथ लिखा था।

'मां।'

'कुछ मत सोच बेटे। जो बीत चुका है-उसे याद करके दुःखी नहीं होते। देख-तेरी ड्यूटी का समय हो रहा है।'

मोहन ने आंसू पी लिये। पल भर कुछ सोचकर वह बोला—'पिताजी कब आयेंगे मां?'

'जब उम्र कैद की सजा पूरी हो जायेगी।'

'तुमने कभी हिसाब लगाया मां?'

'हर रोज हिसाब ही तो लगाती हूं रे। किन्तु सब कुछ भूल जाती हूं। पता नहीं कब आयेगा वह दिन।' मां ने कहा और आंसुओं को छुपाने के लिए अपना चेहरा घुमा लिया।

मोहन बोला—'मां—तो क्या यह सच है कि रोजी का खून पिताजी के हाथों से हुआ था?'

'तुझें किसने बताया कि उनसे रोजी का खून हुआ था?'

मां ने चौंककर पूछा तो मोहन ने चेहरा झुकाकर धीरे से कहा—

'अभी कुछ दिन पहले खान चाचा मिले थे। खान चाचा हमको सब अच्छी तरह जानते हैं। जिस समय रोजी का खून हुआ था—वह सेठ श्याम सुन्दर के बंगले में दरबान की हैसियत से काम करते थे।'

'पागल हो गया है तू। पता नहीं किस-किससे मिलता फिरता है। मैं तो इस नाम के किसी आदमी को नहीं जानती।'

'मां—खान चाचा कह रहे थे कि पिताजी उनके अच्छे दोस्त थे।'

'होंगे...। मैंने उन्हें कभी नहीं देखा।'

मां ने कहा और पलटकर द्वार की ओर बढ़ने लगी। मोहन जल्दी से उसके सामने आ गया और बोला—'मां—क्या तुम वास्तव में खान चाचा को नहीं जानतीं?'

'खान चाचा—खान चाचा।' मां रुंधे स्वर में चींख-सी पड़ी और बोली—'क्या हो गया है तुझे? क्यों मिलता-जुलता है तू ऐसे लोगों से जिनसे हमारा कभी कोई वास्ता नहीं रहा? और फिर-जिस कहानी को आज पूरे तेरह वर्ष गुजर गये—मेरी समझ में नहीं आता तू उसके बारे में किसी से पूछता ही क्यों है?'

'अब नहीं पूछूंगा मां।'

'मेरे लाल—तू जानता है—मैंने तुझे कितने दुःखों से पाला है? उनके जेल जाने के बाद मुझ पर क्या-क्या गुजरी है? अपने प्रत्येक दुःख को मैं यही सोच-सोचकर पीती रही कि एक दिन जब मेरा मुन्ना बड़ा हो जायेगा तो मेरे तमाम दुःख मिट जायेंगे। क्या तू चाहता है कि तेरी इस अभागिन मां के जीवन में फिर वैसा ही कोई दिन आये?'

'म—मुझे माफ कर दो मां।'

'तो वायदा कर बेटे कि तू खान चाचा से कभी नहीं मिलेगा।'

'वायदा करता हूं मां।'

मां ने बेटे के माथे को चूम लिया और बोली—'तो चल—अब तू तैयार हो। मैं तेरे लिये नाश्ता लगाती हूं।

इतना कहकर शांति देवी वहां से चली गईं और मोहन चेहरा घुमाकर खिड़की से बाहर देखने लगा। आकाश अब साफ नहीं था। पूरब की दिशा से एक बदली उठ रही थी।

कुछ समय बाद वह तैयार होकर घर से निकला और चल पड़ा। उसके पांव साइकिल के पैडलों को तेजी से घुमा रहे थे। पूरब से उठने वाली बदली अब काली घटा में बदली चुकी थी और वर्षा किसी भी समय हो सकती थी।

अपने ही विचारों में उलझा हुआ वह तेजी से मंजिल की ओर बढ़ा जा रहा था कि एकाएक किसी ने पीछे से उसकी साइकिल को पकड़ लिया। मोहन गिरते-गिरते बचा। साइकिल

से उतरकर उसने देखा। एक हाथ से उसकी साइकिल को पकड़े तथा दूसरे हाथ से नोटबुक को सीने से लगाये किट ही खड़ी शिल्पा मंद-मंद मुस्करा रही थी।

मोहन उसे देखकर बोला—

'ओह—तो आप हैं।'

'जी हां—और आप थे कि मुझे देखकर भी तूफान मेल की तरह भागे जा रहे थे।'

'सॉरी—मैंने तुम्हें देखा नहीं था।'

'देखते भी कैसे —तुम तो हवाई घोड़े पर सवार थे।'

'माफ नहीं करोगी?'

'कर दिया—किन्तु एक शर्त पर। तुम मुझे तीन घंटों बाद यहीं मिलोगे।'

'यह कैसे हो सकता है?'

'क्यों?'

शिल्पा उसकी साइकिल छोड़कर सामने आ गई और मोहन बोला—'नौकरी का सवाल है बाबा।'

'तो छोड़ दो न ऐसी नौकरी-जिसकी वजह से दो युवा दिल मिल भी न पाते हों।'

'यही तो मुश्किल है शिल्पा।'

'अच्छा छोड़ो। तो मिल रहे हो न ठीक तीन घंटों बाद?'

'कोशिश करूंगा।'

'कोशिश नहीं-पक्का।

'अच्छा बाबा-पक्का। अब रास्ता छोड़ों और मुझे जाने दो। देर हो गई तो बादशाह हजार बातें सुनायेगा।'

'कुछ देर और रुक जाओ ना।' शिल्पा ने कहा और हैंडल पकड़ कर वह मोहन की आंखों को देखने लगी।

मोहन ने पूछा—'इस तरह क्या देख रही हो?

'तुम्हें-तुम्हारी आंखों में बसे प्यार को।'

'अच्छा।'

'सोचती हूं—कहीं उसे किसी की नजर न लग जाये।'

'नजर तो लग चुकी है।'

'किसकी?'

'तुम्हारी! तभी तो मेरी आंखों में नींद नहीं आती। हर पल बेचैनी-सी रहती है।'

हाय राम! कब से हुआ ऐसा?'

'जब से तुम्हें देखा है।'

'झूठे कहीं के।' शिल्पा ने कहा और मोहन के गाल पर चिकोटी काट ली। मोहन ने तत्काल ही उसका हाथ थाम लिया और शिल्पा घबरा कर बोली—'छोड़ो ना।'

'ऊंहुं।'

'लोग देख रहे हैं।'

'तो वायदा करो—आज की शाम तुम मेरे साथ मंदिर चलोगी।

'प्रॉमिज।'

शिल्पा ने कहा और मोहन ने उसका हाथ चूमकर छोड़ दिया। शिल्पा घबरा कर इधर-उधर देखने लगी और मोहन साइकिल पर सवार होकर तेजी से आगे बढ़ गया।

* * *

सीमा एवं रेखा जैसे ही कालेज से बाहर निकलीं—एकाएक जोरों से बादल गड़गड़ाए और मुसलाधर वर्षा आरंभ हो गयी। यह देखकर दोनों ने जल्दी से सड़क पार की और बस स्टाप के टिन शैड के नीचे खड़ी हो गयी। दोनों के चेहरे इतनी ही देर में बुरी तरह से भीग गये थे।

रूमाल से अपने चेहरे पर फैली पानी की बूंदों को पोंछते हुए सीमा बड़बड़ायी—

'अजीब-सा मौसम है। अभी-अभी मौसम साफ था और अब वर्षा शुरू हो गयी। कम्बख्त गाड़ी को भी आज ही खराब होना था।'

'चिन्ता क्यों करती हो रानी-टैक्सी तो मिल ही जायेगी। वैसे—यदि बस ले चला जाये तो कैसा रहेगा?'

'ना बाबा ना-भगवान बचाये बस की भीड़-भाड़ से, मेरा तो एक मिनट में ही दम घुटने लगता है।'

'गाड़ी वाली जो ठहरी। हम गरीबों के लिए तो बस ही ठीक रहती हैं।'

'अच्छा अब दिमाग खराब मत कर और जल्दी से किसी टैक्सी को रोक।

'देखती हूं यार।'

रेखा ने कहा और ठीक उसी समय एक टैक्सी बस स्टाप के सामने आकर रुक गई। टैक्सी रुकते ही रेखा ने आगे बढ़कर चालक सीट पर बैठे सिख युवक से बात की और फिर वह सीमा के साथ द्वार खोलकर अंदर बैठ गयी।

अगले ही क्षण टैक्सी चल पड़ी।

सीमा बोली—'चलो-जल्दी बात बन गई। पता नहीं यहां कब तक खड़े रहना पड़ता।'

'ड्राइवर बोला—'बात तो ऊपर वाला बनाता है मैडम।'

'ऐ मिस्टर।' सीमा ने उसे डांट दिया—यह सब मैं तुमने नहीं—अपनी सहेली से कह रही हूं।'

'मैं जानता हूं मैडम। किन्तु यह बात बिल्कुल सच है कि कोई भी बात तब तक बिल्कुल नहीं बनती—जब तक ऊपर वाले की इच्छा नहीं होती। अब देखिये न—वहां आप टैक्सी की प्रतीक्षा कर रही थी। ऊपर वाले ने चाहा और मैं गाड़ी लेकर चल आया।

कहकर ड्राइवर ने पलटकर पीछे देखा और सीमा कड़वाहट से बोली—

'गाड़ी लेकर चले आये। तुम क्या सोचते हो—यदि तुम्हारी गाड़ी न आती तो क्या हमें कोई टैक्सी ही नहीं मिलती?'

'कभी-कभी ऐसा भी होता है मैडम। जानती हैं—मेरे साथ अट्ठारह दिन पहले ऐसा ही हुआ था। एक स्टैंड पर खड़े-खड़े रात के दो बज गये—किन्तु कोई टैक्सी नहीं मिली। पैदल ही घर पहुंचा। और जानती हैं—घर पहुंचने पर क्या हुआ? बबलू की मम्मी मुझसे चार घंटे सैतीस मिनट तक लड़ी।

रेखा की हंसी छूट गयी। वह बोली—'कुछ भी है ड्राइवर साहब-किन्तु आप अपनी टैक्सी में बैठे लोगों का मनोरंजन अच्छा कर देते हैं।'

'सब आप जैसों की कृपा हैं मैडम। अन्यथा यह खासकर तो किसी काबिल ही नहीं है। हां-एक जमाना था जब हमारी भी चर्चा होती थी। लाला धनीराम से लेकर सोहन पनवाड़ी तक की लड़की हम पर जान छिड़कती थी। किन्तु अपुन भी ऐसे वैसे नहीं थे। कसम खा रखी थी कि विवाह करेंगे तो किसी काली-कलूटी से।'

'काली-कलूटी से ही क्यों?'

रेखा ने उसकी बातों में दिलचस्पी लेते हुए पूछा और ड्राइवर बोला—

'वह इसलिए मैडम-क्योंकि खूबसूरत लड़कियां वफा करना नहीं जानती। उन्हें अपनी सुन्दरता पर गर्व होता है।'

'ऐ मिस्टर।' सीमा उसकी बकवास से ऊब गई तो गुस्से से बोली—'जानते हो तुम किससे बातें कर रहे हो?'

'जी हां—अपनी दिलरुबा से।'

'व्हाट!' सीमा के क्रोध ने नथुने फूल गये।

ड्राइवर ने एक नजर बैक व्यू मिरर पर डाली और मुस्कराकर बोला—'आप गलत समझ गई मैडम। बात यह है कि मैं अपनी गाड़ी को दिलरुबा ही कहता हूं। दिलरुबा के साथ-साथ जानेमन और जाने-जिगर भी।'

'ओह-यू शटअप।'

सीमा गुस्से से चिल्लाई और रेखा उससे बोली—

'अब छोड़ भी सीमा-तू भी क्या छोटी-छोटी बातों पर गुस्सा करने लगती है।'

'रेखा-तू इन ड्राइवरों को नहीं जानती।'

'आदमी तो सज्जन लगता है।'

'हां-हां सज्जन है—तभी तो गाड़ी के बहाने दिलरुबा और जानेमन कह रहा है।'

'अरे बाबा-कुछ ड्राइवर अपनी गाड़ी को ऐसे ही नामों से पुकारते हैं।'

सीमा दांत पीसकर रह गई।

ड्राइवर बोला—'बिल्कुल ठीक कहा मैडम आपने। वैसे भी हम ड्राइवर लोग कुछ खास पढ़े लिखे तो होते नहीं। अतः जो कुछ मुंह में आता है—कह डालते हैं। वैसे-यह बिल्कुल सच है कि हम लोग मन के साफ होते हैं।'

सीमा बोली—'बहुत देखे हैं तुम्हारे जैसे साफ मन वाले। अब अपनी जुबान बंद रखो और सामने देखकर गाड़ी चलाओ।'

'ठीक है मैडम।'

ड्राइवर ने कहा और अगले चौराहे से टैक्सी को दाई ओर मोड़ दिया। वर्षा का वेग अब भी पहले जैसा ही था। वर्षा की वजह से अधिकांश सड़कें सूनी नजर आती थीं।

एकाएक टैक्सी रुक गई।

यह देखकर सीमा ने पूछा—'गाड़ी क्यों रोक दी?'

'गड़बड़ी हो गयी है मैडम।'

'क्या हुआ?'

'पैट्रोल खत्म।'

सीमा ने गुस्से से दांत पीस लिये और रेखा से बोली—'सुन लिया-अब इन महाशय की गाड़ी का पैट्रोल खत्म हो गया है। मुझे पहले ही पता था कि टैक्सी में कुछ न कुछ जरूर होकर रहेगा।'

'मगर इसमें इस बेचारे का क्या दोष?'

'रेखा की बच्ची-अच्छे ड्राइवर हमेशा अपनी गाड़ी के तेल-पानी का ध्यान रखते हैं। किन्तु इन महाशय को तो अपनी बकवास से ही समय न मिलता होगा।'

ड्राइवर मुस्कराता रहा।

सीमा उससे बोली—'अब क्या सोच रहे हैं महाशय?'

कोई उपाय सोच रहा हूं मैडम।'

'उपाय सोचने से बात न बनेगी। जल्दी से कंटनेर लेकर किसी पैट्रोल पम्प पर जाओ और पैट्रोल लाओ।'

'किन्तु यह तो सोचिये मैडम कि वर्षा की वजह से जल-थल एक हो रहा है।'

'गलत तुम्हारी है-हमारी नहीं। इसलिये सजा भी तुम्हें ही मिलेगी।'

'अब छोड़ भी सीमा-क्यों परेशान करती है बेचारे को। थोड़ी देर बाद वर्षा थम जायेगी तो हम कोई दूसरी टैक्सी देख लेंगे।'

'और यदि वर्षा शाम तक न रुकी तो?'

रेखा के पास उसके इस प्रश्न का कोई उत्तर नहीं था। तभी ड्राइवर बोला—'परेशान न हों मैडम। मैं पैट्रोल का प्रबंध करता हूं।'

'किन्तु ऐसी वर्षा में?'

'गलती तो मेरी ही थी। सजा भी मुझे ही मिलनी चाहिये।' इतना कहकर ड्राइवर कंटेनर उठाया और जैसे ही वह द्वार खोलकर बाहर निकला—द्वार के ऊपरी भाग में उलझकर उसकी पगड़ी नीचे गिर गई।

युवक के सर पर केश नहीं थे। जैसे ही वह अपनी पगड़ी उठाने को नीचे झुका—पिछली सीट पर बैठी सीमा चीख पड़ी—

'ठहरो ड्राइवर।'

'ज-जी।'

'मेरा ख्याल है तुम सिख नहीं हो।'

युवक का चेहरा झुक गया।

सीमा ने रेखा से कहा—

'रेखा—जरा इन महाशय की दाढ़ी तो छूकर देखं मुझे लगता है—पगली की तरह यह दाढ़ी भी नकली होगी।'

युवक चेहरा झुकाकर बोला—

'आप ठीक कहती हैं मैडम। यह दाढ़ी भी नकली है।' और इसके पश्चात् उसने स्वयं ही अपनी दाढ़ी उतारकर हाथ में ले ली। उसके ऐसा करते ही जो चेहरा सामने आया—उसे देखकर सीमा एवं रेखा बुरी तरह से उछल पड़ी।

यह वही युवक था—जिसने अभी तो दिन पहले उन्हें अपनी गाड़ी से पैट्रोल दिया था। सीमा उठी और गुस्से से बोली—'तो यह है तुम्हारा असली रूप! उस दिन कीमती सूट में थे और आज पगड़ी लगाकर सरदार जी बन गये। चक्कर क्या है?'

'मैं मजबूर था।

'मजबूरी से तुम्हारा मतलब?'

'टैक्सी चलाना मेरी मजबूरी है। किन्तु कोई पहचान न ले—इसलिए नकली दाढ़ी और पगड़ी लगाकर टैक्सी चलानी पड़ती है।'

'बहुत खूब-और उस दिन आप जिस गाड़ी में घूम रहे थे?'

'वह किसी मित्र की थी।'

'आप बता सकते हैं—आपके इस नाटक का क्या अर्थ है? कभी शानदार सूट पहनकर गाड़ी में घूमना और कभी टैक्सी चलाना?'

'यह मेरा व्यक्गित मामला है।'

'तुम्हारा व्यक्तिगत मामला तो तब समझ में आयेगा—जब तुम जेल की चक्की पीसोगे। रेखा-यहां आसपास टेलीफोन बुथ होगा।

'क्यों?' रेखा ने पूछा।

'मैं चाहती हूं कि यह महाशय कुछ दिन जेल में रहें।'

'अब छोड़ भी सीमा।' रेखा बोली—'पता नहीं इन महाशय की ऐसी कौन-सी मजबूरी है। देख-वर्षा भी अब थम गई है। कोई दूसरी टैक्सी पकड़ कर चलते हैं।'

सीमा अब भी गुस्से में थी। वह बोली—'नहीं मैं इतनी आसानी से इस बहरूपिये का पीछा नहीं छोडूंगी। ऐ मिस्टर।'

'ज-जी-मैडम।' युवक ने धीरे से कहा। वह अब भी अपना सिर झुकाए खड़ा था।

'तुमने हमें धोखा दिया है। अतः इस अपराध के लिए तुम्हें कान पकड़कर क्षमा मांगनी होगी।'

'जैसी आपकी आज्ञा मैडम।' युवक ने कहा और दोनों हाथों से अपने कानों को छूकर वह बोला—'सॉरी मैडम! मुझे अफसोस है कि मैंने आपको धोखा दिया।'

यह देखकर रेखा की हंसी छूट गई।

* * *

वर्षा थम चुकी थी—किन्तु आकाश अभी भी बादलों से घिरा हुआ था। शिल्पा पिछले एक घंटे से बस स्टाप के टिन शैड के नीचे खड़ी थी। वर्षा थमते ही वह टिन शैड से बाहर आई और खोजपूर्ण नजरों से इधर-उधर देखने लगी। उसे मोहन की प्रतीक्षा थी।

तभी पीछे से आकर एक टैक्सी ठीक उसके निकट रुक गई। टैक्सी की चालक सीट पर मोहन बैठा था। मोहन को देखकर शिल्पा के चेहरे पर खुशियों भरी चमक फैल गई। वह जल्दी से आगे बढ़ी और मोहन के समीप पहुंचकर बोली—

'तो अब आये हैं साहब।'

'सॉरी शिल्पा! बादशाह ने छुट्टी ही नहीं दी थी।'

इतना कहकर मोहन ने दरवाजा खोल दिया और शिल्पा अंदर बैठकर बोली—'यह टैक्सी का क्या चक्कर है?'

'गैराज में ठीक होने के लिए आई थी। बोलो—कहां चलोगी?'

'जहां तुम्हारी इच्छा हो।'

'मोहन ने एक्सीलेटर दबा दिया। अगले ही क्षण टैक्सी सड़क पर दौड़ने लगी। शिल्पा बोली—वैसे यह आजकल तुम्हें क्या होता जा रहा है?'

'क्यों?'

'तुम्हारे पास मुझसे मिलने के लिए समय क्यों नहीं रहता?'

'नौकरी ही ऐसी है। सुबह पहुंचते ही बादशाह इतने काम गिना देता है कि शाम तक फुर्सत ही नहीं मिलती।'

'कभी-कभी मुझे तो डर लगता है।'

'डर क्यों?'

'सोचती हूं—तुम बदल गये तो क्या होगा?'

'क्या होगा?'

'जी नहीं सकूंगी।'

मोहन ने चेहरा घुमाकर शिल्पा को देखा। धुले-धुले मौसम में वह पहले से भी अधिक सुन्दर लग रही थी। वह बोला—'मैं ही कौन-सा जी पाऊंगा तुमसे अलग रहकर।'

'तो फिर मिलते क्यों नहीं तुम?'

'मिल तो रहा हूं। अब देखो न—टैक्सी है और हम दोनों हैं। क्या तुम इसे मिलना नहीं कहती?'

'मिलन तो है—किन्तु फीका-फीका सा। पल दो पल के लिए मिले और बिछुड़ गये। मोहन—मैं चाहती हूं कि तुमसे एक पल के लिए भी दूर न रहूं।'

इतना कहकर शिल्पा ने उसके कंधे पर अपना सर रख दिया और मोहन बोला—'फिर तो एक ही रास्ता है देवी जी।'

'वह क्या?'

'बादशाह के गैरेज में नौकरी कर लों वहां मैं भी रहूंगा और तुम भी रहोगी।'

'तुम भी कुछ नहीं समझोगे।'

'बुद्धू जो ठहरा।'

'देखो मजाक छोड़ो। भैया मेरे लिए लड़का देख रहे हैं। वह चाहते हैं—मेरा विवाह आने वाली गर्मियों में कर दिया जाये।'

'कांग्रेच्युलेशन।'

'क्या मतलब?'

'मेरा मतलब है—अच्छी, खबर है इसलिए बधाई।'

'शिल्पा झटके से एक ओर हट गई तथा रो देने वाले स्वर में बोली—'मोहन-मैं गाड़ी से कूद जाऊंगी।'

'उसकी क्या जरूरत है। मैं स्वयं ही गाड़ी रोक देता हूं।' कहते ही मोहन ने ब्रेक लगा दिये। गाड़ी रुक गई।

शिल्पा का चेहरा उतर गया। वह बोली—'क्या तुम वास्तव में यह चाहते हो कि मैं गाड़ी से उतर जाऊं?'

'बिल्कुल नहीं। बल्कि मैं तो यह चाहता हूं कि यह टैक्सी मेरे नाम हो जाये और तुम जीवन भर इसी के अंदर बैठी रहो।

'देखो मजाक छोड़ो। तुम नहीं जानते, जब से भैया ने मेरे लिए लड़का देखना शुरू किया है—मुझ पर क्या बीत रही है। सोचती हूं-कहीं पराई न हो जाऊं।'

'यदि ऐसा भी हुआ तो मैं क्या कर सकता हूं?

'मोहन—तुम चाहते हो-मैं पराई हो जाऊं?'

'ऐसी तो मैं कल्पना भी नहीं कर सकता शिल्पा। मैं चाहता हूं कि हम आज ही और इसी समय विवाह सूत्र में बंध जाये और संसार की कोई भी शक्ति हमें एक-दूसरे से अलग न कर सके। किन्तु मैं जानता हूं—यह सब इतनीं आसानीं से न होगा। हमें समय की प्रतीक्षा करनी पड़ेगी।' मोहन अब गंभीर था।

'मोहन।' शिल्पा ने फिर अपना सर मोहन के कंधे पर रख दिया।

मोहन ने गाड़ी का एक्सीलेटर दबाया और बोला—

'शिल्पा—मेरे घर के हालात तुमसे छुपे नहीं है। पिताजी जेल में हैं और मकान गिरवी रखा है। यदि वह हाथों से निकल गया तो हमें कहीं सर छुपाने को भी जगह न मिलेगी। ऐसे में मेरे पास इतना समय ही कहां कि मैं विवाह के विषय में सोच सकूं।'

'फिर क्या होगा मोहन?'

'कुछ नहीं शिल्पा—हमें सिर्फ समय की प्रतीक्षा करनी पड़ेगी। परिस्थितियां ठीक होते ही मैं तुम्हारा हाथ थाम लूंगा। रुक सकोगी मेरे लिये?'

'एक जन्म तो क्या-जन्म-जन्म तक तुम्हारी प्रतीक्षा करूंगी मोहन। मैं दुनिया के ताने, उलाहने सब सहूंगी तुम्हारे लिए। परिवार वालों से विद्रोह करूंगी और सिर्फ तुम्हारे लिए जीती रहूंगी। बस इतनी ही प्रार्थना है मोहन-कि मुझे भूल न जाना। मेरे प्रेम की राह छोड़कर किसी दूसरी राह पर मत चल देना।'

'ऐसा नहीं होगा शिल्पा-ऐसा कभी नहीं होगा।'

'म-मोहन।'

'मैं विश्वास दिलाता हूं शिल्पा। मेरा प्यार अमर रहेगा। संसार की कोई भी शक्ति मुझे तुमसे अलग न कर सकेगी।

मोहन ने कहा और तभी उसने फुर्ती से ब्रेक लगा दिये। ब्रेक इतनी तेजी से लगे कि शिल्पा झटका खाकर उसकी गोद में गिर पड़ी और गाड़ी के पहिये कई फिट तक घिसते चले गये। शिल्पा जल्दी से उठकर बोली—'क्या हुआ?'

'मुसीबत आ गई। बादशाह खड़ा है। अब तुम ऐसा करो—जल्दी से नीचे उतरो और बस पकड़ कर घर चली जाओ।'

'यहां कहां बस मिलेगी?'

'अरे मिल जायेगी बाबा। आस-पास जरूर कोई बस स्टाप होगा।'

'क्या मुसीबत है।'

'शिल्पा प्लीज!'

मोहन ने बेचैनी से कहा और शिल्पा को हाथ पकड़ कर गाड़ी से नीचे उतारने लगा। किन्तु तभी मुसीबत आ गई। मोहन ने अपने निकट ही एक सुरीली किन्तु गंभीर आवाज सुनी—'ऐ मिस्टर।'

मोहन ने जल्दी से शिल्पा का हाथ छोड़ दिया ओर खिड़की की ओर देखकर हकलाते हुए बोला—'ज-जी मैडम।'

'पैट्रोल मिल गया आपको?' पूछने वाली सीमा थी जो रेखा के साथ खड़ी थी।

'ज-जी हां। अभी लेकर आया हूं।'

'यह कौन है?' सीमा की इशारा शिल्पा की ओर था।

'यह।' शिल्पा की ओर देखकर मोहन मुस्कराया और सीमा से बोला—'यह बबलू की मम्मी है। मेरा मतलब है...।'

'होगा। रेखा-चलो अंदर बैठो। सीमा ने कहा और इसके साथ ही रेखा का हाथ पकड़कर अंदर बैठ गयी।

यह देखकर मोहन की ललाट पर चिन्ता की लकीरें उभर आई। सीमा की ओर देखकर वह बोला—'मैडम-क्या आप अपने लिये किसी दूसरी टैक्सी का प्रबंध नहीं कर सकती?'

रेखा बोली—श्रीमान जी-यदि हमें दूसरी टैक्सी मिलती तो हमें यहां इतनी देर तक रुकने की क्या जरूरत थी?'

'बकवास बंद करो ड्राइवर और चुपचाप अपनी गाड़ी आगे बढ़ाओ। जानते हो यदि हमने पुलिस से यह शिकायत कर दी कि तुम हमें ले जाने से इंकार कर रहे तो क्या होगा?'

'मेरे बच्चे भूखों मर जाएंगे।

इतना कहकर मोहन गाड़ी स्टार्ट करने लगा और शिल्पा जो भौंचक्की-सी सीमा एवं रेखा को देख रही थी मोहन से बोल-'मोहन-आखिर यह चक्कर क्या है?'

'यह चक्कर नहीं-मुसीबत है शिल्पा रानी। मैं तुमसे कल मिलूंगा। अब तुम गाड़ी से उतरो और घर जाओ।'

शिल्पा को उतरना पड़ा।

उसके उतरते ही मोहन ने एक्सीलेटर दबाया और टैक्सी सड़क पर दौड़ने लगी। कुछ क्षणों के मौन के बाद रेखा ने मोहन से कहा—'तो आप हैं मिस्टर मोहन?'

'जी मैडम-बंदे को इसी नाम से पुकारा जाता है।'

'और वह बबलू की मम्मी थीं?'

'जी। किन्तु मेरी नहीं—किसी और के बबूल की मम्मी।'

तभी सीमा बोली—'छोड़ भी रेखा—ऐसे लोगों के मुंह नहीं लगते। तो कल का प्रोग्राम पक्का रहा न?'

'नौका विहार का?'

'हां।'

'और जगह भी वहीं-नीली झील?'

'इस शहर में कौन-सी सैकड़ों झीलें हैं।'

'फिर तो रूपा और गरिमा से भी आज ही कहना पड़ेगा।'

'क्यों नहीं टैक्सी तो है ही। सीधे उन्हीं के पास चलते हैं।

'जैसी तुम्हारी इच्छा।

रेखा ने कहा और सीमा मोहन से बोली—'सुनो पहले सी. टी. रोड चलो।'

'जैसी आज्ञा मैडम।'

मोहन ने धीरे से सर झुकाकर कहा ओर अगला चौराहा आते ही टैक्सी को दाई ओर मोड़ दिया।

* * *

इब्राहिम खान ने आंखों पर चढ़ी ऐनक को एक ओर रखा-पवित्र कुरान को बंद करके उसे मस्तक से लगाया और ठीक उसी समय किसी ने कोठरी का दरवाजा खटखटा दिया।

खाने ने एक बार चौंककर दरवाजे को देखा और ऊंची आवाज में बोला—'दरवाजा खुला है-आ जाओ।' फिर जैसे ही अधखुले दरवाजे को ठेलकर एक युवक ने अंदर प्रवेश किया—उसे देखकर खान की निस्तेज आंखों में धुंधली-सी चमक फैल गई।

'आओ मोहन।'

'आदाब खान चाचा!'

'आदाब बेटे-बैठो।'

मोहन निकट ही पड़े स्टूल पर बैठ गया और बोला—'इधर से गुजर रहा था सोचा—आपके दर्शन करता चलूं। कैसे है?'

'अल्लाह का शुक्र है। तुम सुनाओ।'

'चाचा-उस दिन आपकी कहानी अधूरी रह गयी थी। एकाएक आपको खांसी का दौरा पड़ गया था और बात पूरी न हो पाई थी।

'वह-वह कहानी तो उसी दिन पूरी हो गई थी। बेटे। बस इतनी ही-सी बात थी कि सेठ श्याम सुन्दर ने तुम्हारे पिता हीरालाल जी को रोजी के कत्ल के जुर्म में गिरफ्तार करा कर जेल भिजवा दिया और मुझे नौकरी से छुट्टी दे दी गई थी।'

और उससे पहले?'

'तुम अपनी बहन मधु के बारे में कह रहे हो ना?'

'हां चाचा।'

'भूल जाओ उसे। सुनकर दुःख होगा तुम्हें।'

'मैं जानता हूं चाचा—दीदी के साथ क्या हुआ होगा। उस कुत्ते ने दीदी को किसी न किसी बहाने अपने बंगले में बुलाया होगा और....।'

कहते-कहते मोहन की मुखमुद्रा कठोर हो गई और इब्राहिम खान सोचने वाले अंदाज में अपनी बूढ़ी आंखों को सिकोड़ने लगा जैसे वह अपने जेहन में बंद पड़े अतीत के पन्नों को खोलने की कोशिश कर रहा हो। चंद क्षणों की चुप्पी के बाद लम्बी गहरी सांस लेकर वह बोला—'रोजी ने बचाने की कोशिश की थी उसे। मगर श्याम सुन्दर के सर पर तो शैतान सवार था।'

'तो क्या श्याम सुन्दर ने रोजी को...?'

'रोजी का कत्ल हुआ था। मगर उस वक्त नहीं—तुम्हारी बहन की आबरू लुटने के दो घंटों बाद। बहुत तू-तू मैं-मैं हुई थी रोजी और श्यामसुन्दर में। रोजी की आवाज मैंने भी सुनी थी। मगर फिर सब कुछ खामोश हो गया था। तभी गुस्से आग बबूला हुए तुम्हारे पिताजी बंगले में आये थें श्याम सुन्दर को हजारों गालियां सुनाई थी। उन्होंने यह भी मुमकिन था कि वह अपने हाथों से श्याम सुन्दर का गला दबा देते। मगर उसी वक्त पुलिस वहां आई और हीरा लाल को रोजी के कत्ल के जुर्म में गिरफ्तार कर लिया गया। उसी दिन बंगले के एक नौकर से पता चला कि हीरा

लाल की बेटी ने पहाड़ी से कूदकर खुदकुशी कर ली है। सब कुछ खत्म हो गया उस दिन। बाप भी गया और बेटी भी चली गई।'

'मैं उस कमीने को जिन्दा नहीं छोडूंगा चाचा। मैं उससे अपनी दीदी की मौत और पिताजी की बरबादी का बदला जरूर लूंगा।'

'न-नहीं बेटे।' खान घबराकर बोला—'खुदा के वास्ते ऐसा मत करना। मैंने ये बीती बातें इसलिए नहीं बताई थीं कि सुनकर तुम आपे से बाहर हो जाओ। मैं तो तुम्हें तुम्हारी जिम्मेदारियों का अहसास कराना चाहता था। मैं तो यह बताना चाहता था कि इस वक्त तुम्हारे कंधों पर कितना बोझ है।'

'खाना चाचा-आप नहीं जानते....।'

'मैं जानता हूं बेटे-इन सब बातों को सुनकर तुम्हें कितना दुःख होता है। किन्तु यह तो सोचो कि गुजरा हुआ जमाना कभी लौटकर नहीं आता। तुम्हारे कुछ भी करने से न तो हीरा लाल जेल से बाहर आ जाएंगे और न ही तुम्हारी दीदी लौटकर आएगी। उल्टे होगा यह कि श्याम सुन्दर नाम की उस चट्टान से टकराकर तुम खुद ही चूर-चूर हो जाओगे। अमीर के सामने गरीब की हैसियत ही क्या होती है।'

'इंसान चाहे तो बहुत कुछ कर सकता है खान चाचा। और फिर-आपने सुना नहीं-कभी-कभी एक चींटी भी हाथी की मौत का कारण बन जाती है।'

'इन सब बातों से कोई लाभ नहीं है बेटे। अपने भविष्य की सोचो और अपनी मां को इतना सुख दो कि वह बीती हुई जिन्दगी के प्रत्येक दुःख को भूल जाये। उस गरीब ने हीरालाल के जेल जाने के बाद बहुत दुःख उठाये हैं। कितनी मुश्किलों से पाला है उसने तुम्हें।'

मोहन खामोश रहा। किन्तु उसकी आंखों में रह-रहकर विचारों की परछाइयां थिरकती रहीं और चेहरे पर गम तथा गुस्से का तूफान डोलता रहा।

उसकी ओर देखकर इब्राहिम खान ने पूछा—'क्या सोचने लगे बेटे?'

'क-कुछ नहीं चाचा।'

'तो बैठ जाओ। मैं तुम्हारे लिए चाय मंगाता हूं।'

'नहीं चाचा।'

'इसलिए न कि मैं मुसलमान हूं?' इब्राहिम खान ने कहा और धीरे से मुस्करा कर रह गये।

मोहन बोला—'कैसी बातें करते हैं चाचा। ये जातियां तो इंसानों ने बनाई है। इंसान इंसान के बीच मजहब की दीवारें तो हमने खड़ी की हैं। अन्यथा खुदा की नजरों में तो सब इंसान एक हैं। सब उसी के बनाये हुए बंदे हैं।'

'फिर तो तुम्हें चाय जरूर पीनी पड़ेगी बेटे—बैठो।'

मोहन को बैठना पड़ा।

इब्राहिम खान ने खिड़की की ओर चेहरा घुमाकर अंदर किसी से चाय के लिए कहा और फिर मोहन की ओर देखकर वह बोला—

'किसी दिन मिलूंगा शांति बहन से भी। अब लो मुद्दत हो गयी उन्हें देखे हुए। क्या करू- बीमारी ने शरीर ऐसा कमजोर कर दिया कि चला-फिरा भी नहीं जाता।'

'आप अपना इलाज क्यों नहीं करते चाचा?'

'इलाज।' इब्राहिम खान के चेहरे पर पीड़ा सिमट आई। दर्द भरी मुस्कराहट के साथ वह बोला—'कौन करायेगा मेरा इलाज?'

'क्यों? मेरा मतलब है—आपके एक बेटा भी तो है—इस्माइल मियां।

'इस्माइल मियां को अपनी आवारागर्दी से फुर्सत मिले तब ना। मियां सुबह निकलते हैं और रात में दस-ग्यारह बजे के बाद लौटते हैं। क्या कहते हैं—यह किसी को पता नहीं। न मेरी चिन्ता है और अपने बच्चों कीं ऐसी नालायक औलाद से क्या उम्मीद हो सकती है?'

'आप चिन्ता न करें चाचा। आपका इलाज मैं कराऊंगा।'

'नहीं बेटे-अब मुझे इलाज की जरूरत नहीं है। दिन ही कितने रह गये हैं जिन्दगी के। यूं. ही कट जायेंगे।'

तभी अंदर वाली दरवाजे नुमा खिड़की खुली और एक लड़की ने चाय के दो गिलास लेकर प्रवेश किया।

उसे देखकर इब्राहिम खान ने मोहन से कहा—

'यह मेरी पोती है—रजिया। मेरे खाने से लेकर चाय पानी तक का ध्यान यही रखती है। और रजिया बेटी—यह है अपना मोहन।'

'आदाब भाई जान!'

'आदाब बहन।' मोहन ने रजिया के अभिवादन का उत्तर दिया।

फिर रजिया अपनी ओढ़नी को संभालते हुए वहां से चली गई और मोहन ने चाय का एक गिलास इब्राहिम खान की ओर बढ़ाकर दूसरा गिलास स्वयं उठा लिया।

* * *

आकाश आज साफ था। कल की वर्षा में भीगे हुए खेत खलिहान बड़े सुहावने लग रहे थे। सड़क के दाई ओर दूर तक खेतों में धान के पौधे लहलहा रहे थे। किनारे के गड्ढों में पानी भर गया था और उनमें मुस्कराते हुए कुमुदनी के फूल अनायास ही मन को मोह रहे थे। सड़क के बायीं ओर पहाड़ी की तलहटी में बसी वह विशाल झील थी—जिसे नीली झील के नाम से जाना जाता था।

झील को मुख्य सड़क से जोड़ने के लिए पक्की ईटों की एक सड़क बनी थी जो घास के कई मैदानों को लांघकर कुंभा नामक प्राचीन किले की ओर चली गई थी।

सीमा ने मुख्य सड़क छोड़कर गाड़ी को इतनी तेजी से बायीं ओर घुमाया कि संतुलन न संभाल पाने के कारण पिछली सीट पर बैठी गरिमा एवं रूपा एक-दूसरे से उलझ गयीं और सीमा के बराबर में बैठी रेखा जैसे गुस्से से चीख पड़ी।

'मरवायेगी क्या? गाड़ी की स्पीड कम नहीं कर सकती थी? बैलेंस बिगड़ जाता तो...?'

सीमा बोली—'कुछ नहीं होता मेरी जान! मजा आ जाता। हम सब नीचे होते और गाड़ी हमारे ऊपर होती।'

'और—गाड़ी किसी खड्ड में गिर जाती तो?'

'नौका विहार के बजाए गाड़ी विहार हो जाता।'

सीमा की इस बात पर सभी खिलखिलाकर हंस पड़ीं।

रेखा बोली—'अब चलते ही रहना है अथवा रुकना भी है?'

'झील तो आने दो।'

'झील तो आ चुकी है।'

'और गाड़ी भी रुक चुकी है।'

इतना कहकर सीमा ने गाड़ी रोक दी। गाड़ी रुकते ही सभी लड़कियां बाहर आ गयीं। गरिमा ने आस-पास के वातावरण पर नजरें दौड़ाई और मुंह बनाकर बोली—'मजा नहीं आया सीमा।'

रूपा ने चुटकी ली—'तुझे तो तब मजा आता जब साथ में चार पांच ब्वॉय फ्रैंड होते।'

इस पर सीमा एवं रेखा जोरों से हंस पड़ी। गरिमा बोली—'मेरा मतलब था—यदि हम यहां दो चार दिन बाद आते तो ठीक रहता। चारों ओर तो पानी ही पानी नजर आता है।'

'पानी होना ही अच्छा है।' रेखा मुस्करा कर बोली—'पानी के रहते आग तो न लगेगी। लगेगी भी तो बुझ तो जायेगी।'

सीमा बोली—'तेरे इस फलसफे में कोई दम नहीं है। तुझे पता है—दिल में लगी आग कभी पानी से नहीं बुझती। और भड़कती है।'

'लगता है—इस मामले में तुझे मुझसे अधिक तजुर्बा है।'

सीमा ने गर्व से सीना फुलाकर कहां—'दिल वाली जो ठहरी।'

'अच्छा दिलवाली जी।' रूपा बोली—'अब यह दिल-बिल का चक्कर छोड़ों और यह बताओ कि बैठना कहां है?'

'मेरा ख्याल है।' एक ओर उंगली उठाकर गरिमा बोली—'वहां बैठना ठीक रहेगा वहां छाया भी है और शायद सूखा भी होगा।'

गरिमा को बताया हुआ वह स्थान सभी को पसंद आया। गाड़ी से खाने-पीने का सामान निकालकर सभी उसी स्थान पर आ गये और नजरें उठाकर झील की ओर देखने लगे। झील में तैरती हुई एक नौका अब धीरे-धीरे किनारे की ओर बढ़ रही थी। मल्लाह कोई अधेड़ आयु का व्यक्ति था—उसके सर पर अस्त-व्यस्त सी पगड़ी बंधी थी और सीने पर लम्बी दाढ़ी झूल रही थी।

मल्लाह एवं नाव को देखते हुए कुछ क्षणों के मौन के बाद रेखा बोली—'किस्मत तो अच्छी है।'

'क्यो?' सीमा ने पूछा।

'पिछले महीने जब मैं माधवी और रानी के साथ आई थी तो यहां कुछ भी न था। न तो मल्लाह और न ही नाव।'

'चला गया होगा कहीं।' कहकर सीमा ने बात समाप्त की।

फिर गर्म-गर्म काफी के साथ कुछ खाया पिया गया और इसके पश्चात् सब लोग किनारे पर आ गये। नाव भी अब किनारे पर आ गये। नाव भी अब किनारे के आस-पास ही डोल रही थी। सीमा ने मल्लाह से कहा—

'सुनो बाबा—बाबा-हमें झील की सैर करनी है। क्या लोगे?'

'कोई राजकुमारी जी आ रही हैं। आज सुबह ही उनका संदेश आया था कि नाव में अन्य कोई दूसरा न बैठने पाये।

यह सुनकर सभी के चेहरे उतर गये।

रेखा बोली—तो इसमें परेशानी होने की क्या बात है। जब तुम्हारी वह राजकुमारी जी आयेंगी तो हम नाव छोड़ देंगे। क्यों गरिमा?'

सबों ने एक स्वर में कहा—'बिल्कुल छोड़ देंगे।'

'नहीं मेम साहब।' मल्लाह ने कहा—'मैं किसी के साथ धोखा नहीं करता। नाव एक के नाम बुक हो गयी तो हो गयी।'

सीमा बोली—'मगर बाबा—हम तुम्हें उनसे अधिक मजदूरी देंगे। बोलो-कितनी मजदूरी चाहिये तुम्हें?'

'बात मजदूरी की नहीं है मेम साहब।'

'तो और क्या बात है?'

'कहते हुए शर्म आती है।'

'शर्म क्यों आती है?'

'बात यह है कि मुझे गाना सुनने का बहुत शौक है। और वह राजकुमारी जी मेरी नाव में बैठकर इतने सुरीले स्वर में गाती है कि दिल झूम-झूम उठता है।'

'तुम्हारा मतलब है—तुम्हारी नाव में बैठने के लिए हमें गाना भी गाना पड़ेगा—यही ना?'

'जी मेम साहब।'

'अजीब दिमाग का मल्लाह है।' सीमा बड़बड़ायी और रेखा से बोली—रेखा तेरा क्या ख्याल है?'

'मुझे तो गाना-वाना कुछ आती नहीं है।'

और—रूपा तुझे?'

'मेरा गला तो वैसे ही फटे बांस जैसा है।'

'फटे बांस को कौन देखता है—सवाल तो गाने का हे। यूं ही कुछ गुनगुना देना।'

'कोशिश करूंगी।' रूपा बोली।

सीमा ने ऊंची आवाज में मल्लाह से कहा—'सुनो-हमें तुम्हारी शर्त स्वीकार हे। नाव किनारे पर ले आओ।'

'अभी लाया मेम साहब।'

मल्लाह ने कहा और नाव किनारे पर ले आया। फिर एक-एक करके सभी लड़कियां नाव के अंदर सवार हो गयीं और नाव अपनी दिशा बदल कर गहरे पानी की ओर बढ़ गयी।

धीरे-धीरे चप्पू चलाते हुए मल्लाह कोई गीत गुनगुनाने लगा। सीमा ने रूपा से कहा—'अब बोला रूपा-कौन-सा गीत सुना रही है?'

'गीत-वीत तो नहीं।' रूपा बोली—'हां-तू कहे तो मैं मीरा बाई का कोई भजन सुना सकती हूं।

'अरे तो वही सुना-इस सिर फिरे मल्लाह से तो छुट्टी मिले।'

रूपा का गला वास्तव में अच्छा न था किन्तु स्वरों का उतार-चढ़ाव प्रशंसा योग्य था। सुनकर मल्लाह वाह-वाह कर उठा और बोला—'वाह मेम साहब-आपने तो कमला ही कर दिया। मरी जी ने भी क्या चुभती बात कही है। मैं तो प्रेम दीवानी-मेरा दरद न जाने कोय। वास्तव में यह प्रेम की पीड़ा बड़ी मीठी-मीठी होती है। जिस तन लागे-वही तन जाने।

'ऐ मल्लाह साहब।' सीमा उसे घूरकर बोली—गीत सुनने का अर्थ यह नहीं कि तुम उसकी व्याख्या भी शुरू कर दो।'

'आप गलत सोच बैठी मेम साहब। आप तो जानती ही हैं कि इस संसार का प्रत्येक व्यक्ति किसी न किसी से प्रेम अवश्य करता है। और जब प्रेम करता है तो उसकी पीड़ा भी जानता है।

'बहुत खूब। बातें तो इस तरह बना रहे हो—जैसे तुमने थीसिस लिख डाली हो। चार अक्षर पढ़े नहीं ओर चल दिये प्रेम की व्याख्या करने! ऊंहुं।' सीमा की आवाज में कड़वाहट थी।

मल्लाह बोला—'आप ठीक कहती हैं मेम साहब। मुझ जैसे गरीब आदमी का पढ़ाई-लिखाई से क्या सम्बन्ध। किन्तु एक बात पूरी तरह सच है। जिसने प्रेम की भाषा पढ़ ली—उसने सभी कुछ पढ़ लिया। ढाई आखर प्रेम का पढ़े तो पंडित होय।'

सीमा ने घबराकर अपने कानों पर हाथ रख लिये और गुस्से से दांत पीसकर बोली—उफ्-मैं तो पागल हो जाऊंगी तुम्हारी नाव में बैठकर।'

मल्लाह फिर भी खामोश न रहा और बोला—'प्रेम का दूसरा नाम ही पागलपन होता है मेम साहब। जो लोग किसी से प्रेम करते हैं—वह सचमुच ही पागल कहे जाते हैं अब मुझे ही देखिये न-सन पचपन में एक महिला से प्रेम किया था। आज भी करता हूं। किन्तु दुनिया मुझे पागल समझती है।'

'देखो-यदि तुम अपनी जुबान बंद नहीं रख सकते तो नाव किनारे पर ले चलो। हमें नहीं करना नौका विहार। क्यों रेखा?'

रेखा बोली—'अब छोड़ भी सीमा। भला इन महाशय का क्या दोष। प्रेम का रोग तो होता ही ऐसा हे। क्यों मल्लाह साहब?'

'ब-बिल्कुल मेम साहब।'

'मगर यह तो बताइए कि आपको यह प्रेम रोग लगा कैसे?'

'बस लग ही गया मेम साहब। यूं समझिए कि किस्मत ही खराब थी। उन्हें एक बार देखा और हमेशा के लिए उनका हो गया।'

'मुझे आपसे पूरी हमदर्दी है। जरा अपना हाथ तो दिखाइए।'

'जी?'

'मैं हाथ देखना भी जानती हूं। देखना यह है कि आपके हाथ में प्रेम रेखा है भी अथवा नहीं?'

मल्लाह ने अपना दायां हाथ आगे बढ़ा दिया। हाथ देखना तो एक बहाना था। जैसे ही मल्लाह का हाथ आगे बढ़ा—रेखा ने एक झटके से उसके चेहरे पर चिपकी दाढ़ी नोच ली।

यह देखकर सीमा के होंठों से निकल गया—माई-गॉड-फिर एक नाटक। क्यों मिस्टर मोहन।'

'ज-जी।' मोहन हकला कर रह गया। उसने तो कल्पना भी न की थी कि उसका भेद इतनी आसानी से खुल जायेगा।

'कितना अच्छा अभिनय कर लेते हैं आप।'

रेखा बोली—'अभिनय ही नहीं-आवाज भी अच्छी बदल लेते हैं।'

'इनकी आवाज तो मैं देखूंगी रेखा। देखती हूं—आज यह बच्चू कैसे बचता है।'

मोहन बोला—'बचना किसे है मैडम। यदि बचना ही होता तो मैं यहां मल्लाह बनकर नाव क्यों चलाता।'

'अभी पता चला जायेगा। जरा नाव तो किनारे पर लगाओ।'

मोहन ने खामोशी से नाव की दिशा बदल दी।

कुछ ही क्षणों में सीमा, रूपा एवं गरिमा में कुछ कानाफूसी हुई और नाव भी किनारे पर लग गयी।

जैसे ही नाव किनारे पर लगी-चारों लड़कियां एक-एक करके नीचे कूद गयी। कूदते समय उन्होंने मोहन को भी नीचे उतार लिया। रेखा ने नाव का रस्सा बांध दिया ओर इसके पश्चात् वे चारों मोहन को घेरकर खड़ी हो गयीं। बिल्कुल वैसे ही जैसे उन्हें मनोरंजन के लिए कोई अच्छा साधन मिल गया हो।

'हां तो मोहन साहब।' रेखा के हाथ में थमी दाढ़ी को अपने हाथ में लेकर उसे घुमाते हुए सीमा ने मोहन से कहा—यह तो मानना ही पड़ेगा कि आप हमें तीन दफा मूर्ख बनाने की कोशिश कर चुके हैं। बता सकते हैं—आपने ऐसा किसलिए किया?'

'सिर्फ आपके लिए।'

मोहन ने जिस निर्भीकता से उत्तर दिया—उसे सुनकर अन्य लड़कियां भी उसे अचरज से देखती रह गयीं।

सीमा बोली—'अर्थात् उस दिन जब आप गाड़ी लेकर हमारी मदद करने आये थे—तब भी आपका उद्देश्य मुझसे मिलना ही था?'

'जी हां।'

'उसके पश्चात् आप टैक्सी ड्राइवर बने।'

'आपके लिए।'

'और आज।

'मुझे यह कहते हुए कोई झिझक महसूस नहीं हो रही कि मैं आपके लिए ही मल्लाह बना था।'

'दाद देनी पड़ेगी तुम्हारी हिम्मत की। मैं तो सोचती थी कि तुम अपने बचाव के लिए कोई न कोई बहाना अवश्य तलाश करोगे। खैर—तो आगे क्या इरादा है आपका?'

'मेरा इरादा कल भी वही रहेगा जो आज है।'

'अर्थात् आप किसी न किसी बहाने मुझसे मिलते रहेंगे।'

'जी हां।'

'परिणाम जानते हैं?'

'मै जानता हूं मैं आग से खेल रहा हूं। और—यह आप भी जानती होंगी कि जो लोग आग से खेलते हैं उन्हें अपने हाथ भी जलाने पड़ते हैं।'

'तुम जानते हो—मैं तुम्हें इस गुंडागर्दी के अपराध में जेल की हवा भी खिला सकती हूं।'

'मोहन दृढ़ता से बोला—'मैंने आपके साथ कोई गुंडागर्दी नहीं की। मेरा व्यवहार आपके प्रति कभी अशीष्ट नहीं रहा।'

'आखिर तुम चाहते क्या हो?'

'मैं क्या चाहता हूं—मैं स्वयं भी नहीं जानता। मुझे केवल अपनी आंखों का पता है और वे आपके हर पल अपने आस-पास देखना चाहती है।'

'पैदायशी मजनूं लगा हो। किन्तु मैं जानती हूं कि आज तुम्हारे सर से यह भूत हमेशा के लिए उतर जायेगा और तुम भूलकर भी मेरे सामने आने की जुर्रत न करोगे।

'ऐसा कभी नहीं होगा सीमा जी। मैं उन कायरों में से नहीं जो धधकती ज्वाला और सामने खड़ी चट्टानों को देखकर अपना मार्ग बदल देते हैं।'

'ईडियट-तुम्हारी यह हिम्मत।'

सीमा ने गुस्से से दांत पीसकर कहा और इसके साथ ही उसके हाथ का एक भरपूर थप्पड़ मोहन के गाल से टकरा गया। उसके ऐसा करते ही गरिमा एवं रूपा भी मोहन पर टूट पड़ी।

मोहन ने अपने बचाव के लिए कुछ भी न किया।

वह खामोशी से पिटता रहा।

रेखा ने अपनी सहेलियों को रोकने का प्रयास भी किया—किन्तु मारपीट के इस मनोरंजक खेल में उसकी एक भी नहीं सुनी गयी और सीमा, गरिमा तथा रूपा पूरे जोर-शोर से मोहन पर अपने हाथ चलाती रही।

पिटते-पिटते मोहन गिर पड़ा। उसके कपड़े फट गये और निचलेहोंठ से रक्त की धारा बह निकली।

अंत में रेखा ने सीमा को बलपूर्वक अलग किया और बोली—'बस कर सीमा! अब क्या जान ही लेकर रहेगी इस बेचारे की?'

सीमा की आंखों से अभी भी क्रोध एवं घृणा की चिंगारियां छूट रही थीं। वह बोली—'रेखा-ऐसे मजनुओं को सबक सिखानां जरूरी होता है।'

'मुझे पसंद नहीं आया तेरा यह सबक सिखाना।' फिर वह मोहन पर झुक गयी और उसे उठाकर बोली—'आपने ठीक ही कहा था मोहन साहब-प्यार इंसान को पागल बना देता है। किन्तु मैं ऐसे पागलपन को अच्छा नहीं मानतीं उठिए और घर जाइए।'

'मुझे आप लोगों से कोई शिकायत नहीं।'

'मूर्खता की है—इसलिए शिकायत कैसे करोगे। पढ़ते हो?'

'जी नहीं—बादशाह मोटर गैरेज में सुपरवाइजर की हैसियत से नौकरी करता हूं।'

सीमा फिर गुर्रायी—मिस्टर मजनूं—यदि तुम आज के बाद मेरे सामने आये तो मैं तुम्हारी नौकरी भी खत्म करा दूंगी। आओ गरिमा रेखा।'

'ठहर सीमा! देख-बहुत चोट लगी है। क्यों न हम इसे अपनी गाड़ी से गैरेज तक छोड़ दें।'

'बहुत खूब! तो तू यह चाहती है कि मैं एक आवारा लफंगे को अपनी गाड़ी में लिफ्ट दूं?'

सीमा ने कड़वाहट से कहा और आगे बढ़ गयी। मोहन उसे कुछ क्षणों तक तो जाते देखता रहा और फिर निकट ही खड़ी रेखा से बोला—'हमदर्दी के लिए शुक्रिया रेखा जी! आप मेरी चिन्ता मत कीजिये। मैं चला जाऊंगा। वैसे भी ऐसी चोटें तो जीवन में लगती ही रहती हैं।'

इतना कहकर मोहन उठा तथा एक ओर को चल पड़ा।

रेखा उसे तब तक देखती रही—जब तक कि वह उसकी नजरों से ओझल न हो गया। फिर वह चलकर सीमा, रूपा एवं गरिमा के पास आ गयी। उस समय वे तीनों ही किसी बात पर खिलखिलाकर हंस रही थीं।

रेखा ने सीमा से कहा—'तुझे ऐसा नहीं करना चाहिये था।'

'क्यों-क्या हुआ?'

'उस बेचारे के साथ इतनी मारपीट।'

'गनीमत समझ कि केवल मारपीट ही की है। मैं तो उसे पुलिस के हवाले कर देती।'

'और उसकी शराफत नहीं देखी तूने? यदि वह चाहता तो अकेला ही तुम तीनों की हड्डियां तोड़ डालता। किन्तु उसने ऐसा नहीं किया और वह खामोशी से पिटता रहा।'

'मुझ पर हाथ उठाकर तो देखा होता। जिन्दगी भर के लिए जेल की चक्की पिसवा देती।'

'और वह फिर उफ न करता। जानती है क्यों? क्योंकि वह तुझसे प्यार करता है। जो लोग प्यार करते हैं—वह प्यार में अपनी जान देना भी जानते हैं।'

'तो डूब मरता न झील में। रोका किसने था।'

'सीमा तू....।'

रेखा ने कुछ और भी कहना चाहा। तभी रूपा बोली—'मुझे तो लगता है—अपनी रेखा उससे प्यार कर बैठी है।'

बातों से तो ऐसा ही लगता है कि कोई न कोई गड़बड़ी जरूर है।' गरिमा ने कहा और हंस पड़ी।

रेखा बोली—'किन्तु वह मुझे नहीं-सीमा को चाहता है। मुझे चाहा होता तो मैं कभी का उसका हाथ थाम लेती।'

'तो अब था ले ना-मना किसने किया है।' सीमा ने गुस्से से कहा और तेज-तेज कदमों से गाड़ी की ओर बढ़ गयी।

तभी रेखा चौंक पड़ी। अभी थोड़ी देर पहले जिस स्थान पर मारपीट की गयी थी-वहां एक छोटी सी नीले रंग की डायरी पड़ी थी। रेखा से आगे बढ़कर डायरी को उठा लिया।

* * *

मोहन ने धीरे से दरवाजा ठेलकर अंदर प्रवेश किया और चौंक पड़ा। शिल्पा किचन से निकल कर मां के कमरे की ओर बढ़ रही थी। मोहन को आते देखकर वह रुक गयी और मुस्करा कर बोली—'कहिये-किससे मिलना हैं?'

मोहन ने शरारत से उत्तर दिया—'इस घर की बहूरानी जी से। आप ही हैं ना?'

'अभी तो नहीं हूं। किन्तु जिस दिन बन जाऊंगी—उस दिन आप यह आवारागर्दी भूल जायेंगे।'

'अच्छा-किन्तु हमने कौन-सी आवारागर्दी की है?'

'टैक्सी में लड़कियों को घुमाना और पूरे-पूरे दिन अपनी ड्यूटी से गायब रहना यह सब क्या है?'

'ओह वह-वह तो धंधे की बात थी।'

'और आज?'

'गैराज से एक आदमी आया था। उसने बताया कि आप एक घंटे की छुट्टी लेकर गये थे और चार घंटे बीतने पर भी नहीं लौटे।'

'यूं ही कहीं उलझ गया था। तुम कब आयीं?'

'यहीं पास ही अपनी एक सहेली की मंगनी में आयी थी। सोचा-मां जी से भी मिलती चलूं। यहां आकर देखा तो उन्हें बुखार था।'

'पर-सुबह तो तबियत बिल्कुल ठीक थी।'

मोहन ने कहा और चलकर कमरे में आ गया। शांति देवी को वास्तव में ज्वर था और वह चारपाई पर लेटी कमरे की छत को घूर रही थी। मोहन को आते देखकर उन्होंने अपनी नजरें घुमायी और बोली—'आ गया तू—समय मिल गया तुझे?'

'क्षमता चाहता हूं मां, दरअसल आज काम ही इतना था कि...।'

‘हां बहुत काम करता है मेरा बेटा। इतना काम करता है कि सुबह से शाम तक फुर्सत ही नहीं मिलती। तभी तो तेरे साथ कोई आदमी यहां तुझे पुछने आया था।’

‘मां-वह कोई और होगा। मैं तो सीधा अपने काम से लौट रहा हूं।

‘अच्छा छोड़। देख शिल्पा आई है। उसके लिए एक प्याला चाय बना दे। बेचारी पिछले एक घंटे से बैठी हैं।’

मोहन बोला—‘यह लड़की तो आधी पागल है मां। भला उसे क्या जरूरत थी यहां आने की?’

‘पगले!’ मां उठकर बोली—‘पुराने रिश्ते क्या इतनी जल्दी भुलाये जाते हैं? जानता है शिल्पा की मां जब इसी मुहल्ले में रहती थी तो मेरी सबसे अच्छी सहेलियों में से एक थी।

‘छोड़ो मां-तुम तो पुरानी बातों को लेकर बैठ गयीं। वैसे-इस लड़की का बार-बार यहां आना मुझे बिल्कुल पसंद नहीं है।

मां मुस्करा कर रह गयीं।

मोहन चलकर किचन में आ गया। उसे यह देखकर आश्चर्य हुआ कि शिल्पा वहां पहले से मौजूद थी और रसोई की सफाई कर रही थी।

मोहन को आते देखकर वह उठ गई। मोहन उसके कंधे थामकर बोला—‘फिर तो ठीक ही कहा था हमने।’

‘क्या कहा था?’

‘यह कि शायद आप ही इस घर की बहूरानी है।’

‘अच्छा यह कैसे जाना?’

‘अब देखो न करीने से रखा हुआ रसोई का प्रत्येक समान और चमकते हुए बर्तन। यह सब आप ही के हाथों का कमाल तो है। और जब आपके हाथ लगे हैं तो जाहिर हैं कि...।’

‘अच्छा बाबा-अब बातें मत बनाओ मुझे अपना काम करने दो।’

‘काम तो हमें भी करना है देवी जी।’

‘वह क्या?’

‘हमारी आंखों में देखिये।

‘मुझे तो कोई विशेष बात नजर नहीं आती।’

‘थोड़ा करीब आओ ना।’

‘करीब ही तो खड़ी हूं।’

ऊंहु-और भी करीब।’ मोहन ने शरारत से कहा और जब तक शिल्पा कुछ समझ पाती उसने उसे अपनी ओर खींचकर उसके होंठों पर एक चुम्बन अंकित कर दिया।

शिल्पा जल्दी से उससे अलग हो गयी और मुंह बनाकर बोली—शरारती कहीं के। यदि मां ने देख लिया होता तो?’

‘वह देखना ही है एक न एक दिन। चोरी हमेशा थोड़े ही छुपती है।’

‘अच्छा छोड़ो। चाये पियोगे?’

'मां ने इसी काम से तो भेजा था। कहती थीं—महारानी जी के लिए एक प्याला चाय बना दो।

'मैं महारानी हूं?'

'महारानी नहीं-दिल की रानी।'

मोहन ने कहा और उसी समय अंदर से मां की आवाज आई-'मोहन-मेरे लिए थोड़ा पानी गर्म कर देना।'

'अभी करता हूं मां।' मोहन बोला।

'और यह शिल्पा क्या कर रही है?'

'सब्जी काट रही है। कहती है-मां को अपने हाथों से बना खाना खिलाकर ही घर जाऊंगी।'

'तो मना कर न उसे। सब्जी तो सुबह की ही काफी रखी है और मुझे भूख नहीं है। और फिर उसे देर भी तो हो जायेगी। दूर जाना है।'

'मां मैंने कहा था शिल्पा से। किन्तु वह कहती है कि उसे घर जाने की कोई चिन्ता नहीं है। वह आंटी से कहकर आई है।'

फिर तो उसकी मर्जी।

मां की आवाज आई और शिल्पा मोहन को झिंझोड़ कर बोली—'झूठे-मैंने कब कहा था कि मैं खाना बनाकर ही जाऊंगी?'

'एक ही बात है। तुमने न सही-मैंने कह दिया। अब तुम फटाफट सब्जी काटो। तब तक मैं तुम्हारे लिए चाय और मां के लिए पानी गर्म करता हूं।'

'मोहन-मुझे दूर हो जायेगी। देखा तो शाम डूब रही है।'

'कोई बात नहीं-तुम्हें घर तक मैं छोड़ दूंगा।'

अच्छा ठीक है। शिल्पा बोली—अब तुम मां के पास जाओ। गर्म पानी और चाय मैं तैयर कर दूंगी।'

'रहने दो न यहीं।'

'मोहन-यही ठीक नहीं है। मां कुछ और सोच सकती है।'

'अच्छा बाबा—जैसी तुम्हारी आज्ञा।'

मोहन ने कहा और शिल्पा के गाल थपथपाकर वह मां के कमरे में आ गया। शांता देवी ने उससे पूछा—'पानी ले आया?'

'पानी तो शिल्पा गरम कर रही है।'

'सब्जी काट ली उसने?'

'मेरा ख्याल है—काट ली होगी।'

'मना नहीं किया तूने?'

'मां वह लड़की आधी पागल ही नहीं जिद्दी भी है। कहती है चाहे कुछ भी हो जाये मगर आज का खाना मैं ही बनाऊंगी। यदि उसकी मां तुम्हारी सहेली न होती तो मैं तो उसे घर में भी न घुसने देता।'

'कौन से मन से कह रहा है रे?'

मां ने मुस्करा कर पूछा तो मोहन हड़बड़ा-सा गया। वह बोला—मन-मन तो एक ही होता है मां।'

'नहीं रे-मन हमेशा दो होते हैं। जानता है-कई बातें तो जुबान से कह दी जाती है-वह दिल से नहीं होती।

'ओह मां-तुम तो बस....।'

मोहन ने लजाकर चेहरा झुका लिया और मां धीरे से हंसकर बोली-'अच्छा छोड़। देख उससे कह कि जल्दी से काम खत्म कर ले। नहीं तो देर हो जायेगी।'

तभी एक हाथ में चाय की ट्रे और पानी का गिलास लेकर शिल्पा अंदर आ गयी। ट्रे स्टूल पर रखकर वह बोली—'लीजिये मां जी-यह रही आपकी चाय और यह आपका पानी। खाना भी अभी पन्द्रह मिनट में तैयार हुआ जाता है।'

'तुम तो व्यर्थ ही परेशान हो रही हो बेटी। देर हो गयी तो मीरा नाराज होगी। घर भी तो दूर है।'

'आप चिन्ता न करें-मैं चली जाऊंगी।'

'मैं छोड़ आऊंगा मां।' मोहन बोला।

'हां-तू तो जरूर जायेगा।'

मां ने यब बात कूछ इस प्रकार कही कि शिल्पा ने लजाकर चेहरा झुका लिया और मोहन ने अपनी झेंप मिटाने के लिए जल्दी से चाय का प्याला उठा लिया।

* * *

मोहन अपनी ड्यूटी के दौरान मैकेनिक को एक गाड़ी की खराबी के विषय में बता रहा था। तभी गैरेज के ही एक कर्मचारी ने उससे आकर बताया—'बाबूजी-आपसे कोई लड़की मिलना चाहती है। गेट पर खड़ी है।'

मोहन चौंक पड़ा। उसने अपने जेहन पर दबाव डाला तो एक ही बात समझ में आई। शिल्पा आई होगी। किन्तु शिल्पा से तो उसने मना कर दिया था कि वह यहां उससे मिलने न आया करे। फिर भी हो सकता है—वह किसी आवश्यक काम से आयी हो। मोहन ने सोचा और अगले क्षणों में जब वह गेट पर पहुंचा तो यह देखकर उसके आश्चर्य की सीमा न रही कि वहां शिल्पा के स्थान पर रेखा खड़ी थी। उसने रेखा को देखकर अभिवादन की मुद्रा में अपने हाथ जोड़ लिये। रेखा उसके अभिवादन का उत्तर देकर बोली—मेरा आना बुरा तो नहीं लगा आपको?'

‘न-नहीं तो। भला बुरा क्यों लगेगा?’

‘कालेज से लौट रही थी। सोचा आपका गैराज भी देख लूंगी-और।’

‘और...।’

रेखा ने अपने बैग से छोटी सी डायरी निकाली और उसे मोहन को थमाकर बोली—‘आपकी यह डायरी भी लौटा दूंगी। आपको तो ध्यान ही नहीं रहा था।’

‘जी हां।’ डायरी जेब में रखते हुए मोहन बोला—‘दरअसल मैं उस समय इतनी जल्दी में था कि याद ही नहीं रहा। आप जल्दी में तो नहीं है?’

‘नहीं तो! क्यों?’

‘आप यहां पहली बार आई है। इसलिए शिष्टाचार के नाते...।’

‘देखिये-चाय कॉफी तो मुझे इच्छा नहीं है। हां-यदि आप चाहें तो में कुछ देर बैठ सकती हूं।’

‘आइए।’ मोहन ने कहा और बादशाह से कुछ देर का समय लेकर वह रेखा के साथ निकटवर्ती एक पार्क में आ बैठा।

आकाश साफ तो नहीं था—किन्तु वर्षा की कोई संभावना न थी। पार्क में उसे फूलों के पौधे हवा के झोंकों के साथ झूम रहे थे।

रेखा बैठते ही बोली—‘मुझे अफसोस है कि कल आपके साथ अभद्र व्यवहार हुआ।’

‘इसमें अफसोस जैसी कोई बात नहीं है। चोर कितना भी चालाक क्यों न हो-एक न एक दिन तो पकड़ा ही जाता है। पकड़े जाने पर सजा भी अवश्य मिलती है।’

‘एक बात बतायेंगे?’

‘पूछिए।’

‘आप जानते हैं-सीमा कौन है?’

‘बस इतना ही पता है कि उनके पिता शहर के प्रमुख उद्योगपति है। नाम शायद सेठ श्याम सुन्दर जी है।’

‘आश्चर्य है कि आप इतना सब जानकर भी उसके पीछे पड़े है। जबकि आप जानते है कि आपकी और सीमा की हैसियत में धरती आकाश का अंतर है।’

मोहन बोला—‘अपनी हैसियत मैं भली प्रकार जानता हूं रेखा जी। और मैं यह भी जानता हूं कि मेरा और सीमा का मिलन संभव नहीं है।’

‘फिर भी?’

‘विवशता है मेरी।’

‘वह क्या?’

‘मैं उन्हें चाहता हूं। क्यों चाहता हूं-इसे मैं स्वयं भी नहीं जानता। एक दिन देखा था उन्हें। शायद कालेज से लौट रही थीं और टैक्सी की प्रतीक्षा में खड़ी थी। बस वही दिन मेरे जीवन का सबसे बुरा दिन था। तब से आज तक एक पल के लिए भी चैन नहीं मिला। सोते जागते उन्हीं

की तस्वीर आंखों के सामने घूमती रहती है। दिल चाहता है-वह मेरे सामने रहें और मैं उन्हें यूं ही जीवन भर देखता रहूं। जानता हूं-वह पागलपन है। मेरे जैसे साधारण सी हैसियत वाले युवक को इन सब पचड़ों में नहीं पड़ना चाहिए। किन्तु विवश हूं। चाहकर भी उन्हें भूल नहीं पाता हूं।'

इतना कहकर मोहन उठा और बेचैनी से अपने होठ काटने लगा। तभी रेखा उठकर बोली—मिस्टर मोहन मेरी मानिए और उसे हमेशा के लिए भूल जाइए। आप नहीं जानते-उसे अपने पिता की दौलत और अपनी सुन्दरता पर कितना गर्व है। वह हाड़-मांस की नहीं-पत्थर की बनी है।'

'मुझे विश्वास है-मेरी तपस्या उस पत्थर को भी मोम बना देगी।'

'ऐसा नहीं होगा मिस्टर मोहन-ऐसा नहीं होगा। मुझे तो डर है कि कहीं उस पत्थर से टकरा कर आप स्वयं चूर-चूर न हो जाएं।'

'मैं परवाह नहीं करता।'

'अजीब'सी बात है। आप अपनी जिद पर अड़ें हैं और सीमा आपसे घृणा करती है।'

'मैं जानता हूं। किन्तु मुझे पूरा विश्वास है कि एक दिन उनकी यह घृणा भी प्यार में बदल जायेगी।'

'और। रेखा ने पूछा—यदि ऐसा न हुआ तो?'

'तब भी मैं अपना निश्चय न बदलूंगा।' मोहन बोला—'वह मुझे चाहें न चाहें-किन्तु मैं उन्हें अंतिम क्षणों तक चाहता रहूंगा।'

'इससे लाभ?'

'लाभ हानि व्यापार में देखी जाती है रेखा जी। प्यार कभी व्यापार नहीं होता। और वैसे भी-प्यार का अर्थ कुछ पाना ही नहीं—सब कुछ लुटाना और लुट जाना भी होता है।'

इतना कहकर मोहन धीरे-धीरे आगे बढ़ने लगा। रेखा उसके साथ-साथ चलती रही। कुछ क्षणों तक दोनों ही मौन रहे। फिर रेखा बोली—'समझ में नहीं आता-मुझे आपके लिए क्या करना चाहिये।'

'आप कर भी क्या सकती है?'

'सीमा के स्थान पर कोई दूसरी लड़की होती तो—शायद कुछ हो भी जाता। किन्तु वह इतनी जिद्दी है कि...।'

'जाने दीजिये।'

'आपके परिवार में और कौन-कौन है?' रेखा ने पूछा।

'माता-पिता और मैं।'

'बहन?'

'थी अब नहीं है।'

'कल मिलेंगे?'

'कल?'

'हम लोगों ने घुड़सवारी का प्रोग्राम बनाया है। कुभा फोर्ट की पहाड़ी पर। सीमा भी रहेगी। आयेंगे?'

मोहन के बढ़ते हुए कदम रुक गये। रेखा को ध्यान से देखते हुए उसने पूछा—'मेरा आना आप लोगों बुरा तो नहीं लगेगा?'

'इसमें बुरा ही क्या है?'

'आप जानती है—सीमा जी मुझसे घृणा करती है।'

'मैं तो आपसे घृणा नहीं करती। और वैसे भी—आप तो तरह-तरह के भेष बदलने में माहिर है। सीमा को पता ही क्या चलेगा।'

'पता चला गया तो?'

'कहते हैं प्रेम करने वाले परिणाम की चिन्ता नहीं करते।'

'यह तो है।'

'तो फिर-आई न कल। घुड़सवारी जानते हैं?'

थोड़ी-बहुत। किन्तु मेरी इतनी हैसियत कहां कि घोड़े का किराया अदा कर सकूं।'

'उसका प्रबंध में कर दूंगी।'

'कितना अंतर है आप दोनों में। मेरा मतलब है—एक सीमा है जो हृदयहीन है और एक आप हैं।'

'मैं भी आपकी तरह विवश हूं।'

'आपकी विवशता?'

'सहानुभूति है आपसे।'

'शुक्रिया।'

'अब चलूं?' रेखा ने रिस्टवाच में समय देखकर कहा और मोहन की आंखों में झांकने लगी।

'मोहन बोला—'एक एक प्याला कॉफी का हो जाता तो।'

'फिर कभी।'

'आज ही क्यों नहीं?'

'जल्दी में हूं। अभी सीमा से भी मिलना है। वह मेरी प्रतीक्षा कर रही होगी।'

मोहन ने कुछ न कहा। दोनों धीरे-धीरे चलकर पार्क से बाहर आ गये। चुप्पी के बाद मोहन बोला—'अब कब मिलेंगी?'

'कल-ठीक दो बजे। जगह तो याद रहेगी?'

'कुभा फोर्ट की पहाड़ी तो झील के पास से ही आरंभ होती है। उस झील को मैं कैसे भूल सकता हूं।' कहकर मोहन हंस पड़ा।

रेखा केवल मुस्करा कर रह गयी।

फिर वह बस स्टाफ की दिशा में बढ़ गई और मोहन उसे देखता रहा। शायद वह अब भी सोच रहा था कि सीमा और रेखा में कितना अंतर था।

* * *

कुंभा फोर्ट के आस-पास दूर तक खुला मैदान था। वहीं से दो पगडंडियां सीधी पहाड़ी पर चली गयी थी। ये पगडंडियां इतनी चौड़ी एवं साफ थीं कि इन पर चार घोड़े एक साथ दौड़ सकते थे। मैदान के दायीं ओर ही जैकब पाल का फार्म हाउस था। जैकब पाल आरंभ से ही घोड़ों के शौकीन थे और वर्तमान समय में घोड़े किराये पर देने का काम करते थे। रेखा, सीमा, रूपा एवं गरिमा ने वहां पहुंचकर अपने लिए एक-एक घोड़े का चुनाव कर लिया। सीमा को सफेद रंग का घोड़ा पसंद आया।

पाल ने उससे कहा—'आपकी पसंद ठीक नहीं है मैडम। मैं चाहता हूं कि आप अपने लिए कोई दूसरा धोड़ा पसदं कर लें।'

'क्यों इसमें क्या बुराई है?'

'मुझे विश्वास नहीं कि आप इस पर सवार कर पायेंगी। घोड़ा बिगड़ा हुआ है। यदि आपसे सवार करते समय थोड़ी भी चूक हो गयी तो घोड़ा काबू से बाहर हो जायेगा।'

'मिस्टर पाल-आप मुझे बच्ची न समझें।' मैंने अच्छे-अच्छे घोड़ों को काबू में किया है।'

रेखा बोली—'अब छोड़ भी सीमा। जब मिस्टर पाल कह रहे हैं तो दूसरा घोड़ा देख लें।'

'नहीं-मैंने यही पसंद किया है और मैं इसी पर सवारी करके दिखाऊंगी।'

'तो फिर एक बात जरूर मानिए।' पाल बोला—'आप इसे तेज दौड़ाने की कोशिश न करें।'

'थैंक्यू मिस्टर पाल। मुझे आपकी सलाह याद रहेगी।' सीमा ने कहा और उछल कर घोड़े पर सवार हो गयी।

घोड़ा उसके बैठते ही हिनहिनाया।

पाल समझ गया कि घोड़े को उसका सवार पसंद न था। वह आगे बढ़ा और घोड़े का कंधा थपथपा कर उससे बोला—आई नो मिस्टर राजा—तुम भी जिद्दी हो और सवार भी जिद्दी है। फिर भी मेरी रिक्वैस्ट है कि तुम शराफत से लौट आओगे।'

घोड़ा फिर हिनहिनाया और सवार का इशारा पाते ही धीरे-धीरे पगडंडी की ओर बढ़ने लगा। उसके साथ-साथ रेखा, रूपा एवं गरिमा भी अपने-अपने घोड़ों पर सवार हो गयी और इस प्रकार चारों घोड़े एक साथ ही आगे बढ़ने लगे।

रेखा कुछ बेचैन थी और चेहरा घुमाकर-बार बार पीछे देख रही थी। ऐसा लगता था—जैसे उसे किसी की प्रतीक्षा हो। गरिमा ने उसे यों देखते पाया तो पूछा—क्यों रानी-अकेले में दिल घबरा रहा है? इंतजार है किसी का?

'हां इंतजार तो है।'

'अच्छा कौन है वह?'

'हे तो पराया-लेकिन अब अपना सा लगने लगा है।'

'फिर तो वह बहुत सुन्दर होगा?'

'कामदेव जैसा लगता है। घुंघराले बाल-बड़ी-बड़ी जादू भरी आंखें और चेहरे पर सादगी।'

'बहुत चाहता है तुझे?'

'यही तो मुसीबत है।' लम्बी गहरी सांस लेकर रेखा बोली—'वह निर्दयी तो मेरी ओर नजर उठाकर भी नहीं देखता।'

'तो कह न उससे।'

'क्या कहूं?'

'यही कि-आई लव यू।' गरिमा ने कहा और खिलखिलाकर हंस पड़ी। तभी बातें करते-करते उसे ध्यान आया कि सीमा और रूपा तो उनसे काफी आगे निकल गयी थी।

दोनों ने तेजी से अपने घोड़े आगे बढ़ाये और तभी रेखा के कंठ से घुसी-सी चीख निकेल गयी। सीमा का घोड़ा उसे लिये हुए सरपट दौड़ा जा रहा था। सीमा उसे रोकने का भरसक प्रयास कर रही थी—किन्तु घोड़े की तूफानी चाल से ऐसा लगता था जैसे वह काबू से बाहर हो गया था।

यह देखकर रूपा एवं रेखा ने भी अपने घोड़े दौड़ाने आरंभ कर दिये। किन्तु सीमा एवं उनके बीच की दूरी किसी प्रकार भी कम न हो रही थी।

रेखा कांप कर रह गयी। पगडंडी चौड़ी अवश्य थी किन्तु उस पर कई खतरनाक किस्म के मोड़ थे और दोनों और सैकड़ों फिट गहरी खाईयां थी। ऐसी स्थिति में घोड़ों को दौड़ना किसी भी दशा में खतरे से खाली न था।

दूसरी ओर सीमा घोड़े पर बुरी तरह चिपकी हुई और और पूरी शक्ति से चीख रही थी—रेखा-गरिमा।'

गरिमा को उसकी स्थिति देखकर लग रहा था कि वह किसी भी क्षण घोड़े की पीठ से गिर, सकती थी। यह देखकर उसने घोड़े को ऐड़ लगाई। किन्तु राह में पड़े छोटे-छोटे पत्थरों के कारण घोड़ा उस गति से नहीं दौड़ पा रहा था।

सीमा अब भी चीख रही थी—'बचाओ-बचाओ-बचाओ।'

रेखा उसकी आवाज सुनकर चिल्लाई हिम्मत मत हारना सीमा—हम लोग आ रहे हैं।

तभी पीछे से एक घुड़सवार आया और तेजी से अपना घोड़ा दौड़ते हुए इन लोगों से आगे निकल गया। अगले ही क्षणों में उसका घोड़ा सीमा के निकट पहुंच गया और और उसके घोड़े से सटकर दौड़ने लगा।

सीमा अब भी सहायता के लिए पुकार रही थी।

यह देखकर घुड़ सवार ने अपने घोड़े की लगाम दांतों में दबा ली और सीमा की ओर अपने दोनों हाथ फैलाकर बोला—'हिम्मत से काम लीजिये और अपने हाथ मेरे हाथों में दीजिये।

सीमा की आंखों से आतंक के साये झांक रहे थे। उसने एक बार आशा भरी नजरों से घुड़सवार को देखा-मगर कुछ कह न सकी।

घुड़सवार उसे यों सोच में पड़े देखकर बोला—'घबराईये मत—यदि आपके हाथ मेरे हाथों में आ गये तो मैं आपको गिरने न दूंगा।'

सीमा ऐसी स्थिति में थी कि किसी भी क्षण गिर सकती थी। फिर भी उसने अपने दोनों हाथ घुड़सवार की ओर बढ़ा दिये। घुड़सवार एक बार घोड़े की चाल को देखा एक पल के लिए लगा की ढीला किया और फिर सीमा के दोनों हाथ अपने हाथों में लेकर उसे एक झटके से अपने घोड़े पर खींच लिया।

सीमा दूसरे घोड़े पर आ गयी।

किन्तु इन्हीं क्षणों में स्वयं घुड़सवार का संतुलन बिगड़ गया। लगाम उसके दांतों से छूट गयी और वह दौड़ते हुए घोड़े से नीचे गिर पड़ा।

सीमा वाला घोड़ा उसी गति से दौड़ता चला गया।

जबकि घुड़सवार के गिरते ही दूसरा घोड़ा रुक गया और सीमा ने जल्दी से उसकी लगाम थाम ली। इसके पश्चात वह स्वयं भी घोड़े से नीचे कूद गयी।

अब तक रेखा, रूपा एवं गरिमा के घोड़े भी वहां पहुचं गये थे। और जब ये तीनों अपने घोड़ों से उतर कर नीचे पड़े घुड़सवार के पास पहुंची तो उन्होंने देखा कि सीमा वहां पहले से ही घुड़सवार पर झुकी हुई थी।

रेखा, रूपा एवं गरिमा को देखकर वह उनसे बोली—'पता नहीं-कौन है यह मसीहा-मुझे बचाने की कोशिश में स्वयं अपने प्राण गवां बैठा।'

'देखूं तो। इतना कहकर रेखा घुड़सवार पर झुक गई और उसके हृदय की धड़कने सुनने लगी। हृदय की गति सामान्य थी। यह देखा रेखा बोली—सांस चल रही है। हमें इन्हें जल्दी से जल्दी किसी हास्पिटल में पहुंचाना होगा।

बेहोश ही है ना?'

'हां—और सबसे अच्छी बात तो यह है कि सर किसी पत्थर से नहीं टकराया है।'

'थैंक्स गॉड, मैं तो डर ही गई थी!'

'रूपा।' फिर रेखा ने रूपा एवं गरिमा से कहा—तुम दोनों मिस्टर पाल के पास चली जाओ। हो सकता है—उनके पास फर्स्ट एड बाक्स हो।'

'नहीं। सीमा बोली—'तुम ऐसा करो अपने घोड़े छोड़कर गाड़ी यहां ले आओ। यदि इस बेचारे को जल्दी ही डाक्टरी सहायता न मिली तो कुछ भी हो सकता है। जल्दी करो।'

रूपा एवं गरिमा अपने घोड़ों पर सवार होकर चली गई।

उनके जाने के बाद रेखा बोली—'सीमा-मैं कहीं आस-पास पानी खोजती हूं। हो सकता है—मुंह पर पानी के छीटे मारने से इन्हें होश आ जाये। तू यही रहना।'

इतना कहकर रेखा पैदल ही वहां से चली गयी और सीमा घुड़सवार के निकट बैठ गयी।

उसने देखा—घुड़सवार की दाढ़ी से कुछ तिनके उलझ रहे थें वह उन्हें छुड़ाने की लगी और तभी उसके सामने एक धमाका-सा गुंज गया। घुड़सवार की दाढ़ी एक ओर से अलग हो गयी। यह देखकर सीमा के होंठों पर स्नेहपूर्ण मुस्कुराहट थिरक उठी। उसने मूर्छित पड़े घुड़सवार की दाढ़ी को एक बार चेहरे से अलग किया और फिर चिपका दिया।

इसके पश्चात वह बड़बड़ायी—'सचमुच पागल हो तुम। मेरे लिए अपनी जान की बाजी लगा बैठें बहरूपिए कहीं के। दिल करता है कि तुम्हें...। और इसके उपरांत वह अपने हाथ से घुड़सवार के मस्तक पर लगी धूल को पोंछने लगी।

तभी रेखा आ गयी।

सीमा ने उठकर उससे पूछा—पानी मिला?

'नहीं।'

'अब क्या होगा?'

'होना ही क्या है—वापस चलो।'

'और यह?'

'रहने दो यहीं। होश में आते ही उठकर अपने घर चला जायेगा।'

'पागल हो गयी है? तुझे किसी पर दया नहीं आती?'

'बिना सोचे समझे दया करना ठीक नहीं। पता नहीं कौन है।'

'कोई भी है—लेकिन भला आदमी है। जानती है-यदि यह ठीक समय पर मेरी मदद के लिए न पहुंचता तो पता नहीं क्या होता। मेरी तो डर के मारे ही जान निकली जा रही थी।

'वैसे।' रेखा मुस्करा कर बोली—'है तो सुन्दर। चेहरे पर दाढ़ी न होती तो और भी सुन्दर लगता।'

'कुछ लोग दाढ़ी में भी सुन्दर लगते हैं।'

'पसंद आया?'

'क्या....? कहीं तू पागल तो नहीं हो गयी है?'

'पागल तो अब तुम पर सवार होगा मेरी जान! देखना—अब तुम्हारी आंखों से नींद उड़ जायेगी।

'ऐसा क्यों?'

'दिल जो आ गया है इस बेचारे पर।'

'पागल हो गयी है। भला मेरा क्या रिश्ता है इससे?'

'रिश्ते बनते देर ही कितनी लगती है। नजरें मिली और बन गये रिश्ते।' इतना कहकर रेखा धीरे से हंस पड़ी और अपनी रिस्टवाच में समय देखकर बोली—'अच्छा बाबा मैं तो चलती हूं।

'अरे तू कहां जा रही है।

'तेरे इस मसीहा के लिए कुछ न कुछ तो करना ही पड़ेगा। कहते हैं—यदि ऐसे में बेहोशी जल्दी नहीं टूटती तो जान पर बन जाती है। देखती हूं शायद ऊपर कोई झरना मिल जाये।'

कहकर रेखा फिर चली गई। सीमा फिर से बैठ गयी और घुड़सवार को ध्यान से देखने लगी। तभी वह चौंक पड़ी। घुड़सवार धीरे-धीरे आंखें खोल रहा था। आंखें खोलकर पहले उसने आसपास के वातावरण को देखा और फिर लेटे ही लेटे चौंककर सीमा से बोला—'आप आप ठीक तो हैं ना?'

'जैसी भी हूं—आपके सामने हूं।' सीमा बोली—'आप कैसे हैं?'

'वैसे तो ठीक हूं। किन्तु लगता है चोट कहीं गहरी लगी है।'

'दिल पर लगी होगी?'

'ज-जी हां—शायद दिल पर लगी है।'

'और शायद दिमाग पर भी। तभी तो आप पर पागलपन सवार हुआ और अपने मेरे लिए अपने प्राणों की बाजी लगा दी।'

'यह तो फर्ज था मेरा।'

इतना कहकर घुड़सवार ने उठने की कोशिश की तो सीमा ने उसे सहारा दे दिया।

वह बोली—'आपके तो कपड़े भी खराब हो गये। देखिये चेहरे पर कितनी धूल जमी है।

इतना कहकर सीमा ने अपना हाथ आगे बढ़ाया और एक झटके से घुड़सवार की दाढ़ी खींच ली।

यह मोहन था।

यह देखकर अपराध बोध से मोहन का चेहरा झुक गया और सीमा उसकी नकली दाढ़ी को अपनी उंगलियों पर नाचते हुए बोली—देखा आज भी आपकी चोरी पकड़ी गयी।'

'जी।'

'चोर कितना भी चालाक हो। एक न एक दिन पकड़ा ही जाती है। क्यों?'

'जी हां।'

'मेरी समझ में नहीं आता-आप मुझसे चाहते क्या है?

'आप भली प्रकार जानती है कि मैं आपसे क्या चाहता हूं।'

'अर्थात्- प्यार?'

'जी।'

'और।' सीमा मुस्करा कर बोली—यदि मैं आपके प्रस्ताव को मानने से इंकार कर दूं-तब?'

'मैंने उस दिन भी कहा था कि मैं कायर नहीं हूं। मैं दीवारों से घबराकर अपनी राहें नहीं बदलता। आप मुझे चाहें न चाहें किन्तु यह मेरा अडिग निश्चय है कि मैं आपको अंतिम क्षणों तक चाहता रहूंगा। साथ ही यह भी तय है कि मेरे जीवन में आपके सिवाए कोई दूसरी लड़की कभी नहीं आयेगी।'

'आप जानते हैं—प्रेम की राहें कितनी कटीली होती हैं?

‘मैं कांटों पर चलने से नहीं घबराता। मैं अपने प्रेम के लिए कांटों पर तो क्या—अंगारों पर भी चल सकता हूं।’

‘और यदि मैं आपको न मिल पायी तो?’

सीमा ने कहा और ध्यान से मोहन का चेहरा देखने लगी। मोहन बोला—‘शायद आप नहीं जानती—प्यार कुछ पाने का ही नहीं—सब कुछ खाने का नाम होता है। मैं स्वार्थी नहीं हूं। मैंने कुछ पाने के लिए नहीं—बल्कि अपना सब कुछ खाने के लिए आपसे प्यार किया है। मैं आपको मन और आत्मा की गहराई से चाहता हूं।’

‘अजीब आदमी हैं आप।’

‘जी।’

‘मैं सोचूंगी आपके बारे में। किन्तु आज के बाद आप मेरे लिए खतरों से भरा कोई खेल मत खेलिये।’

‘जी।’

‘मोहन ने केवल इतना ही कहा।

तभी रेखा आ गयी।

* * *

अभी कुछ समय पहले तक आकाश बिल्कुल साफ था—किन्तु शाम होते ही पश्चिम की दिशा से काली घटाएं घिर आयी और हवाओं में भी तेजी आ गयी। मोहन ने गैराज के गेट से निकल कर एक बार घटाओं को देखा और फिर उसके पांव तेजी से साइकिल के पैंडलों को घुमाने लगे।

तभी वह चौंक पड़ा।

बांयी ओर वाले स्टाप पर शिल्पा खड़ी थी। शिल्पा को देखकर वह साइकिल से उतर गया और शिल्पा उसके निकट आकर शिकायती लहजे में बोली—जानते हो कब से खड़ी हूं?’

‘मेरे लिए?’

‘और नहीं तो क्या? दोपहर से दो चक्कर लगा चुकी हूं तुम्हारी गैरेज के। हर बार पूछने पर यही पता चला कि तुम कहीं गये हो।’

‘यूं ही किसी काम से चला गया हूंगा।’

‘तुम्हारे काम का मुझे पता है।’ शिल्पा गंभीर थी।

‘क्या मतलब?’

‘सुना है, कल कोई लड़की तुमसे मिलने आयी थी और तुम उसके साथ पार्क में भी बैठे रहे थे।’

‘मोहन ने चौंककर पूछा—‘यह-यह सब किसने कहा तुमसे?’

'सच कभी छुपता नहीं है मोहन साहब। मुझे अपने सवाल का जवाब चाहिये। कौन थी वह लड़की?'

'तुम क्या सोचती हो?'

'मोहन—यह मेरे सवाल का जवाब नहीं है। मैं तो केवल यह जानना चाहती हूं कि वह लड़की कौन है और उससे तुम्हारा रिश्ता क्या है?'

'कुछ रिश्ते अनाम भी होते हैं।'

'और ऐसे रिश्तों को प्यार का नाम भी दिया जाता है।'

'शिल्पा।'

मोहन चीख-सा पड़ा। शिल्पा पूरी तरह गंभीर थी। वह बोली—'और यदि यह बात झूठ है तो रिश्ते बनते देर भी नहीं लगती।'

'शिल्पा प्लीज!' मोहन बेचैनी से बोला—'क्या तुम्हें मुझ पर भरोसा नहीं रहा? क्या तुम सोचती हो कि मैं तुम्हारे अतिरिक्त किसी अन्य को चाह सकता हूं?'

'यदि ऐसा नहीं है तो तुम मेरे सवाल का जवाब क्यों नहीं देते? तुम बताते क्यों नहीं-वह लड़की कौन है?'

मोहन तत्काल ही कुछ न कह सका। इतना तो वह जान ही गया था कि शिल्पा का संकेत रेखा की ओर था। रेखा के विषय में उसे गेराज के किसी कर्मचारी ने बताया होगा।

तभी शिल्पा फिर बोली—'मोहन, तुम्हारे इस मौन का अर्थ यह है कि तुम मेरे सवाल का जवाब देना नहीं चाहते?'

'तुम्हारा सवाल इतना कठिन नहीं कि उत्तर ही न दिया जा सके। मैं तो केवल यह सोच रहा था कि औरतों को शक की यह बीमार जन्म से ही होती है अथवा बाद में लगती है।'

'तुम मुझे फिर टालने की कोशिश कर रहे हो।'

'तो सुनो।' मोहन बोला—'उस लड़की का नाम रेखा है और यह वही लड़की थी जो उस दिन तुम्हें टैक्सी में मिली थी।'

'उसे यहां आने की क्या जरूरत थी?'

'उधार चुकाने आयी थी।' रिस्टवाच में समय देखकर मोहन बोला—'उस दिन उसका पर्स कहीं खो गया था और वह टैक्सी का किराया अदा नहीं कर सकी थी। मैंने उसे यहां का पता दे दिया था।'

'क्या तुम सच कह रहे हो?'

'मुझे तुम्हारी तरह शक करने और झूठ बोलने की बीमारी नहीं है। अब यदि तुम्हें अपने सवाल का जवाब मिल गया हो तो फौरन साइकिल पर बैठो और चलो। घटाएं घिर रहीं है। और हां यदि भविष्य में तुमने मुझ पर फिर शक किया तो मैं किसी बस के नीचे आकर आत्महत्या कर लूंगा।'

'अच्छा बाबा—अब कभी शक नहीं करूंगी। माफ कर दो।

'कर दिया—अब चलो।'

'साइकिल पर?'

'गरीब आदमी जो ठहरा।'

'तो ऐसा करते हैं—पैंदल चलते हैं।'

'पूरे तीन किलोमीटर का सफर है मेम साहब। तुम्हार घर तो यहां से सात किलोमीटर से कम नहीं है।'

'होने दो। मुझे तुम्हारे साथ पैदल चलना अच्छा लगता है।' शिल्पा ने कहा। फिर एकाएक उसे कुछ या आया और वह बोली—'जानते हो—मैं क्यों आयी थी?'

मोहन पैदल ही आगे बढ़ने लगा और बोला—जरूर तुम्हारे दिमाग की किसी नस में खराबी आ गयी होगी। तभी तो तुम अपना कालेज छोड़कर बादशाह के गैराज में पहुंच गयीं।

'एक शुभ समाचार सुनाना था तुम्हें।'

'वह क्या?'

'मैंने तुम्हारे विषय में मां को बता दिया है।'

'अच्छा।'

'और मुझे लगता है—मां ने इस सम्बन्ध में भइया से भी कह दिया है। शाम भइया मुझसे पूछ रहे थे कि तुम अपनी ड्यूटी से कब लौटते हो। शायद वह तुमसे मिलना चाहते हैं?'

मोहन किन्हीं सोचों में डूब गया।

शिल्पा उसे यों मौन देखकर बोली—'तुम क्या सोचने लगे?'

'शिल्पा—क्या ऐसा नहीं हो सकता कि इन बातों को कुछ समय के लिए स्थगित कर दिया जाये?'

'वह क्यों?'

'मेरी जिम्मेदारियां अभी मुझे कुछ और सोचने की इजाजत नहीं देती।'

'किन्तु भइया को जल्दी ही। वह भी मेरा विवाह करके इस जिम्मेदारी से मुक्त होना चाहते हैं। और फिर—यदि विवाह हो भी जाता है तो इसमें बुराई क्या है? मैंने बी. ए. कर लिया है। कहीं न कहीं नौकरी भी मिल जायेगी। इस प्रकार घर की आर्थिक स्थिति खुद-ब-खुद सुधर जायेंगी।'

'नहीं शिल्पा—अभी यह संभव नहीं है।'

'किन्तु क्यों?'

'क्योंकि अभी मेरे कंधों पर घर के अतिरिक्त एक जिम्मेदारी और भी है।'

'मुझसे नहीं बताओगे?' शायद मैं तुम्हारे किसी काम आ सकूं।

'नहीं-अभी नहीं। समय आने पर बता दूंगा।

मोहन ने कहा और दृष्टि उठाकर पश्चिम की दिशा में देखने लगा। पश्चिम से उठने वाली घटाएं अब तेजी से समस्त आकाश पर फैलती जा रही थीं। वर्षा की संभावना थी।

उन दोनों के बीच देर तक मौन छाया रहा।

फिर इस मौन को तोड़ते हुए शिल्पा बोली—तुमने तो मुझे अजीब सी स्थिति में फंसा दिया मोहन। एक ओर घर वाले जल्दी से जल्दी मेरा विवाह कर देना चाहते हैं और दूसरी ओर....।'

'थोड़ी देर प्रतीक्षा करो—सब ठीक हो जायेगा। तुम्हारे भइया मिलेंगे। तो मैं उन्हें समझा दूंगा। अब तुम बस पकड़ कर घर जाओ। वर्षा आरंभ हो गयी तो परेशान हो जाओगी।'

'परसों तो छुट्टी रहेगी?'

'क्यों?'

'समय मिला तो घर आऊंगी।'

'मोहन ने कुछ न कहा। शिल्पा कुछ दूर तक तो उसके साथ चली और फिर बस स्टाप की दिशा में बढ़ गयी। उसके जाते ही मोहन साइकिल पर सवार हुआ और उसके पाव फिर साइकिल के पैंडलों पर हरकत करने लगे।

* * *

सीमा ने गुनगुनाते हुए अपने कमरे में प्रवेश किया और रिकार्ड प्लेयर ऑन कर दिया। उसके ऐसा करते ही कमरा पश्चिमी संगीत से गूंज उठा और इसके साथ ही सीमा के पांव तेजी से फर्श पर थिरकने लगे। उसकी मुखाकृति देखकर लगता था कि जैसे आज वह बेहद प्रसन्न थी। जैसे प्रसन्नता का संगीत उसके रोम-रोम से फूट रहा था।

'लगता है—हमारी बेटी आज बेहद खुश है।'

एकाएक किसी ने अंदर आकर कहा तो फर्श पर थिरकते सीमा के पांव एक झटके से थम गये और उसने जल्दी से आगे बढ़कर प्लेयर बंद कर दिया।

यह उसके पिता सेठ श्यामसुन्दर दास थे।

उन्हें देखकर सीमा फुर्ती से पलटी और मुंह बनाकर बोली—'ओह डैड-मैंने आपसे कितनी बार कहा है कि आप मुझे डिस्टर्ब न किया करें। न जाने कितने दिनों बाद तो मैंने रिकार्ड प्लेयर चलाया था।'

'चौंकाने वाली तो यही है। जो लड़की प्रत्येक समय गुस्से से भरी रहती हो और जिसके घर में प्रवेश करते ही नौकरी की शामत आ जाती हो, वह एकाएक इतनी खुश नजर आये तो यही सोचना पड़ेगा कि कोई न कोई बात जरूर है।'

'बात तो है डैडी।'

'वह क्या?'

'मैं आज अपनी सहेलियों के साथ घुड़सवारी के लिए गयी थी।'

'अच्छा-फिर?' सेठ श्यामसुन्दर दास ने उत्सुकता से पूछा।

'किन्तु जानते हैं-क्या हुआ?'

'क्या हुआ?'

'मेरा घोड़ा काबू से बाहर हो गया।'

'माई गॉड! फिर?

'फिर क्या-मेरे तो होश ही उड़ गये। डर के मारे घोड़े की पीठ से चिपक गयी। किन्तु घोड़ा पूरी शकित से दौड़ता रहा। लगता था-जैसे उसने मुझे अपनी पीठ से गिराने की कसम खा रखी हो। तभी पीछे से एक घुड़सवार आया और उसने मेरे हाथ थामकर मुझे अपने घोड़े पर खींच लिया।'

'शुक्र है-तुम बच गयीं।'

'किन्तु उसके साथ तो बुरा हुआ डैड। वह बेचारा मुझे संभालने की कोशिश में अपना संतुलन खो बैठा और घोड़े से गिर गया।'

'फिर तो उसे बहुत चोट आई होगी?'

'अच्छा हुआ कि चोट नहीं आयी। थोड़े देर के लिए बेहोश हो गया था बस।'

'वैरी सैड।' श्याम सुन्दर दास बोले—तुमने उसे कुछ दिया?'

'देना ही क्या था?'

'अरे-तुम्हें उसे पुरास्कार देना चाहिये था। उसने तुम्हारी प्राण-रक्षा की थी।'

'वह तो दे दिया डैड?'

'वह क्या?'

सीमा हंसकर बोली—'याद नहीं रहा।'

'बहुत चालाक हो तुम।' श्यामसुन्दर दास भी हंस पड़े और बोले—हम आज रात की फ्लाइट से सिंगापुर जा रहे हैं। लौटने में कुछ समय लग जायेगा।'

'ठीक है डैड।'

'अब तुम खाना खाकर आराम करो। हमें भी तैयारी करनी है।'

इतना कहकर श्याम सुन्दर दास चले गये और सीमा फिर रिकार्ड प्लेयर की ओर बढ़ गयी। किन्तु तभी फोन की घंटी बज उठी। सीमा ने रिसीवर उठाया तो दूसरी ओर से रेखा की आवाज सुनाई पड़ी—'रेखा बोल रही हूं।'

'हाय रेखा-क्या कह रही है?'

'याद कर रही हूं।'

'किसे?'

'तुम्हारे उसी मसीहा को।'

'अच्छा-किन्तु उसे बहरूपिये को याद तुझे कैसे आ गयी?'

'प्यारा लगा था।'

'अच्छा—कहीं ऐसा तो नहीं कि तुझे उससे प्यार हो गया हो?'

'मुझे तो नहीं—किन्तु मेरी एक सहेली को जरूर उससे प्यार हो गया है।'

'कौन है वह?'

'सीमा कहते हैं उसे। लोग कहते हैं कि वह बहुत ही गुस्सैल और घमंडी लड़की है। किन्तु उस मसीहा ने नयनों का ऐसा तीर चलाया कि सारा घमंड एक ही बार में चूर-चूर हो गया।'

'पागल हो गयी है क्या?'

'तो ईमान से कहना—क्या यह सब झूठ है? तुझ पर जादू नहीं चला उस मसीहा का?'

सीमा को कहना पड़ा—'हां—थोड़ा बहुत तो चला है।

'तो अब क्या इरादा है मेरी जान?'

'देखते हैं। शिकार अच्छा लगा तो कैद कर लेंगे।'

'और बुरा लगा तो?'

'तेरे हवाले कर देंगे। इतना कहकर सीमा हंस पड़ी और बोली—'खैर—कल तो मिलेगी न?'

'कालेज तो आऊंगी और शायद तेरे मसीहा से भी मुलाकात करूंगी। सुन—क्यों न कल भी घुड़सवारी का प्रोग्राम बनाया जाये?'

'ना बाबा-ना। कान पकड़ती हूं ऐसी घुड़सवारी से। वह तो अच्छा हुआ कि उसने बचा लिया। नहीं तो मेरी तो हड्डी-पसली एक हो जाती।'

'अरी तो क्र हुआ? ऐसा हुआ भी—तो बचाने के लिए मसीहा तो आ ही जायेगा।'

'आता होगा। मुझे नहीं करनी घुड़सवारी।'

'तेरी मर्जी-और कुछ?'

'बस—सब कुछ ठीक है।'

सीमा ने कहा और तभी लाइन कट गयी। सीमा ने रिसीवर रख दिया और मोहन के विषय में सोचने लगी। कैसा जादूगर था वह—एक ही दिन में उसका घमंड चूर-चूर कर दिया। बहरूपिया कहीं का।

सोचते हुए सीमा की आंखों के सामने मोहन की तस्वीर घूम गयी। भोला-भाला चेहरा-घुंघराले बाल और जादू भरी आंखें। आवाज में ऐसी मधुरता की बार-बार सुनने को जी चाहे।

तभी सीमा के विचारों का दर्पण चूर-चूर हो गया। कमरे में आकर नौकर उससे पूछ रहा था—'खाना लगा दूं बिटिया रानी?'

'आ!' उसने चौंककर नौकर को देखा और बोली—'नहीं काका—आज मुझे बिल्कुल भूख नहीं है।'

'बिटिया की तबियत' आज कुछ खराब है क्या?'

'ओ नो काका—में बिलकुल ठीक हूं। ठीक हूं—तभी तो भूख नहीं लगी। जाओ—तुम आराम करो।'

नौकर बोला—'ईश्वर करे—आप हमेशा इसी तरह खुश रहें।'

'मेरी खुशी से तुम्हारा क्या सम्बन्ध?'

'बिटिया—जब आप खुशी होती हैं न तो पूरे घर में धूप-सी खिली रहती है। खुशियों के फूल मुस्कराते हैं हर कोने में। अन्यथा प्रत्येक समय आतंक-सा छाया रहता हे। ऐसा लगता है—जैसे कोई रहता ही न हो।'

'काका—मैं जानती हूं तुम लोगों के प्रति मेरा व्यवहार अच्छा नहीं है। किन्तु में भी क्या करूं। बचपन से ही इतनी जिद्दी रही हूं कि अब छोटी-छोटी बातों पर भी गुस्सा आ जाता है।'

'गुस्सा ठीक नहीं बिटिया रानी।'

'जानती हूं।'

सीमा ने कहां और उठकर रिकार्ड प्लेयर ऑन कर दिया। कमरे में फिर संगीत की स्वर लहरी गूंजने लगी और उसके साथ-साथ सीमा के पांव भी फर्श पर थिरकने लगे।

यह देखकर नौकर मुस्कराया और बाहर चला गया।

* * *

पीछे से आने वाली गाड़ी के ब्रेक इतनी जोरों से चरमराये कि मोहन घबरा कर साइकिल से उतर गया और चौंक कर पीछे की दिशा में देखने लगा। तभी किसी ने गाड़ी के अंदर से उसे पुकारा—'मिस्टर मोहन।'

मोहन अपना नाम सुनकर गाड़ी के निकट आ गया। पुकारने वाली सीमा थी। सीमा को देखकर उसके होंठों पर मद्धिम-सी मुस्कराहट थिकर उठी। और वह बोला—'नमस्ते मैडम।'

'आप अपनी हरकतों से बाज न आयेंगे?'

'म—मैंने क्या किया है?' हकलाते हुए मोहन ने पूछा और गंभीर हो गया। वह समझ नहीं पा रहा था कि सीमा का संकेत किस ओर था।

सीमा बोली—'आपने हमारी रातों की नींद और दिन का चैन लूट लिया और अब आप पूछते हैं कि मैंने क्या किया है?'

मोहन की जान में जान आयी। तीर निशाने पर लगा था। वह बोली—'अजीब सी बात है मैडम। मैंने तो पिछले चौबीस घंटों में आपको अपनी सूरत भी नहीं दिखाई।'

'दिखाई क्यों नहीं? वह तस्वीर जो हर समय हमारी आंखों के सामने घूमती रही—वह किसकी थी?'

'होगी किसी अनजाने की।'

'और वह अनजाना कोई और नहीं। तुम थे—तुम। अब इस खटारा साइकिल का पीछा छोड़ों और अंदर आ जाओ।'

मोहन बोला—तो क्या में यह समझूं कि...?'

'समझदार के लिए इशारा ही काफी होता है। किन्तु इसका अर्थ यह नहीं है कि मैंने तुम्हारा प्रस्ताव मान लिया है। इसका निर्णय तो डैड करेंगे।'

'क्या मतलब?'

'डैड इन्टरव्यू लेंगे तुम्हारा। पास हो गये तो ठीक—अन्यथा हमेशा के लिए छुट्टी। चलो।'

'पर।' मोहन बोला—'मेरे प्रस्ताव का आपके डैडी से क्या सम्बन्ध? यह तो आपकी इच्छा पर निर्भर है कि आप किसे चाहती है और किसे नहीं।'

'मिस्टर मोहन—डैडी मेरे पिता ही नहीं—मेरी मां भी वही है। उनसे पूछे बगैर मैं कभी कोई निर्णय नहीं करती। तुम्हें अभी और इसी वक्त उनसे मिलना ही पड़ेगा।'

'ठीक है।'

'तो ठीक फिर अपनी इस खटारा को किसी दुकान पर छोड़ों और गाड़ी में बैठो।'

'मैडम, जिस साइकिल को आप खटारा कह रही है वह इस हालत में आठ सौ से कम की नहीं है।'

'तुम्हें आठ सौ भी मिल जायेंगे बाबा। गाड़ी में तो बैठो।'

'देखता हूं।'

इतना कहकर मोहन साइकिल पर सवार हुआ और निकट की एक गली में चला गया। थोड़ी देर बाद वह पैदल लौटा और सीमा ने उसे देखकर गाड़ी का दरवाजा खोल दिया। अगले ही क्षणों में मोहन गाड़ी में बैठा और सीमा की गाड़ी तेजी से सड़क पर दौड़ने लगी।

मौसम साफ था—किन्तु आकाश में बादलों के छोटे-छोटे टुकड़े मंडरा रहे थे। हवा भी खामोश थी।

कुछ क्षणों के मौन के बाद सीमा उससे बोली—'डैडी से डर तो नहीं लगेगा तुम्हें?'

'वह क्यों?'

'डैडी रूखे स्वभाव के व्यक्ति है।'

'आमतौर पर सभी अमीरों का स्वभाव ऐसा ही होता है।'

'डैडी को गुस्सा भी बहुत आता है।'

'मेरे विचार में गुस्सा आने का कारण वह होता है कि अधिकांश अमीर लोग घमंडी होते हैं।'

मेरा मतलब था—यदि तुमने उनके प्रश्नों का ठीक से उत्तर न दिया तो वह तुम्हें तुरन्त बंगले से बाहर कर देंगे।'

'हमने भी बड़े-बड़ों की छुट्टी की है मैडम। आप देखिये तो—हम उनके सवालों का कितना अच्छा उत्तर देते हैं।'

'देखते हैं।'

सीमा ने रहस्यपूर्ण मुस्कराहट के साथ कहा और फुर्ती से ब्रेक लगा दिये। मोहन ने पूछा—'क्या हुआ?'

'तुम्हारा काम जल्दी हो गया।'

'क्या मतलब?'

'डैडी यही हैं सामने आयकर विभाग के दफ्तर से निकल रहे हैं। वह देखो।

इतना कहकर सीमा ने एक ओर को इशारा कर दिया। सड़क के उस पार खड़े वृक्षों के पीछे से एक अधेड़ व्यक्ति धीरे-धीरे इसी ओर बढ़ रहा था। अधेड़ व्यक्ति के चेहरे पर फ्रैंच कट दाढ़ी थी। सर पर कीमत हेट था और हाथ में चांदी की मूंठ वाली छड़ी।

उस व्यक्ति को देखते हुए मोहन ने पूछा—'यही है आपके डैडी?

'हां।' गाड़ी रोककर सीमा बोली—'देख रहे हो—कितना गुस्सा है चेहरे पर। मुझे तो इनसे बात करते हुए भी भय लगता है। पता नहीं तुम कैसे इनके प्रश्नों का उत्तर दोगे।'

'बात तो मुश्किल-सी लगती है। खैर देखता हूं।'

मोहन ने कहा और सीमा के साथ ही गाड़ी से बाहर आ गया। तभी अधेड़ व्यक्ति गाड़ी के पास आ गया। उसने एक नजर मोहन पर डाली और फिर गंभीर लहजे में सीमा से पूछा—तुम यहां क्या कर रही हो?'

'ब—बात यह है डैड....।'

'हम देख रहे हैं—पिछले कुछ दिनों से तुम्हारी आदतें काफी बिगड़ती जा रही हैं। तुम अपनी पढ़ाई-लिखाई छोड़कर पूरे दिन गाड़ी में घूमती हो। आज से तुम्हारा घर से बाहर निकलना बंद।

'ऐसा न कहिये डैड।'

'यह गधा कौन है?'

अधेड़ ने पूछा और इस बार उसकी नजरें मोहन के चेहरे पर जम गयीं। मोहन कुछ कहता—उससे पहले ही सीमा बोली—'नहीं यह गधे नहीं डैड—यह तो देवता है।'

'देवता और इस धरती पर! व्हाट?'

'यस डैड—मैं तो इन्हें देवता ही कहूंगी। उस दिन जब मैं घुड़सवारी कर रही थी तो इन्होंने ही मेरी जान बचाई थी।

'तो—यह बात है। क्यों नौजवान?'

'जी।' मोहन धीरे से बोला।

'हम तुम्हारा शुक्रिया अदा करते हैं कि तुमने हमारी बेटी की जान बचाई। बोलो—इसके बदले में तुम्हें क्या चाहिये?'

'क्षमा करें—मैं स्वार्थी नहीं हूं।'

'तुम झूठ बोलते हो नौजवान। हमने अपने यह बाल धूप में बैठकर सफेद नहीं किये है। हम अच्छी तरह जानते है कि निःस्वार्थ भाव से कोई किसी की मदद नहीं करता। सीमा।'

'कहिये डैड।'

'इन्हें बतौर पुरस्कार पांच हजार का चैक दे दो।'

'डैड—आप तो कुछ और सोच बैठे।' सीमा बोली—'इन्हें दौलत नहीं चाहिये।'

'और क्या चाहिये?'

'डैड—ये मुझे पसंद करते हैं और चाहते हैं कि मैं इनसे विवाह कर लूं—हां डैड।'

'वंडरफुल।' अधेड़ खुश होकर बोला। फिर उसने मोहन से कहा—'देखा यंगमैन—हमने पहले ही कहा था कि बिना स्वार्थ के कोई किसी के लिए कुछ नहीं कर करता। तो—तुम हमारी बेटी को पसंद करते हो?'

'जी।'

'क्यों किसलिए?'

'आपको यह प्रश्न काफी टेढ़ा है सर। आप तो जानते ही हैं कि किसी को पसंद करना और न करना—यह अपने वश में नहीं होता। यह तो मन की बात होती है। मन जिसे पसंद करता है—वही पसंद आता है।'

'यस डैडी।' सीमा बोली—'बिल्कुल ऐसा ही होता है।'

'हम तुम्हारा नहीं—इनका इन्टरव्यू ले रहे हैं—समझी।'

'सॉरी डैड।'

'हां तो यंगमैन।' अधेड़ ने फिर कहा—तो आप हमारी बेटी को पसंद करते हैं।'

'जी।'

'तुम जानते हो—सीमा हमारी इकलौती बेटी है और आज हमारे पास जो कुछ भी है—वह सब हमारी बेटा का है।'

आपका इशारा मैं समझ रहा हूं। मोहन बोला—'किन्तु विश्वास कीजिये सर—मैं केवल खून-पसीने से कमाई गयी दौलत पर विश्वास करता हूं। मुझे आपकी दौलत से कोई सरोकार नहीं है।'

'अर्थात् तुम्हें दौलत नहीं चाहिये?'

'यस सर।'

'फिर तो तुम एक घटिया आदमी हो। क्योंकि जिस व्यक्ति को दौलत की चाह नहीं—वह अपने जीवन में कभी तरक्की नहीं कर सकता। सीमा—यह नौजवान हमें बिल्कुल पसंद नहीं है।'

'इतना कहकर अधेड़ व्यक्ति गाड़ी के अंदर बैठ गया। सीमा यह देखकर जल्दी से उसके पास पहुंची और बेचैनी से बोली—'मेरी बात तो सुनिये डैड। मिस्टर मोहन अच्छे आदमी है।'

'मोहन उससे बोला—'रहने दीजिये मैडम—इनके अच्छा अथवा बुरा कहने से मेरी सेहत पर कोई असर नहीं पड़ता। वैसे—डैडी खूबसूरत है तुम्हारे।'

'क्या मतलब?'

सीमा ने पूछा और उसी समय मोहन ने हाथ बढ़ाकर अधेड़ की फ्रैंच दाढ़ी खींच ली। साथ ही उसका टोप भी उतार कर हाथ में ले लिया। अब जो चेहरा सामने था—वह सीमा की सहेली रूपा का था।

यह देखकर सीमा ने जल्दी से अपना चेहरा घुमा लिया और मोहन से मुस्कराते हुए रूपा से कहा—'प्रणाम सेठजी।'

रूपा का चेहरा झुक गया।

मोहन फिर सीमा से बोला—'देखो मैडम—हमने पहले ही कहा था कि हम अच्छे-अच्छों की छुट्टी कर देते हैं। ऐसा दांव मारा कि आपके डैडी की बोलती बंद हो गयी। क्यों डैडी साहब?'

इतना कहकर मोहन धीरे से हंस पड़ा और रूपा ने गाड़ी से उतरकर सीमा से कहा—'देखा, फंसा दिया न मुझे। चली थी डैडी बनाने और सारी की सारी चालाकी धरी रह गई।'

'मुझे क्या पता था कि यह साहब मुझसे भी अधिक चालक निकलेंगे।'

'मैं चलती हूं। यह संभाल अपनी छड़ी।'

'अरी सुन तो।'

सीमा उसे रोकती रह गयी और सीमा अपनी छड़ी गाड़ी। के अंदर फेंकर तेजी से एक ओर बढ़ गयी।

उसके जाते ही मोहन ठहाका मारकर हंस पड़ा और सीमा से बोला—'अब कहिये मेम साहब।'

'बड़े चालाक है आप।'

'मैडम चालाकी को छोड़िये और यह बताइए—इंटरव्यू हो चुका?'

'वह तो उसी दिन हो गया था—जब आप पहली बार मिले थे।'

'तो फिर—वह मारपीट और गुस्सा?'

'देखना चाहती थी कि आप कितने सहनशील हैं।'

'यानि—इम्तिहान खत्म?'

'जी हां।'

'तो आइए ना।' मोहन ने कहा और सीमा का हाथ थामकर वह उसकी आंखों में झांकने लगा।

सीमा ने पूछा—'कहां?'

'कहीं ऐसी जगह—जहां बैठकर हम दो बातें कर सकें। और हां—हमारे उस प्रस्ताव का क्या रह?'

'क्या अब भी कहने के लिए कुछ शेष रह गया है?' सीमा ने कहा और हाथ छुड़ाकर वह गाड़ी में बैठ गयी।

मोहन भी आगे बढ़कर गाड़ी में बैठ गया। फिर जब गाड़ी दौड़ने लगी तो सीमा बोली—'मोहन साहब—आप वास्तव में जादूगर है।'

'वह क्यों?'

‘इतनी खूबसूरती से लूटा है—जिसकी कल्पना भी नहीं की जा सकती थी।’

अपने विषय में क्या कहेंगी?’

‘क्या कहूं?’

‘आप जादूगरनी नहीं है? यदि ऐसा न होता तो क्या मेरे जैसा गरीब आदमी आपके नैनों के तीर खाकर घायल हो जाता। जानती हैं—आपको देखते ही मैं अपने होश खो बैठा था।-’

‘और लगता है।’ सीमा मुस्करा कर बोली—‘अब भी आप होश में नहीं है।’

‘ओह हां। मोहन अपनी गलती का अहसास हुआ। सीमा से वह सटकर बैठा था। एक ओर हटकर बोला—‘सॉरी! दरअसल यह प्यार इतना अंधा होता है कि...।’

‘जाने दीजिये—गलती आपकी नहीं।’

‘एक बात कहूं?’

‘वह क्या?’

‘मुझे आप मत कहिए।’

‘आप भी तो आप ही कह रहे हैं।’

‘आप तो बड़ी है मुझसे। मेरे जैसे कई लोग तो आपके बंगले में नौकर होंगे। मेरी हैसियत ही क्या है आपके सामने।’

‘प्यार यह सब नहीं देखता मोहन। प्यार में अमीरी-गरीबी नहीं देखी जाती। सिर्फ दिल देखे जाते हैं।’

‘दिल—वह तो सदा के लिए आप ही का हो चुका है। ठुकरायेंगी—तब भी आप ही के गीत गायेगा।’

मोहन ने हथेली चूम ली और मुस्करा उठा।

गाड़ी दौड़ती रही।

* * *

मोहन शाम को जब घर पहुंचा तो उस समय मां के कमरे में उनके साथ शिल्पा भी बैठी थी। मोहन को देखकर शिल्पा उठ गयी और मां ने मोहन से कहा—‘शुक्र है—आज तो जल्दी आ गया।’

शिल्पा बोली—‘काम कम होगा मां जी—नहीं तो यह और जल्दी आ जाते।’

‘काम वास्तव में कम था।’

इतना कहकर मोहन मां के पास ही बैठ गया और शिल्पा रसोई में चली गयी। मां की नजरें कुछ क्षणों तो जाती हुई शिल्पा का पीछा करती रहीं। फिर वह मोहन से बोली—‘बड़ी ही प्यारी लड़की है। आते ही मेरी सेवा में लग जाती है। इतना काम पड़ा था—मगर आते ही सब निबटा दिया।’

‘पागल जो ठहरी।’

'तू इसे पागल कह रहा है?'

'और नहीं तो क्या! जानती हो—अपने घर में यह एक तिनका भी नहीं तोड़ती। मजाल है जो कभी एक गिलास पानी भर अपने हाथों से लेकर पीती हो।'

'नहीं रे—शिल्पा ऐसी नहीं है।'

'तुम तो बहुत भोली हो मां। यू ही हर किसी की बातों में आ जाती हो।'

'अच्छा छोड़—तुझसे एक बात कहनी थी।'

'वह क्या?'

'तुझे पता है—मैं बूढ़ी हो गयी हूं और आये दिन बीमार भी रहती हूं। मुझसे अब घर का काम-काज नहीं होता।'

'मैं समझ गया मां—पगले मुझे नौकरानी नहीं—एक बहू चाहिये।'

'ओह—तो यह बात है। मगर इसमें मैं क्या कर सकता हूं। जब इच्छा हो तब ले आओ।'

'अरे बुद्धू-मुझे तेरे लिए बहू चाहिये।'

'मां तुम...।

'देख रे—शादी की भी एक उम्र होती है। पूरे बाईस वर्ष का तो हो गया है। अब विवाह नहीं करेगा तो क्या बुढ़ापे में करेगा?'

मोहन उठकर बोला—'तो फिर भी क्या जल्दी है मां। हो जायेगा विवाह भी।

तभी चाय के प्याले लेकर शिल्पा कमरे में आ गयी ओर बातों का सिलसिला रुक गया।

'शिल्पा एक-एक प्याला मां एवं मोहन को थमाकर स्वयं भी एक प्याला लेकर बैठ गयी और शांति देवी उससे बोली—

'शिल्पा—तू ही समझा न इस बुद्धू को। मेरी तो यह एक भी बात मानने को तैयार नहीं होता। कहता है—विवाह की क्या जल्दी है।'

'ठीक ही कहते होगे।'

'देखा मां।' मोहन बोला—'शिल्पा भी यही कह रही है। अब तुम इस बात को छोड़ों और यह बताओ कि आज तुम्हारी शिल्पा रानी खाने में क्या बन रही हैं?'

'यह सब नहीं चलेगा मोहन जी।' शिल्पा बोली—'मैंने एक दिन तुम्हारे लिए खाना क्या बना दिया कि तुम्हारी आदत ही बिगड़ गयी। मैं पूछती हूं—यदि तुम्हें दूसरे के हाथों के खाने का इतना ही शौक है तो विवाह क्यों नहीं कर लेते?'

'विवाह तो हम कर लें देवी जी। मगर कोई लड़की मिले तब ना।'

'तो क्या तुम्हें अपने आस-पास सब बकरियां नजर आती हैं? किसी भी लड़की को पसंद कर लो।'

'हां बेटें—तू अपनी पसंद तो बता।' शांति देवी बोलीं—फिर मैं लड़की वालों से स्वयं बात कर लूंगी।'

‘बताऊंगा मां—जल्दी ही बताऊंगा।’

इतना कहकर मोहन ने अपना प्याला होंठों से लगा लिया।

शिल्पा ने भी धीरे-धीरे अपनी चाय समाप्त की ओर फिर उठकर बोली—‘अच्छा मां जी-मैं चलती हूं।

‘फिर कब आयेगी बेटी?’

‘जल्दी ही आऊंगी।’

‘मां।’ मोहन उठकर बोला—‘यदि तुम कहो तो मैं शिल्पा को कुछ दूर तक छोड़ दूं? शाम का समय है और....।’

‘जैसी तेरी मर्जी।’

‘मां ने कहा। फिर शिल्पा एवं मोहन बाहर आ गये। और पैदल ही बस स्टाप की दिशा में बढ़ने लगे। चलते-चलते शिल्पा बोली—

‘तुम शादी के लिए इंकार क्यों कर रहे थे?’

‘इंकार कब किया है?’

‘तुमने कहा नहीं मां के सामने?’

‘सिर्फ यह कहा था कि विवाह की ऐसी भी क्या जल्दी है।’

‘जानते हो—आज मां आयी थी। आंटी से उन्हें इसी सिलसिले में बातें करनी थीं।’

‘मैंने तुमसे पहले ही कहा था कि विवाह के लिए हमें कुछ समय की प्रतीक्षा और करनी पड़ेगी।’

‘यही तो मुसीबत है।’

‘क्या मतलब?’

‘मा और भइया मेरी एक भी बात मानने को तैयार नहीं है।’

‘शिल्पा तुम्हें उन लोगों को समझाना पड़ेगां’

‘कोशिश तो कर रही हूं।’ शिल्पा ने कहा और बातों का विषय बदल कर बोली—‘घर तक चलोगे?’

‘नहीं—आज नहीं।’

‘फिर कब?’

‘देखूंगा किसी दिन—अब तुम जाओं’

मोहन ने कहां फिर शिल्पा बस स्टाप की दिशा में बढ़ गयीं और मोहन उसे तब तक देखता रहा जब कि वह उसे नजर आती रही। फिर उसने लम्बी गहरी सांस ली और पलटकर घर की दिशा में लौट पड़ा। उसकी कल्पना में अभी भी शिल्पा की तस्वीर घूम रही थी।

* * *

रविवार का दिन था। मोहन की छुट्टी थी। यूं ही वह घूमने के इरादे से घर से निकला और पैदल ही चलता हुआ खान चाचा के घर पहुंच गया। इब्राहिम खान उस समय घर पर नहीं था।

अनमना सा वह फिर घर की दिशा में लोट पड़ा। किन्तु मार्ग में ही सीमा मिल गयी। सीमा ने उसे देखते ही गाड़ी रोक दी।

मोहन के अंदर बैठने पर वह बोली—

'अच्छा हुआ तुम मिल गये।'

'क्यों?'

'तुम्हारे घर ही जा रही थी।'

मोहन ने चौककर पूछा—

'मेरे घर का पता आपको किसने बताया?'

'आपको नहीं—तुमको।' सीमा ने बोली—'कल शाम तुम्हारे गैराज पर गयी थी। वहीं किसी से पूछा था। सुना है तुम्हारी माताजी बीमार रहती हैं?'

'बुढ़ापा जो ठहरा।'

'फुर्सत में हो ना?'

'क्यों?'

'चलो झील के किनारे चलते हैं। थोड़ी देर नौका विहार करेंगे। तुम नाव चलाना—मैं गीत गाऊंगी।'

'और गीत सुनाने के बाद मारपीट भी करोगी?'

इतना कहकर मोहन धीरे से हंस पड़ा और सीमा ने उसकी उंगली मरोड़ दीं मोहन पीड़ा से तड़प उठा और बोला—'देखा—हो गयी न शुरू?'

'अच्छा माफ कर दो। और फिर—तुम तो जानते ही हो कि यदि हम दोनों के बीच वैसा झगड़ा न होता तो इतना प्यार कैसे होता।'

'यद।'

मोहन ने केवल इतना ही कहा और सीमा की गाड़ी सड़क पर दौड़ने लगी। मोहन अब भी अपनी उंगली मसल रहा था। यह देखकर सीमा ने पूछा—

'तुम तो इतनी ही पीड़ा से घबरा गये। आगे क्या करोगे?'

'धीरे-धीरे पीड़ा सहने का अभ्यस्त हो जाऊंगा।

मोहन ने कहा और कनखियों से सीमा को देखने लगा। कुछ समय बाद गाड़ी झील के किनारे पहुंचकर रुक गई। आकाश बादलों से घिरा था—किन्तु वर्षा की संभावना न थी। ठंडी हवाएं चल रही थीं। चारों ओर सन्नाटा था। वहां केवल एक मांझी था जो किनारे पर खड़ी अपनी नाव के निकट बैठा हुआ उन्हीं की ओर देख रहा था।

उसके निकट पहुंचकर सीमा ने उससे पूछा—

'नाव खाली है ना बाबा?'

'आजकल तो खाली ही रहती है मेम साहब! जब से बरसात शुरु हुई है—लोगों ने यहां आना ही छोड़ दिया है।'

'हमें कुछ समय के लिए नाव चाहिये। किन्तु शर्त यह है कि नाव को हम स्वयं चलायेंगे।'

मांझी को इसमें क्या ऐतराज हो सकता था। किराया निश्चित करने के बाद उसने नाव सीमा के हवाले कर दी। अंदर बैठते ही मोहन ने चप्पू संभाल लिया। सीमा उससे सटकर बैठ गयी और नाव किनारे को छोड़कर धीरे-धीरे आगे बढ़ने लगी।

मौसम सुहाना था। आकाश में पक्षियों की टोली मंडरा रही थी और दूर कहीं से बांसूरी की मधुर तान सुनाई दे रही थी। सीमा मुग्ध-सी उस दिशा में देखने लगी और बोली—

'धुन कितनी अच्छी है।'

'कोई बांसुरी बजा रहा है।'

'शहर से इतनी दूर—पहाड़ी पर।'

'कहते हैं—दर्द का तूफान अकेले में ही चोट करता है। ऐसा लगता है जैसे कोई बांसुरी के सुरों के साथ अपने दर्द को भी हृदय से बाहर निकाल रहा हो।

'बेचारा।' सीमा के होंठों से निकला।

'कौन?'

मोहन ने पूछा।

'वहीं बांसुरी वाला। जरूर उसके दिल पर कोई चोट लगी होगी। तुम्हें क्या लगता है?'

'मैंने कभी पीड़ा का अनुभव नहीं किया और दूसरे की पीड़ा वही समझ सकता है—जिसने स्वयं कभी पीड़ा का अनुभव किया हो। किन्तु तुम इस पीड़ा के चक्कर में क्यों पड़ने लगी?'

'अनुभव करने की आदत डाल रही हूं। कहीं किसी दिन तुमने मुझे धोखा दे दिया तो?'

सीमा ने मुस्करा कर कहा और अपने प्रश्न का उत्तर पाने के लिए वह मोहन की आंखों में देखने लगा। मोहन ने उसे यों अपनी ओर देखते पाया तो जल्दी से चेहरा छुपाकर लहरों पर हिचकोले खाते एक जल पक्षी को देखने लगा।

उसके कंधे पर हाथ रखकर सीमा बोली—

'तुम किन सोचों में डूब गये?'

'सोच रहा था—इन लहरों पर चलते—चलते जब तुम कोई गीत गुन-गनुाओगी तो कैसा लगेगा?'

'बात को कितनी सफाई से टालते हो।'

'क्यों?'

'मैंने पूछा था—किसी दिन तुमने मुझे धोखा दिया तो?'

'और यही सवाल मैं तुमसे पूछ बैठा तो?'

'मेरा प्यार तुम्हें कभी धोखा नहीं देता।'

'मुझ पर भी भरोसा रखो। खैर—अब यह बताओ कि तुम कौन-सा गीत गा रही हो?'

'गाऊंगी नहीं—सिर्फ गुनगुनाऊंगी।'

'वह क्या?'

‘एक गीत है-प्रीत न कीजे कोई—नींद नहीं आयेगी।’

‘एक मिनट।’ मोहन उसे रोककर बोला—‘यह नींद का प्रीत से क्या सम्बन्ध?’

‘पूछ तो ऐसे रहे हो—जैसे कुछ जानते ही नहीं। पता है—प्रेम की पहली पहचान यही होती है कि प्रेम करने वाले की आंखों से नींद उड़ जाती है।’

‘अच्छा—तो आपकी आंखों से नींद उड़ गयी हैं?’

‘साथ ही दिन का चेन भी चला गया है मोहन।’

‘हूं।’

‘क्यों होता है ऐसा? मेरा मतलब है—प्यार होते ही आंखों से नींद और दिन का चैन क्यों चला जाता हैं?’

‘मुझे क्या पता।’

‘मैं तो बार-बार सोचती हूं कि इस उलझन में क्यों फंस गये। कितना अच्छा जीवन जी रही थी। मगर तुमसे मिलते ही सुख-चैन चला गया। कभी-कभी तो पूरी रात नींद नहीं आती। बेचैनी से करवटें बदलती रहती हूं।’

‘ऐसा ही होता है। अब चलें?’

‘कहां?’

सीमा ने पूछा। नीचे झुककर वह लहरों को छू रही थी।

मोहन ने उत्तर दिया—

‘किनारे पर। आकाश में घटाएं घिर रही हैं। हवाओं में भी तेजी आ रही है। ऐसे में नाव पर रहना ठीक नहीं।’

उसी मुद्रा में सीमा बोली—

‘मोहन, क्या ऐसा नहीं हो सकता कि हम आज की यह रात इन्हीं लहरों पर गुजार दें?’

‘नहीं सीमा।’

‘दिल नहीं लगता तुमसे अलग होकर। सोचती हूं—कब आयेगा वह दिन जब हम दोनों एक पल के लिए भी जुदा न होंगे।’

‘ऐसा भी होगा सीमा—जरूर होगां’ मोहन ने कहा। और नाव को किनारे की दिशा में मोड़ दिया। कुछ देर की चुप्पी के बाद वह फिर बोला—‘लेकिन उससे पहले तुम्हें यह तो जानना चाहिये कि मैं कौन हूं।’

‘नहीं।’ सीमा उससे सट गयी और तेजी से बोली—‘मुझे यह सब जानने की जरूरत नहीं मोहन। मैं तो केवल इतना ही जानती हूं कि तुम मेरे जीवन ही नहीं—मेरी आत्मा भी हो। तुमसे अलग रहकर मेरा जीवन संभव नहीं।’

‘किन्तु मैं कुछ और सोचता हूं।’

‘क्या सोचते हो?’

‘बहुत अंतर है हम दोनों की हैसियत में। तुम एक अमीर पिता की इकलौती संतान हो और मैं ठहरा एक निर्धन युवक।’

‘मैंने तुम्हें निर्धन की संज्ञा कभी नहीं दी।’

‘तुम न सही—तुम्हारी डैडी तो ऐसा सोच सकते हैं।’

‘जहां तक डैडी की बात है—वह मेरी खुशी को ही अपनी खुशी समझते हैं। मुझे विश्वास है—मेरा निर्णय उन्हें बुरा न लगेगा।’

‘और बुरा लगा तो?’

‘मैं उसी दिन डैडी से सम्बन्ध तोड़ लूंगी।’

‘दुनिया क्या कहेगी?’

‘दुनिया कुछ भी कहे—किन्तु यह मेरा दृढ़ निश्चय है कि मैं अपने प्यार पर आंच न आने दूंगी।’

‘आओ—किनारा आ गया है।’

सीमा ने चौंककर देखा। नाव किनारे पर आ गयी थी। वह नाव से कूद गयी। उसके साथ मोहन भी नाव से नीचे आ गया। फिर वे मांझी को उसका किराया देकर हाथों में हाथ डाले गाड़ी की ओर बढ़ने लगे।

देर तक चुप रहने के बाद सीमा बोली—‘मोहन—मैंने सुना है—तुमने इंजिनियरिंग का कोर्स किया है।’

‘हां—किन्तु लाख कोशिशों के बावजूद भी जब नौकरी नहीं मिली तो गैराज में काम करना पड़ा।’

‘तुम कहो तो मैं इस सम्बन्ध में डैडी से बात करूं?’

‘क्या मतलब?’

‘डैडी तुम्हें अपनी फैक्ट्री में अच्छी-सी नौकरी दे सकते हैं।’

‘नहीं सीमा—मैंने किसी के उपकारों के नीचे दबकर जीना नहीं सीखा।’

‘डैडी पराये थोड़े ही हैं।’

‘अपने ही सही। और फिर—नौकरी तो मैं कर ही रहा हूं। इतना वेतन भी मिल जाता है कि तुम्हारा पेट भर सकूं। अब क्या प्रोग्राम है?’

‘मुझे तो भूख लगी है।’

‘यहां खाने को क्या है?’

‘घोड़े वाले मिस्टर पाल अपने फार्म हाउस, में एक छोटा-सा रेस्तरां भी चलाते हैं। शायद वहां कुछ मिल जाये।’

‘देखते हैं।’

मोहन ने कहा। इसके पश्चात यह दोनों फार्म हाउस की दिशा में बढ़ने लगे। आकाश की छाती पर फैली घटाएं अब धीरे-धीरे साफ होती जा रही थी।

* * *

सीमा ने जैसे ही कमरे में प्रवेश किया—सोफे के पीछे छुपी रेखा जल्दी से बाहर आयी और उससे पागलों की तरह लिपट गयी। सीमा उसे देखकर चौंक पड़ी और उसके बाजू थामकर बोली—

'तू यहां कर रही थी?'

'तेरी चोरी पकड़ने आयी थी।'

'कैसी चोरी?'

'प्यार मुहब्बत की। मुझसे घर आने का वायदा कर दिया और उससे मिलने चली गयी।'

'पता नहीं तू किसकी बात कर रही है।'

सीमा ने अनजान बनते हुए कहा और आगे बढ़कर बिस्तर पर गिर पड़ी। फिर रेखा भी उसके निकट ही बैठ गयी और बोली—

ये बिखरे-बिखरे बाल—चेहरे पर धूल की पर्त और आंखों में खुमारी—क्या ये सब बातें इस ओर संकेत नहीं करती कि तू किसी से मिलकर आ रही है।'

'अच्छा—बोल तो वह कौन हो सकता है?'

'वही मसीहा—मोहन। एक बात बतायेगी?'

'पूछ।'

'कैसे हुआ यह सब? तू तो बहुत घमंडी लड़की थी। किसी से सीधे मुंह बात भी करना पसंद नहीं करती थी। और आज उस युवक के जाल में इतनी बुरी तरह से फंस गयी कि तुने सबसे मिलना छोड़ दिया।'

'यही बात तो मेरी समझ में नहीं आती रेखा।' करवट लेकर सीमा बोली—पता नहीं उसने ऐसा कौन—सा जादू किया कि उसी की होकर रह गयी।'

'अब क्या सोचा है?'

'सोचना ही क्या है। अब तो लगता है—उससे दूर रहकर जी न सकूंगी।'

'विवाह करेगी?'

'हां रेखा।'

'वैसे—एक बात कहूं?'

'वह क्या?'

'कुछ लोग बहुत चालाक और धोखेबाज भी तो होते हैं?'

'क्या मतलब?'

'हो सकता है—उसने तेरा दिल जीतने के लिए ही इतने नाटक खेले हो और वह तेरे बजाए तेरी दौलत से प्यार करता हो।'

'नहीं रेखा।' सीमा उठकर बैठ गयी और बोली—'मैंने उसे बहुत करीब से देखा है। वह साधारण युवकों जैसा नहीं है। वह सिर्फ प्यार करता है। देखा नहीं—उस दिन वह किस प्रकार मेरे लिए अपनी जान पर खेल गया था?'

'ईश्वर करे—यह सच हो।'

'यह वास्तव में सच होगा रेखा। मुझे उस पर पूरा भरोसा है।'

'खैर—अब क्या प्रोग्राम है? कहीं चलेगी?'

'बहुत थक गयी हूं यार।'

रेखा ने चुटकी ली—

'थकाया भी उसी ने होगा—क्यों?'

'नहीं—वह ऐसा नहीं हे।''

रेखा हंस पड़ी और बोली—'तो मैं चलूं?'

'बैठ ना—थोड़ी देर गप-शप करेंगें और हां—तुझे पच्चीस तारीख तो याद होगी?'

'पच्चीस तारीख?'

'मेरा जन्म दिन। वह भी आयेगा।'

'तेरा मोहन?'

'हां।'

'चलो—फिर तो महफिल जमेगी। परीक्षा तो देगी ना?'

'क्यों?'

'मेरा मतलब हैं—कहीं मोहन के चक्कर में राधा रानी पढ़ाई भी छोड़ बैठें।'

'नहीं—यह वर्ष तो पूरा करूंगी ही। आगे का भरोसा नहीं।'

'यह प्रेम रोग ही ऐसा होता है। जब लग जाता है तो आसानी से पीछा नहीं छोड़ता।'

इतना कहकर रेखा हंस पड़ी और उसी समय फोन की घंटी बज उठी। सीमा ने बिस्तर से उठकर रिसीवर उठाया तो पता चला—सिंगापुर से उसके डैडी का फोन था। अपने पिता से बातें करने के बाद उसने रिसीवर रख दिया और रेखा को बताया—डैडी का फोन था।'

'कब लौट रहे हैं?'

'परसों। वैसे तो उन्हें दो दिन और रुकना था। किन्तु जब मैंने अपनी साल गिरह की याद दिलायी तो उन्होंने अपना प्रोग्राम बदल दिया।'

'तुने अंकल से बता दिया मोहन के विषय में?'

'नहीं अभी नहीं। सोच नहीं हूं सालगिरह वाले दिन ही मुलाकात करा दूंगी। वैसे—उस दिन की घटना के विषय में उनसे बता दिया था। खैर—बोल क्या लेगी—ठंडा या गर्म?'

'नहीं—इस समय कुछ नहीं। अब चलती हूं। कल मिलूंगी।'

इतना कहकर रेखा चली गयी और सीमा ने आगे बढ़कर रिकार्ड प्लेयर ऑन कर दिया। उसके ऐसा करते ही कमरा संगीत से गूंजने लगा।

* * *

मोहन अपनी साइकिल पर सवार होकर अभी कुछ ही दूर चला था कि मार्ग में एक ओर खड़ी शिल्पा को देखकर वह साइकिल से उतर गया और उससे बोला—

शिल्पा—तुम यहां।

तुम्हारी ही राह देख रही थी। गंभीर स्वर में शिल्पा बोली—तुमसे कुछ बातें करनी हैं।'

'बोलो।'

'मोहन—मैं जानना चाहती हूं कि तुम्हारे इस नाटक का अंत कब होगा?'

मोहन चौंककर बोला—

'कैसा नाटक?'

'तुम्हारे प्यार का नाटक—जिसे तुम मेरे साथ खेल रहे हों'

'क्या कहती हो तुम? क्या तुम्हें मेरा प्यार नाटक नजर आ रहा है?' तुम सोचती हो—मैं तुमसे प्यार नहीं करता—नाटक करता हूं?'

'यह सच है। और यदि यह झूठ हैं तो बताओ—सीमा से तुम्हारा क्या संबंध हैं?'

मोहन के सामने धमाका-सा गूंज गया। वह समझ नहीं पाया कि उसके एवं सीमा के सम्बन्धों का पता शिल्पा को किस प्रकार चला। तभी शिल्पा बोली—

'मैं जानती हूं तुम्हारे पास मेरे इस प्रश्न का कोई उत्तर नहीं है। किन्तु मेरे पास तुम्हारे प्रत्येक प्रश्न का उत्तर हैं। और वह यह कि आज के बाद तुम मुझसे कभी नहीं मिलोगे।'

'शिल्पा।'

'मैं जानती हूं—प्रीत की यह डोरी मैंने ही बांधी थी। मैंने ही प्रेम का प्रस्ताव रखा था। तुम्हारे सामने। मगर आज मैं उस डोरी को अपने हाथों से तोड़ रही हूं। मैं अपना प्रस्ताव वापस लेती हूं और प्रार्थना करती हूं कि तुम भूलकर भी मेरे सामने नहीं जाओगे।'

इतना कहकर शिल्पा तेज-तेज कदमों से आगे बढ़ गयी।

'मोहन के चेहरे पर सन्नाटा फैल गया। वह जल्दी से आगे बढ़ा और शिल्पा का रास्ता रोककर बोला—'मेरी बात तो सुनो शिल्पा।'

'क्या कहोगे तुम।' शिल्पा की आंखों में आंसुओं की बूंदें झिलमिला रही थीं। भरे स्वर में वह बोली—'यही न कि मैं इस नाम की किसी ल़की को नहीं जानता? यही न कि तुम्हें गलतफहमी हुई है और सीमा से मेरा कोई सम्बन्ध नहीं है? और तुम सोचते हो कि मैं तुम्हारे इस कथन का विश्वास कर लूंगी? मोहन—मैंने तुम्हें अपनी आंखों से उससे बातें करते और उसकी गाड़ी में बैठे देखा है।'

'अवश्य देखा होगा शिल्पा। मगर कभी-कभी कानों से सुना और आंखों से देखा भी सच नहीं होता।'

'क्या मतलब?'

'मतलब यह कि कुछ तुमने देखा और सुना है—वह गलत है।'

'तो क्या?' शिल्पा ने कहा और उंगलियों की पैरों से आंखें पोंछने लगी।

'हां शिल्पा—मेरे और सीमा के बीच ऐसा-वैस कोई सम्बन्ध नहीं है।'

'मुझे मूर्ख मत समझो मोहन।'

'अच्छा तो सुनो—तुम जानती हो—मैंने इंजीनियरिंग का कोर्स किया है।'

'तुम्हारे उस कोर्स से सीमा का क्या सम्बन्ध?'

'सम्बन्ध यह है कि वह मुझे अपने पिता की फैक्ट्री में नौकरी दिवला सकती है।'

'तुम बता सकते हो—वह ऐसा क्यों कर रही है?'

'सिर्फ इसलिए—क्योंकि मैंने इस बार मुफ्त में उसकी गाड़ी ठीक की है। साथ ही वह मेरी योग्यता को भी समझती है।

शिल्पा बोली—

'इसका मतलब है—तुम्हारे और सीमा के बीच केवल मित्रतापूर्ण सम्बन्ध है?'

'हां शिल्पा।'

'चलो मानती हूं। किन्तु क्या उसकी और तुम्हारी यह मित्रता आगे चलकर प्रेम सम्बन्धों में नहीं बदल सकती?'

'यदि ऐसा है तो मैं कहूंगी कि तुम्हें अपने प्यार पर भरोसा नहीं रहा! क्या तुम सोच सकती हो कि मैं तुम्हारे अतिरिक्त किसी अन्य को भी चाह सकता हूं?'

'सोचती तो नहीं मोहन—किन्तु भय अवश्य लगता है। सीमा अमीर पिता की इकलौती बेटी है। उसके पिता के पास जो कुछ भी है—वह सब उसी का है। कहीं किसी दिन मुहब्बत के पलड़े से दुःख का पलड़ा भारी हो गया तो?'

'ऐसा कभी नहीं होगा शिल्पा। मैं अपने प्रेम को संसार की सबसे अनमोल वस्तु मानता हूं। संसार की बड़ी से बड़ी दौलत भी मेरे प्यार को नहीं खरीद पायेगी।'

'शिल्पा मौन रही।

मोहन ने फिर कहा—

'मुझ पर भरोसा रखो शिल्पा। मैं तुम्हारा हूं और अंतिम सांसों तक सिर्फ तुम्हारा ही रहूंगां चलो अब गुस्सा थुक दो और साइकिल पर बैठो। मैं तुम्हें कालेज वाले चौराहे पर छोड़ दूंगा।'

'रहने दो—मैं बस से चली जाऊंगी।'

'जिद्द न करो शिल्पा।'

'नहीं मोहन—मेरा तुम्हारे साथ जाना ठीक नहीं। मेरा तुम्हारे साथ साइकिल पर बैठना सीमा को पसंद न आयेगा।

'सीमा—सीमा—आखिर तुम उसकी इतनी चिन्ता क्यों करती हो?'

'मैं उसकी नहीं तुम्हारी चिन्ता करती हूं। मुझे तुम्हारे भविष्य की चिन्ता है और इस समय तुम्हारा भविष्य सीमा के हाथ में है। मैं चाहती हूं कि तुम पर उसकी कृपा-दृष्टि बनी बनी रहे। उसकी कृपा से तुम्हें अच्छी नौकरी मिल गयी तो मुझे बेहद खुशी होगी।'

'मुझे लगता है—तुम अब भी किसी गलतफहमी की शिकार हो।'

'नहीं मोहन।' शिल्पा बोली—'तुमने मुझसे सब कुछ बता दिया है—इसलिए अब मेरे दिमाग में कोई गलतफहमी नहीं है। मैं विश्वास दिलाती हूं—सीमा कि वजह से हमारे सम्बन्धों में कोई कटुता न आयेगी। अब मैं चलती हूं। कालेज का समय हो रहा है।'

इतना कहकर शिल्पा आगे बढ़ गयी।

मोहन उसे देर तक क्रमशः अपनी नजरों से ओझल होते देखता रहा और फिर साइकिल पर चढ़कर अपनी मंजिल की ओर बढ़ने लगा। शिल्पा के व्यवहार से स्पष्ट था कि उसे उसके एवं सीमा के सम्बन्धों की जानकारी मिल गयी थी और वह कभी नहीं चाहता था कि शिल्पा को उसके एवं सीमा के सम्बन्धों का पता चले।

जबकि शिल्पा वास्तविकता से कोसो दूर थी। वह नहीं जानती थी कि मोहन के मन में सीमा के प्रति कोई लगाव न था। अपितु घृणा का इना घातक विष भरा था—जो किसी भी क्षण सीमा एवं उसके पिता सेठ श्यामसुन्दर दास को जलाकर राख कर सकता था।

समस्या तो यह थी कि वह शिल्पा के सामने यह सच्चाई भी नहीं खोल सकता था।

अपनी ड्यूटी के दौरान भी मोहन पूरे दिन शिल्पा एवं सीमा के ही विषय में सोचता रहा। शाम को जब ड्यूटी से लौटा तो एकाएक उसे रेखा मिल गयी। रेखा उस समय एक शॉपिंग काम्पलैक्स से निकल रही थी।

मोहन का रास्ता रोककर वह बोली—'शुक्र हैं—आज आपसे मुलाकात तो हो गयी। कैसे हैं?'

'बिलकुल ठीक हैं। और आप?'

'आप ही को खोज रही थी। मुबारकबाद जो देनी थी।'

'वह किसलिए?'

'आपने दिल जो जीत लिया मेरी सहेली का।'

'ओह—आप सीमा की बात कर रही है।'

'प्रशंसा करनी पड़ेगी आपकी तपस्या और चालाकी की। ऐसा जादू किया कि उसका घमंड एक ही दिन में चूर-चूर कर दिया। चलिए कोइ्र तो मिल जिसने उसका स्वभाव बदल दिया। अन्यथा वह तो कालेज में भी किसी से सीधे मुंह बात करना पसंद नहीं करती थी।'

'फिर भी मैं नहीं मानता कि मुझे अपने उद्देश्य में सफलता मिल गयी हैं।

'रेखा ने पूछा—वह क्यों?'

'बहुत अंतर है मेरी और सीमा की हैसियत में।' मोहन बोला—'यूं समझिए कि हम दोनों के बीच दौलत की एक बहुत ऊंची दीवार खड़ी है।'

'वह दीवार तो कभी की गिर चुकी मोहन साहब।'

'क्या मतलब?'

'शायद आप नहीं जानते कि सीमा जैसी लड़कियां या तो अपने जीवन में किसी को चाहती नहीं है। और यदि चाहती है तो उसके लिए समस्त सांसार को भी ठोकर मार देती हैं।'

'आप सच कह रही हैं?'

'हां—सीमा को मैं आपसे अधिक जानती हूं। आपके प्यार को निश्चित रूप से मंजिल मिलेगी। लेकिन प्रार्थना आपसे भी है।'

'कहियें'

'आप मेरी सहेली को धोख नहीं देंगे। यदि ऐसा हुआ तो वह जी न पायेगी।'

मोहन हकलाया—'ऐसा-ऐसा कैसे हो सकता है। मेरा मतलब है—मैंने उनसे प्यार किया है। उन्हें अपने मन-मंदिर की देवी माना है। मैं तो उन्हें धोखा देने की कल्पना भी नहीं कर सकता।'

'शुक्रिया।' रेखा ने कहा। फिर उसने रिस्टवाच में समय देखा ओर बोली—'अब इजाजत दीजिए।'

'सीमा जी कहां होंगी?'

'आज उसके डैडी सिंगापुर से लौट रहे हैं। साथ में कोई मेहमान भी है। मेरा ख्याल है—आज तो वह व्यस्त होगी। और फिर—दो दिन बाद तो उसकी सालगिरह भी है। उसकी तैयारी में लगी होगी। आप तो आयेंगे न?' रेखा ने पूछा।

'बुलाया गया तो अवश्य जाऊंगा।'

'कोई अपनी जिन्दगी को न बुलाये—ऐसा कैसे हो सकता है।'

रेखा ने कहा और रहस्यमय ढंग से हंस पड़ी। फिर वह आगे बढ़ गयी और मोहन देर तक वहीं खड़ा सीमा के विषय में सोचता रहा।

* * *

शाम डूब रही थी। शांति देवी रसोई में खाना तैयार कर रही थीं और मोहन अपने कमरे में मधु की तस्वीर के सामने खड़ा जैसे उससे बातें कर रहा था—

'मैं जानता हूं दीदी—तुम बहुत दुःखी हो। उस कमीने ने जीने नहीं दिया तुम्हें। संसार में कुछ भी नहीं देखा तुमने। किन्तु चिन्ता मत करो—दीदी कुछ भी मत सोचा। मैंने निश्चय किया है कि मैं उस कुत्ते से तुम्हारी मौत का बदला लेकर रहूंगा। मैं उसे उसके अपराधों की ऐसी सजा दूंगा कि वैसी सजा की कल्पना भी उसने न की होगी। मगर-मगर तुम मौन क्यों हो दीदी? क्या तुम्हें अपने मुन्ना पर भरोसा नहीं रहा? क्या तुम सोचती हो कि मैं शिल्पा की वजह से अपने कर्तव्य को भूल जाऊंगा? नहीं दीदी—ऐसा कभी नहीं होगा! कभी नहीं होगा दीदी।'

यह कहते-कहते मोहन की मुखाकृति कठोर हो गयी। उसी समय शांति देवी ने कमरे में आकर उससे कहा—

'क्यों रे—आज खाना नहीं खायेगा?'

मोहन ने धीरे से चेहरा घुमाया और बोला—

'नहीं मां—अभी भूख नहीं है।'

'कमाल है। तू आते ही खाना मांगता था। आज क्या हो गया बेटा भूख को?'

'नहीं मां? भूख तो है। थक गया हूं ना—थोड़ी देर आराम करूंगा—तब खाऊंगा।'

'जब इच्छा हो—खा लेना। और हां—मीरा आज भी आई थी।

'तुम्हारी सहेली ना?'

'उसी की बात कर रही हूं। वह अपनी बेटी शिल्पा को इस घर की बहू बनाना चाहती है।'

'तुमने क्या कहा?'

'तुम दोनों एक-दूसरे को चाहते हो—अतः कहना ही क्या था। मैंने तो कह दिया—पंडित से पूछकर शादी का दिन तय कर लो। दान-दहेज की मुझे जरूरत नहीं है।' 'नहीं माँ—यह शादी अभी नहीं होगी।'

'क्या मतलब?'

'शांति देवी चौंक पड़ीं और ध्यान से अपने बेटे का चेहरा देखने लगी। चेहरा झुकाकर मोहन बोला—

'मतलब यह है मां—कि अभी मैं शादी नहीं करूंगा।'

'मगर क्यों?'

'तुम्हारे इस प्रश्न का उत्तर मैं न दे सकूंगां यदि आंटी को अपनी बेटी के विवाह की इतनी ही जल्दी है तो वह उसके लिए कोई दूसरा लड़का देख लें।'

'मोहन।' एकाएक शांति देवी चीख पड़ी और फिर बोली—'तो यह क्यों नहीं कहता कि अब तू बहुत बड़ा हो गया है? इतना बड़ा कि जिसने तुझे जन्म दिया—तेरी नजरों में उसकी भी कोई कीमत नहीं रही।'

मोहन बेचैनी से बोला—

'भगवान के लिए ऐसा न कहो मां—ऐसा न कहो। तुमने मुझे अपना खून पिला-पिलाकर इतना बड़ा किया है! तुम्हारा यह कर्ज तो मैं अपने प्राण देकर भी न उतार सकूंगा।'

'तो फिर तू मेरी बात क्यों नहीं मानता रे? जब भी तेरे सामने विवाह की बात रखती हूं—तू उसे टालता क्यों है? क्या शिल्पा तुझे पसंद नहीं?'

'नहीं मां—शिल्पा तो मुझे बहुत पसंद है। मैं उसे चाहता हूं।'

'तो फिर ऐसी क्या बात है कि तू शादी से इंकार कर रहा है।'

मोहन पीछे हटकर बिस्तर पर बैठ गया और अपने जूते उतारते हुए बोला—

'मैं शादी से इंकार नहीं कर रहा हूं मां—मेरा मतलब तो केवल यह है कि जब तक मकान पर लिया हुआ कर्ज नहीं उतर जाता...।'

'तो कर्ज की चिन्ता है तुझे?'

'चिन्ता स्वाभाविक है मां। लाला मुझे प्रत्येक दूसरे-तीसरे दिन टोकता रहता है। कल तो वह मकान को नीलाम कराने की धमकी भी दे रहा था।'

'पर बेटे।'

'थोड़ा गहराई से सोचो मां। पिताजी जेल में हैं और मकान गिरवी रखा है। ऐसे में यदि मैं शादी करूंगा तो दुनिया क्या कहेगी? स्वयं पिताजी कितने दुखी होंगे यह समाचार सुनकर। वह कहेंगे कि उनका अपना ही खून इतना सफेद हो गया कि वह उनके बाहर आने की प्रतीक्षा भी न कर सका। और फिर-पिताजी के छूटने में केवल एक वर्ष का ही तो समय रह गया है।'

मां के चेहरे पर विचारों का तूफान फैल गया।

पल भर के मौन के बाद उन्होंने पूछा—'तू मिला था उनसे?'

'नहीं—मैंने तो उनके सम्बन्ध में एक वकील से बात की थी। वकील ने शायद जेलर से पूछा हो। उन्होंने ही बताया था कि तुम्हारे पिताजी की सजा पूरी होने में अब केवल एक वर्ष रह गया। अब तुम ही सोचों मां—क्या हमें उनके लोटने की प्रतीक्षा नहीं करनी चाहिये? क्या पिताजी को इतना अधिकार नहीं कि वह भी अपने बेटे की खुशियों में सम्मिलित हो सकें?'

'तू ठीक कहता है रे। किन्तु शिल्पा की मां को मैंने वचन दिया था कि उसकी बेटी का विवाह मेरे ही घर में होगा। मैं तो केवल उसी की वजह से कह रही थी। पर—अब जब तेरे पिताजी आने ही वाले हैं—तब तो यह शादी उनके आने के बाद ही होगी। भले ही मुझे मीरा से इंकार करना पड़े।'

'इंकार की क्या बात है मां। मैंने तो केवल एक वर्ष तक रुकने की बात कही है। एक वर्ष का समय बहुत अधिक थोड़े ही होता है। समय बीतते देर ही कितनी लगती है। मुझे विश्वास है—आंटी तुम्हारी बात जरूर मान लेंगी।'

'देखती हूं। शांति देवी ने कहा।

मोहन को लगा जैसे उसके सर से बहुत बड़ा बोझ उतर गया हो। उठकर वह बोला—

'जाओ मां—अब खाना ले जाओ।'

शांति देवी खामोशी से बाहर चली गयी।

थोड़ी देर बाद मोहन से खाना खाया। खाना खाकर वह कमरे से बाहर निकला ही, था कि उसी समय उसे बाहर किसी गाड़ी का हार्न सुनाई पड़ा। यह सोचकर कि कहीं सीमा न हो—वह मुख्य दरवाजे पर आ गया। उसका अनुमान गलत न था। वह वास्तव में सीमा ही थी जो गाड़ी से उतर कर उसी की ओर बढ़ रही थी।

मोहन उसे देखकर चौंक पड़ा। सीमा निकट आकर बोली—

'शुक्र है—तुम्हारा घर तो मिल गया। मैं तो सोचती थी—कहीं निराश होकर लौटना न पड़े।'

'कैसी हो?'

'अच्छी हूं—यही है ना तुम्हारा घर?'

'घर तो आप जैसे अमीरों के होते हैं। यह तो एक छोटी-सी झोंपड़ी हैं।'

'मेरे लिए तुम्हारी यह झोंपड़ी भी महलों से बढ़कर है। जानते हो क्यों?'

'क्यों?'

'क्योंकि विवाह के बाद मुझे भी यहीं रहना है। दिखाओगे नहीं?'

'क्या?'

'अपना घर।'

'क्‌ नहीं आइये। मोहन ने बनावटी मुस्कराहट के साथ कहा और सीमा को लेकर अंदर आ गया। इस समय उसके ललाट पर चिन्ता की लकीरें थी और वह सोच रहा था कि मां को सीमा का परिचय किस रूप में देगा।

तभी रसोई के अंदर से शांति देवी की आवाज सुनाई पड़ीं—'मुन्ना कोई आया है क्या?'

'हां मां—एक गाड़ी वाली आयी हैं।'

'गाड़ी वाली?'

शांति देवी बड़बड़ायीं और जब उन्होंने अपने बेटे के साथ कीमती वस्त्रों में खड़ी एक लड़की को देखा तो वह चौंक पड़ीं। किन्तु वह कुछ कहती, उससे पहले ही सीमा ने नीचें झुककर उनके पांव छू लिये।

मां ने आशीर्वाद दिया—जीती रहो बेटी।

'मां।' मोहन ने सीमा का परिचय दिया—'यह सीमा जी है। इनके पिता शहर के बहुत बड़े उद्योगपति है।'

'मगर बेटे।'

'मां—पिछले पांच वर्षों से इनकी गाड़ी हमारे ही गैरेज में ठीक होती है। आज यह इधर से गुजर रही थीं—अचानक चली आई।'

'हां मां जी।'

'यह तो तुमने अच्छा किया बेटी। बैठो।'

'नहीं—अब चलूंगी मां जी।' सीमा बोली—'कल मेरी सालगिरह है—उसी के विषय में कहने आयी थी। मोहन के साथ-साथ आप भी जरूर आइएगा।'

'अरे नहीं बेटी।' शांति देवी बोलीं—'हमें गरीब लोग तुम्हारे महलों में क्या अच्छे लगेंगे।'

'देखिये मां जी—यदि आपने फिर ऐसी बात कही तो मैं आपसे नाराज हो जाऊंगी। आप नहीं जानती। मोहन जानते हैं कि हम बड़े होकर भी अपने आपको बड़ा नहीं समझते क्यों मोहन?'

'हां मां।' 'मोहन बोला—'ये मैडम बहुत ही अच्छी हैं। कहती हैं—मेरी नजरों में गरीब अमीर सभी बराबर है। सभी एक ही भगवान के बनाये हुए हैं।'

‘विचार तो अच्छे हैं।’

‘अच्छा मां जी मैं चलती हूं।

कहकर सीमा ने फिर शांति देवी के पांव छुए और चलकर बाहर आ गयी। मोहन उसके साथ था। सीमा के अंदर बैठते ही वह बोला—‘आज का दिन मेरे जीवन का सबसे अच्छा दिन रहा।’

‘वह क्यों?’

‘तुम जो आ गयीं?’

‘फिर तो मुझे यहां रोज-रोज आना पड़ेगा ताकि तुम्हारे सभी दिन अच्छे रहें। इतना कहकर सीमा धीरे से हंस पड़ी और बोली—‘वैसे मां जी का स्वभाव अच्छा है।’

‘दुनिया की सभी माएं अच्छी होती हैं।’

‘ठीक कहते हो। और हां—कल का दिन तो नहीं भूलोगे? देखो ठीक पांच बजे तक पहुंच जाना।’

‘जरूर आऊंगा सीमा।’

मोहन ने कहा। फिर सीमा की गाड़ी आगे बढ़ गयी और मोहन उसे तब तक देखता रहा—जब तक कि वह उसे नजर आती रही। उसके होठों पर अभी तक मुस्कराहट थी। मगर फिर पता नहीं क्या हुआ कि उसके होंठों पर फैली मुस्कराहट एकाएक गायब हो गयी और उसकी आंखों से घृणा की चिन्गारियां छुटने लगी।

अगले ही क्षण गुस्से से अपने दांत पीसकर वह बड़बड़ाया—

‘नाग की औलाद—मैं तुझे भी जिन्दा नहीं छोड़ूंगा।’

इसके उपरांत वह पलटा और तेज-तेज पग रखता हुआ घर के अंदर आ गया।

* * *

अगले दिन मोहन ड्यूटी पर तो गया किन्तु दोपहर होते ही लौट आया। उसे सीमा के लिए कोई तोहफा भी खरीदना था और ठीक पांच बजे उसके घर भी पहुंचना था। तोहफे के रूप में उसने नकली हीरे की अंगूठी खरीद ली। किन्तु यह अंगूठी ऐसी थी जो देखने पर असली ही नजर आती थी। उसने सोचा था कि वह बाद में सीमा से सब कुछ बता देगां

आज उसने अपनी साइकिल गैरेज पर ही छोड़ दी थी। साइकिल लेकर सीमा के घर जाना उचित न था। अंगूठी खरीदने के बाद जैसे ही वह दुकान से बाहर निकला—उसे शिल्पा मिल गयी। शिल्पा के साथ उसकी कोई सहेली भी थी और वे दोनों भी शायद खरीददारी के इरादे से ही निकली थीं।

मोहन को देखकर शिल्पा ठहर गयी।

पता नहीं उसने अपनी सहेली से क्या कहा कि वह एक दुकान की ओर बढ़ गयी। मोहन ने उसकी सहेली को जाते हुए देखा ओर फिर शिल्पा के निकट आकर वह बोला—

'सच—आज मैं ईश्वर से जो कुछ भी मांगता वही मिल जाता।'

'ऐसा क्या मिल गया?' शिल्पा गंभीर थी।

'तुम।' मोहन बोला—अभी कुछ देर पहले मैं तुम्हारे ही विषय में सोच रहा था। सोचता था—कहीं तुम मिल जाओ तो कितना अच्छा हो। कैसी हो?'

'अच्छी तो हूं।'

'पर—तुम्हारे चेहरे पर वह रुखापन क्यों—बीमार थी क्या?

'यूं ही—तबियत कुछ ठीक नहीं रहती।'

'तभी तो। मैं दो बार तुम्हारे कालेज के सामने से गुजरा मगर तुम नजर नहीं आयीं।'

'मैंने पढ़ाई छोड़ दी है।'

'क-क्या मतलब?' मोहन चौंक पड़ा।

शिल्पा धीरे से बोली—

'स्वास्थ्य ठीक नहीं रहता।

'फिर तो तुम्हें किसी डाक्टर से मिलना चाहिये था। पढ़ाई छोड़ने की क्या जरूरत थी?'

'डाक्टर से ही मिली थी। उसी ने आराम की सलाह दी थी। तुम सुनाओ— तुम्हारी नौकरी का क्या रहा?'

'अभी बात नहीं बनी।'

'सीमा से क्यों नहीं कहते?'

'उसी से तो कहा है। दरअसल—उनकी फैक्ट्री में जल्दी ही एक प्रोडक्शन इंजीनियर की जगह खाली होने वाली है। सीमा कहती है—मुझे उसके लिए थोड़ी प्रतीक्षा करनी पड़ेगी।'

'ईश्वर तुम्हें कामयाबी दे।' शिल्पा ने कहा और अगले ही क्षण उसकी आंखें सजल हो उठीं।

मोहन ने उसके आंसू छुपे न रहे। चौंककर वह बोला—

'पर तुम्हें क्या हुआ? तुम्हारी आंखों में आंसू?'

'यही तो बीमारी है।' शिल्पा ने आंसू पोंछ लिये और बोली—'आंखों से अकारण ही आंसू बहने लगते हैं।'

'तुम—तुम इसका उपचार क्यों नहीं करातीं?'

'कोई लाभ नहीं।'

'वह क्यों?'

'कुछ रोग जीवन के साथ ही जाते हैं।'

'इतनी निराशा ठीक नहीं।'

'जिन्दगी ही साथ छोड़ने पर तुली हो तो आशा का दामन भी हाथ में नहीं रहता।'

'आओ मेरे साथ चलो।'

‘कहां ले चलोगे।’

‘यहीं निकट ही एक नेत्र विशेषज्ञ हैं जो मुझे भली प्रकार जानते हैं। मैं उन्हें तुम्हारी आंखें दिखाता हूं।’

‘इलाज तो चल रहा है।’

‘फिर लाभ क्यों नहीं हुआ?’

‘अभी समय लगेगा।’

‘देखो—आंखों का मामला है। आंखों से हर समय पानी बहना ठीक नहीं। तुम्हें इलाज की ओर से लापरवाह नहीं होना चाहिये।

शिल्पा इस बार मौन रही और उंगलियों की पोरों से अपनी आंखों के कोने पोंछने लगी। तभी मोहन को कुछ याद आया और वह बोला—‘और हां—कल आंटी घर आयी थी।’

अब नहीं आयेंगी। मैंने उन्हें समझा दिया है।

‘यह तुमने अच्छा किया। मैंने भी मां से साफ-साफ कह दिया है कि अभी यह शादी नहीं होगी।’

यह सुनकर शिल्पा के होंठों पर दर्द भरी मुस्कराहट फैल गयी। मोहन उसका हाथ थामकर बोला—

‘क्या सोच रही हो?’

‘कुछ भी तो नहीं।’

‘आओ—एक-एक प्याला कॉफी पीते हैं।’

‘मन नहीं है।’

‘देखो—बीमारी की चिन्ता मत करो। मुझे पुरा यकीन है कि तुम जल्दी ठीक हो जाओगी। आओ।’

‘फिर कभी मोहन—एक सहेली साथ में है। इस तरह तुम्हारे साथ कहीं बैठूंगी तो उसे बुरा लगेगां में चलती हूं।’

‘ठहरो शिल्पा।’

‘नहीं—अब जाने दो मोहन। फिर मिलूंगी।’

इतना कहकर शिल्पा मुड़ी और वहां से चली गई। उसे जाते देखकर मोहन के चेहरे पर दर्द का तूफान मंडराने लगा।

* * *

‘दर्द।’ सीमा बोली—‘पागल हो गयी है क्या? भला मेरे सीने में क्यों दर्द होने लगा?’

रेखा उसके कान के पास मुंह लगाकर शरारत से बोली—

‘किसी की याद सताए और कोई बुलाने पर भी न आये तो सीने में दर्द होगा कि नहीं—क्यों?’

इस पर रूपा और गरिमा खिलखिलाकर हंस पड़ीं। बड़े हॉल के अंदर से भी हंसी के फौव्वारे छूट रहे थे। और यह सब इसलिए क्योंकि आज सेठ श्याम सुन्दर दास की इकलौती बेटी सीमा का जन्मदिन था।

इस अवसर पर तो सीमा ने अपनी सभी सहेलियों को बुलाया ही था—साथ ही श्याम सुन्दर दास ने भी अपने दोस्तों को आमंत्रित किया था। उनमें से कुछ लोग तो बड़े हॉल में बैठे थे और अन्य लान में लगे शामियाने के नीचे बैठे कुछ न कुछ खाने-पीने में व्यस्त थें

चारों ओर मुस्कराहटें खनक रही थीं। खुशियों के फुल महक रहे थे। किन्तु ऐसे वातावरण में भी सीमा उदास थी। बेचैनी से वह कई बार बंगले के फाटक तक गयी और लोट आयी, मोहन की प्रतीक्षा थी उसे। मोहन के बिना उसे सब कुछ फीका-सा लग रहा था।

वह कुछ क्षण पहले ही लॉन का चक्कर लगाकर लौटी थी और सहेलियां उसकी बेचैनी पर खिलखिलाकर हंस रही थी। उसी समय सेठ श्यामसुन्दर ने उसके पास आकर कहा—'सीमा बेटे—ठीक छः बज रहे हैं। केक नहीं काटोगी?'

'कुछ देर और ठहरिये न डैंड। ऐसी भी क्या जल्दी है?'

'जल्दी हमें नहीं मेहमानों को है। और फिर—मौसम भी तो ठीक नहीं! आकाश में घंटाए घिर रही हैं।'

'आती हूं डैड।'

'जल्दी आना बेटे।'

इतना कहकर श्याम सुन्दर दास लौट गये।

रेखा ने सीमा के कंधे पर हाथ रखकर कहा—मेरा विचार है—तुझे अब और अधिक प्रतीक्षा नहीं करनी चाहिये।'

'रेखा—मुझे तो चिन्ता हो रही है।'

'चिन्ता किस बात की?'

'कहीं उसके साथ कोई घटना न घट गई हो।'

'ऐसा भी तो हो सकता है—उसे छुट्टी न मिली हो।'

'नहीं—ऐसा नहीं हो सकता।'

'तो हो सकता है—उसे कोई काम आ पड़ा हो।'

रेखा ने कहा और उसी समय एक नौकर ने वहां आकर सीमा से बताया—बिटिया रानी—कोई साहब आये हैं।

यह सुनते ही सीमा के चेहरे पर खुशियों की चमक फैल गयीं लगभग भागते हुए वह फाटक पर पहुंची तो वहां मोहन खड़ा था। लपकर कर उसने मोहन के हाथ थाम लिये और शिकायती लहजे में बोली—

'बड़े निष्ठुर हो तुम! आंखें पथरा गयी तुम्हारी राह देखते—देखते। पांच बजे का समय दिया था और अब आ रहे हो।'

‘सॉरी सीमा—आया तो जल्दी ही था। किन्तु तुम्हारे बंगले के पास ही एक शराबी से उलझ गया और देर हो गयी।’

‘शराबी?’

‘शायद तुम्हारी ही फैक्टरी में सेल्स मैनेजर है।’

‘तिवारी होगा। अभी कुछ देर पहले वह डैडी के साथ बदतमीजी से पेश आ रहा था। डैडी ने उसे नौकरी से निकाल दिया है।’

‘क्या बदतमीजी करने पर?’

‘नहीं—बात कुछ और थी। दरअसल—आज उसने हिला नाम की एक टाइपिस्ट के साथ बदतमीजी की थी। खैर छोड़ो—आओ। तुम्हारी वजह से प्रोग्राम लेट हो रहा है।’

सीमा ने कहा। फिर वह मोहन को लेकर बड़े हॉल में आ गयी। इस समय सब लोग वहीं थे। बड़ी-सी मेज पर एक खूबसूरत केक रखा हुआ था—जिस पर मोमबत्तियां जल रही थीं।

हॉल में पहुंच कर सीमा ने मोहन को पहले अपनी सहेलियों से मिलाया और फिर वह अपने डैडी से बोली—‘डैड—यही हैं मिस्टर मोहन।’

मोहन ने अभिवादन की मुद्रा में हाथ जोड़ लिये।

‘सेठ श्यामसुन्दर तुम आ गये। सीमा अक्सर तुम्हारी ही चर्चा करती है। कैसे हो?’

‘आपका आशीर्वाद है अंकल।’

‘गुड।’ सीमा बेटे—अब तुम जल्दी से केक काटो। सब लोग तुम्हारी ही प्रतीक्षा कर रहे हैं।’

फिर केक काटा गया। इसके साथ ही हॉल तालियों की गड़गड़ाहट से गूंज गया। हर किसी ने सीमा को जन्म दिन की बधाई दी और हाल में उपहारों का ढेर लग गया। इसके पश्चात् मेहमान लोग खाने-पीने में व्यस्त हो गये।

मोहन ने बाहर आकर सीमा से कहा—

सीमा मैं भी लाया था। इतने कीमती तोहफों के सामने मेरा तोहफा तुम्हें पसंद तो न आयेगा—किन्तु मेरे उस तोहफे के साथ पवित्र प्रेम की जो भावनाएं जुड़ी हैं—वह अनमोल हैं।’

‘मोहन—तुम मेरे लिए जो कुछ लाये होगे—वह इन सब तोहफों से अधिक मूल्यवान होगा।’

मोहन ने शीशे की एक खूबसूरत डिबिया निकाल कर सीमा की हथेली पर रख दीं डबिया के अंदर हीरे की अंगूठी जगमगा रही थी।

उसे देखते ही सीमा बोली—

‘हीरे की अंगूठी! तुम्हें इतने पैसे खर्च करने की क्या जरूरत थी?’

‘सीमा—मेरा वश चलता तो मैं तुम्हारे लिए संसार भर की खुशियां खरीद लाता। किन्तु तुम तो जानती हो....।’

‘नहीं मोहन।’

‘सीमा—यह अंगूठी असली नहीं है।’

सीमा ने अंगूठी को चूम लिया और बोली—मोहन यह अंगूठी नकली होकर भी कोहनूर से अधिक मूल्यवान है। मैं इसे एक पल के लिए भी स्वयं से अलग न करूंगी। क्या सोचने लगे?'

'क—कुछ भी तो नहीं।'

'पहनाओगे नहीं इसे अपने हाथों से?'

'क—क्यों नहीं सीमा।'

मोहन ने कहा और उसने अंगूठी सीमा की उंगली में पहला दी। किन्तु तभी उसके सामने धमाका-सा गूंज गया और वह अपने स्थान पर इस प्रकार उछल पड़ा जैसे उसके पांवों पर एक साथ ही अनगिनत बिच्छुओं ने आक्रमण कर दिया हो।

निकट ही शिल्पा खड़ी थी।

चेहरे पर वही उदासी और आंखों में आंसुओं की मोटी-मोटी बूंदे।

वह जानता था—शिल्पा भी सीमा के कालेज में ही पढ़ती थी। सीमा ने अपनी सहेलियों के साथ उसे भी आमंत्रित किया होगा।

यह सोचते ही मोहन आगे बढ़ा और शिल्पा से बोला—तुम-तुम यहां?'

'सीमा के जन्मदिन पर बधाई देने आयी थी।' इतना कहकर शिल्पा ने अपने आंसू पोंछ लिये और बोली—'किन्तु मुझे क्या पता था कि तुम भी यहां होगे।'

'सीमा ने आमंत्रित किया था—इसलिए आना पड़ा।'

'उपहार अच्छा रहा तुम्हारा।'

'वह-वह अंगूठी असली नहीं है।'

'कुछ चीजें नकली होकर भी असली से अधिक मूल्यवान होती है।'

शिल्पा ने कहा। उसके इस वाक्य में जो करारा व्यंग्य था—वह मोहन से छुपा न रहा। किन्तु वह कुछ कहता—उससे पहले ही शिल्पा सीमा की ओर बढ़ गयी। उसने अपने बैग से संगमरमर का एक खूबसूरत ताजमहल निकाला और उसे सीमा की ओर बढ़ाकर वह बोली—

'आपके जन्मदिन पर मेरी ओर से एक छोटा-सा तोहफा।'

सीमा ने ताजमहल ले लिया।

किन्तु तभी मोहन को लगा जैसे सीमा ने ऐसा करके एक साथ कई नश्तर उसके सीने में उतार दिये हों। जैसे वह तोहफा ताजमहल न होकर स्वयं उसका हृदय हो जिसे शिल्पा ने उसके सीने से निकालकर सीमा को सौंप दिया हो। मोहन के अस्तित्व में पीड़ा का तूफान चींख उठा। यह ताजमहल उसने शिल्पा को उसके जन्मदिन पर भेंट किया था। मोहन का दिल चाहा कि वह ताजमहल सीमा के हाथों से लेकर उसे शिल्पा को सौंप दे और कहे—

'यह मेरे पवित्र प्रेम की निशानी है और इस पर केवल शिल्पा का अधिकार हैं।'

किन्तु वह ऐसा न कर सका और शिल्पा वहां से चली गई। मोहन उसे पीड़ा भरी नजरों से देखता रहा। तभी वह चौंक पड़ा। सीमा उससे कह रही थी—'आओ—मेरी सहेलिया तुम्हारी प्रतीक्षा कर रही होगी।'

'म—मेरी प्रतीक्षा क्यों?'

'उनका विचार है कि तुम बहुत अच्छा गाते हो।'

'न—नहीं तो।' मोहन बोला—'यह किसने कह दिया कि मैं गाता भी हूं।'

तभी रेखा और गरिमा वहां आ गई और रेखां, मोहन से बोली—वह बहाना नहीं चलेगा मोहन साहब। आज तो आपको गाना ही पड़ेगा।'

'और।' गरिमा बोली—'आपके गाने पर नृत्य करेगी रेखा रानी?'

'मुझे मंजूर है।' रेखा बोली।

मोहन परेशान-सा हो उठा।

सीमा उसका हाथ थामकर बोली—'अब तो तुम्हें चलना ही होगा मोहन।'

मोहन बोझिल कदमों से चल पड़ा। किन्तु उसकी परेशान नजरें अब भी शिल्पा को ही खोज रही थीं। उसे विश्वास था कि सीमा अभी गयी नहीं होगी।

* * *

मोहन लगभग नौ बजे लौटा। शांति देवी अपने बेटे की प्रतीक्षा में बरामदे में ही बैठी थी। मोहन को देखकर वह बोली—

'बहुत देर कर दी बेटे।'

'मां—इन अमीर लोगों की पार्टियों में ऐसा ही होता है। खाना-पीना, नाच गाना और पता नहीं क्या-क्या। देर तो लगती ही है।'

'चल अब जल्दी से हाथ मुंह धो—मैं तेरा खाना गर्म करती हूं।'

'कमाल करती हो मां। जब मैं पार्टी में गया था तो क्या वहां से भूखा ही लौटता? आज तो इतना खा लिया कि दो दिन तक भूख ही नहीं लगेगी। अब तो मैं घोड़े बेचकर सोऊंगा।'

कहकर मोहन ने जम्हाई ली और शांति देवी बोली—

'मुझसे कहकर तो जाता रे! अब यह बासी खाना कौन खायेगा। दूध तो लेगा ही।'

'नहीं मां—अब तो मैं पानी भी नहीं पीयूंगा। तुम भी आराम कर लो।'

मोहन ने कहा और कमरे में आकर वह बिस्तर पर लेट गया। लेटते ही शिल्पा की तस्वीर उसके सामने घूमने लगी। वह समझ नहीं पाया था कि शिल्पा ने उसका दिया हुआ ताजमहल सीमा को यूं ही दे डाला था अथवा ऐसा करके उसने उसकी भावनाओं के साथ खिलवाड़ की थी?

यह भी तो हो सकता है कि शिल्पा की उसके एवं सीमा के सम्बन्धों की सच्चाई का पता चल गया हो और इतना सब जानने के बाद वह स्वयं ही उससे दूर होने का प्रयत्न कर रही हो।

उस दिन कहा भी तो था शिल्पा ने—मोहन—तुम्हारे सामने अपने प्रेम का प्रस्ताव मैंने ही रख दिया था। तुम्हारे संग प्रीत की डोरी मैंने ही बांधी थी और आज मैं स्वयं ही उस डोरी को तोड़ रही हूं।'

सोचते ही मोहन के अस्तित्व में पीड़ा का तूफान चीख उठा। बहुत चाहा था उसने शिल्पा को। शिल्पा उसके जीवन का सर्व प्रथम और अंतिम प्यार थी। उस प्यार को खोलकर तो वह जीवन की कल्पना भी नहीं कर सकता था।

फिर क्या करे वह?

शिल्पा से सब कुछ कह डाले?

अथवा—सीमा से हमेशा के लिए सम्बन्ध तोड़ लें।

किन्तु यदि उसने ऐसा किया तो उसकी उस सौगंध का क्या होगा जो उसने दीदी के सामने ली है? उस वचन का क्या होगा—जो उसने अपनी दीदी को दिया है?

मोहन उलझ कर रह गया। सोचते-सोचते मस्तिष्क की रंगे टूटने लगीं—किन्तु वह कोई भी निर्णय न कर सका।

रात यूं ही बीत गयी। एक पल के लिए भी नींद न आयी। सुबह होने पर मां ने जब उसकी सूजी-सूजी पलकें देखीं तो चौंककर वह बोली—

'क्यों रे—रात भर सोया नहीं क्य?'

'बस—पता नहीं क्या हुआ मां रात को नींद ही नहीं आयी। खाना कुछ अधिक खा लिया था—शायद इसीलिए।'

'पगले—ऐसा भी क्या खाना।'

मां ने धीरे से हंसकर कहा और रसोई में चली गई। मोहन तैयार हुआ और घर से बाहर आ गया। किन्तु आज उसके कदम गैराज की दिशा में नहीं उठ सके। उसके मन-मस्तिष्क में इस समय भी तूफान था और वह शिल्पा से मिलना चाहता था।

शिल्पा के घर पहुंचने में उसे समय नहीं लगा। शिल्पा उस समय बिल्कुल अकेली थी। उसका भाई विनोद अपने काम पर चला गया था और मां पड़ोस के एक गांव में किसी रिश्तेदार से मिलने गयी थीं।

मोहन को यह जानकर बेहद खुशी हुई।

शिल्पा से वह बोला—'चलो अच्छा हुआ। मैं भी तुमसे एकांत में ही मिलना चाहता था। क्या बैठने के लिए भी नहीं कहोगी?'

'बैठो।'

मोहन बैठ गया। शिल्पा खड़ी रही। उसके चेहरे पर आज भी कल जैसी उदासी थी। किन्तु आंखों में पानी न था। मोहन कुछ क्षणों तक तो उसके चेहरे को देखता रहा और फिर बोला—

'नाराज हो?'

'नहीं तो।'

'फिर यह मौन किसलिए?'

'तुमने भी तो कुछ नहीं कहा।'

'यह तो है। वैसे—एक बात बताओगी?'

'वह क्या?'

'शिल्पा—तुम जानती हो—मैंने वह ताजमहल तुम्हें क्यों दिया था?'

'मेरा जन्मदिन था शायद।'

'हां—और वह ताजमहल शाहजहां द्वारा बनवाये गये वास्तविक ताजमहल से कहीं अधिक मूल्यवान था। पता है क्यों? क्योंकि उसमें मेरा प्यार बसा था। वह मेरे पवित्र प्रेम की निशानी था। उसे देते समय मैंने कहा था—शिल्पा—ताजमहल के रूप में यह मेरा हृदय है। यदि यह टूट गया तो मैं समझूंगा—तुमने मेरा हृदय तोड़ दिया है।'

'शिल्पा मौन रही।

मोहन फिर बोला—'और—कल तुमने मेरा दिया हुआ वही ताजमहल सीमा को दे दिया।'

' अपने को ही तो दिया है—पराये को तो नहीं।'

'तुम—तुम सीमा को कुछ और भी दे सकती थी।'

'मेरे विचार में—मेरे पास उससे अच्छा उपहार कोई न था। सीमा ने उसे संभाल कर रखा तो समझूंगी—उसने तुम्हारा हृदय भी संभाल कर रखा है।'

'श—शिल्पा।'

मोहन चीख-सा पड़ा। शिल्पा का यह वाक्य उसकी कनपटी पर हथौड़े की तरह चोट कर गया था। वह कुछ क्षणों तक शिल्पा के चेहरे को ध्यान से देखता रहा और फिर बोला—

'तुम्हें ऐसा नहीं करना चाहिये था।'

'इसलिए न कि यह सच है और सच का स्वभाव हमेशा कड़वा होता है—उसे सहना हर किसी के वश की बात नहीं होती?'

'नहीं—बल्कि यह सब झूठ है।'

'मैं जानती हूं—इस सच और झूठ के बीच कितना फासला है। बच्ची नहीं हूं—सब समझती हूं। फिर भी यदि सीमा के सहयोग से तुम्हारा जीवन संवर जाता है तो मेरे लिए खुशी की इससे बड़ी बात कोई नहीं होगी।'

'शिल्पा—मैंने तुमसे प्यार किया है।'

'प्यार कोई प्रसाद नहीं होता मोहन—जिसे बांट दिया जाता है। प्यार तो वह अनमोल अनुभूति होती है—जिसे इंसान मरते दम तक भी अपने हृदय में छुपाकर रखता है। सच तो यह है कि तुमने प्यार ही नहीं किया। तुमने नाटक किया है।'

'शिल्पा—शिल्पा।'

मोहन फिर चीख पड़ा और उठकर शिल्पा के सामने आ गया।

शिल्पा ने चेहरा घुमा लिया और बोली—'प्यार मैंने किया था तुमसे! आज भी करती हूं और हमेशा करती रहूंगी। किन्तु मेरा प्यार कभी तुम्हारे मार्ग की रुकावट नहीं बनेगा। मेरा प्यार तुम्हें पुकारेगा नहीं—तुम्हें रुकने के लिए कभी नहीं कहेगा। उसकी तो यह कामना रहेगी कि तुम एक के बाद एक निरन्तर उन्नति की सीढ़ियां चढ़ते रहो। तुम्हारे पास शौहरत भी हो और दौलत भी हो। ऐसा हुआ तो बहुत गर्व करूंगी मैं अपने प्यार पर। अपने आपको बहुत भाग्यशाली समझूंगी—यह देखकर कि मेरा प्यार आज आकाश की ऊंचाइयों पर बैठा है। भले ही तुम मेरी ओर न देखो—किन्तु मैं देखती रहूंगी मोहन। सिर्फ देखूंगी ही नहीं—तुम्हारे लिए जीती भी रहूंगी। हां—जीती रहूंगी तुम्हारे लिये।'

कहते-कहते शिल्पा की आवाज रुंध गयी और आंखों से दो बूंद आसू निकल कर गालों पर बह निकले।

'मोहन तड़प कर रह गया।

उसने शिल्पा के कंधे थाम लिये और भावपूर्ण स्वर में बोला—'यह-यह तुमने क्या कह दिया शिल्पा? क्यों इतना स्वार्थी और कमीना समझ लिया तुमने मुझे? मां के चरणों की सौगंध शिल्पा—मैंने तुम्हारे अतिरिक्त अन्य किसी को नहीं चाहा। मैंने तुम्हारे सिवाए अन्य किसी की कल्पना भी नहीं कीं'।

शिल्पा सिसक उठी।

मोहन कहता रहा—'शिल्पा—मैंने प्यार किया है। मैंने तुम्हें अपने मन से ही नहीं—अपनी आत्मा से भी चाहा है।

शिल्पा अपनी सिसकियों को पी गयी और पीछे हटकर उंगलियों की पोरों से आंसू पोंछने लगी।

मोहन बोला—'शिल्पा—क्या तुम्हें अपने प्यार पर बिलकुल भरोसा नहीं रहा? क्या तुम वास्तव में ऐसा सोचती हो कि में पराया हो गया हूं। बोलो—उत्तर दो शिल्पा?'

'तुम-तुम जाओ मोहन।' शिल्पा चेहरा घुमाकर बोली—'मां के आने का समय हो गया है। तुम्हारा मुझसे एकांत में बातें करना उन्हें अच्छा न लगेगा।'

'पर—मेरे इन सवालों का क्या होगा?'

'वक्त आने दो मोहन। तुम्हें अपने एक-एक प्रश्न का उत्तर मिल जायेगा।'

इतना कहकर शिल्पा रसोई में चली गई।

मोहन पत्थर की मूर्ति बना कुछ देर तक तो वहीं खड़ा रहा। फिर एक निःश्वास लेकर वह पलटा और थके-थके कदमों से चलकर बाहर आ गया। उसके कदमों की सुस्ती उस तूफान की ओर संकेत कर रही थी जो बड़ी तेजी से उसके मस्तिष्क पर फैलता जा रहा था।

* * *

आकाश पूरी तरह साफ नहीं थान पश्चिम की दिशा से काली-काली बदलियां सर उठा रही थी। मोहन अपने काम पर नहीं गया। शिल्पा की वजह से मन-मस्तिष्क में इतनी उथल-पुथल थी

कि कुछ भी करने का मन नहीं था। उसने एक स्थान से गैराज के मालिक बादशाह को फोन किया और लौट पड़ा।

तभी पीछे से आता हुआ एक स्कूटर उसके निकट रुक गया और इसके साथ ही किसी ने उसे आवाज दी—

'सुनिये भाई साहब।'

मोहन रुक गया। पलटकर देखा—यह सेठ श्याम सुन्दर दास का वही मैनेजर तिवारी था—जिसे श्याम सुन्दर ने नौकरी से निकाल दिया था और जो उसे सीमा की सालगिरह वाले दिन बगले के पास मिला था। तिवारी स्कूटर से उतर कर उसके सामने आ गया और बोला—

'लगता है आप मुझे पहचान नहीं रहे हैं।'

'मेरा विचार है—आप मिस्टर तिवारी हैं।'

'ठीक पहचाना आपनें वैसै कैसी रही सेठ की बेटी की सालगिरह?'

'अच्छी रही।'

'मेरा वश चलता तो उस कमीने को गोली मार देता।

'नहीं—ऐसा नहीं कहते तिवारी जी।'

'भाई साहब—आप उस कुत्ते को नहीं जानते। पहले नम्बर का एय्याश आदमी है। बुढ़ापा आ गया किन्तु आदत नहीं सुधरी। आप जानते है—यहां उसकी एक रखैल भी है।'

'रखैल?'

'यहीं सुल्तानगंज में रहती है। सेठ की अधिकांश शामें उसी के साथ गुजरती है। उस रखैल की तो एक बेटी भी है। मुझे लगता है—सेठ उसे भी नहीं छोड़ेगा।'

मोहन ने पूछा—'यह सब आप कैसे जानते हैं?'

'एक दिन फैक्टरी के काम से गया था। सेठ मेरे सामने ही एक फ्लैट की सीढ़ियां उतर रहा था। बाद में मैंने अपने ढंग से लोगों से पूछताछ की तो सच्चाई सामने आ गयी।'

मोहन के होठों पर मुस्कराहट फैल गयी।

तिवारी एक पल रुककर बोला—'किन्तु मेरा इन सब बातों से कोई सम्बन्ध नहीं है कि वह क्या करता है। उसके पास लाखों की दौलत है—कुछ भी करे। मुझे तो शिकायत यह है कि वह अपने गिरहबान को छोड़कर दूसरों के गिरहबान में झांकने की कोशिश करता है।'

'सुना है—आपको नौकरी से इसलिए निकाला गया—क्योंकि आपने किसी टइपिस्ट के साथ...।'

'सब बकवास है।' तिवारी कड़वाहट से बोला—हिना मेरी प्रेमिका है। हम दोनों एक दूसरे को चाहते हैं। किन्तु सेठ को यह सब अच्छा नहीं लगा और उसने मुझे नौकरी से निकाल दिया। क्या बिगाड़ लिया मेरा—मुझे एक दूसरी कम्पनी से नौकरी मिल गयीं कोई भी इंसान भगवान नहीं होता! भगवान तो ऊपर बैठा है—जो सबको देता है।'

'आप ठीक कहते हैं।'

तिवारी अपनी स्टिवाच में समय देखकर बोला—मेरा ख्याल है—मैंने यूं ही आपका समय नष्ट कर दिया। दरअसल—उस दिन आप मिले थे ना। आपने मेरी बातें बड़े धैर्य से सुनी थी। आप मुझे भले आदमी नजर आये थे—बस यही सोचकर आपसे दो बातें कह बैठा।'

'कोई बात नहीं मिस्टर तिवारी। वैसे भी मन की बात किसी से कहने से दिल का बोझ हल्का हो जाता है। एक बात बतायेंगे?'

'पूछिए।'

'सेठ साहब की वह रखैल कहां रहती है?'

'यही—सुल्तानगंज में।'

'नहीं—मेरा मतलब...।'

'देखिये—सुल्तानगंज में लाल चौक के पास आर्य समाज मंदिर है। मंदिर के ठीक सामने राधिका बिल्डिंग नाम की एक इमारत है। उसी इमारत की दूसरी मंजिल पर बीस नम्बर का फ्लैट है—जिसमें सेठ जी की रखैल आशा देवी रहती है। लेकिन-लेकिन आप यह सब क्यों पूछ रहे हैं?'

'बस यूं ही—जिज्ञासावश पूछ लिया।'

'तो मैं चलूं?'

'क्यों नहीं—आपका समय भी नष्ट हो रहा है।'

मोहन ने कहा। फिर तिवारी अपने स्कूटर पर सवार होकर वहां से चला गया और मोहन धीरे-धीरे आगे बढ़ने लगा। उसके मस्तिष्क में तेजी से एक योजना बनती जा रही थी और इसके साथ ही उसके होंठों पर फैलने वाली मुस्कराहट भी गहरी होती जा रही थी।

तभी पीछे से किसी गाड़ी के ब्रेक चरमचराए और मोहन घबराकर जल्दी से फुटपाथ पर चढ़ गया। उसी समय रुक हुई गाड़ी का दरवाजा खुला और सीमा उसके सामने आ गयी।

मोहन चौंक पड़ा। सीमा बोली—'अच्छा हुआ तुम मिल गये। मैं तो तुम्हारे गैराज पर जा रही थी।'

'मैं तो आज काम पर ही नहीं गया।'

'मैं भी आज कालेज नहीं गयी। मन नहीं हुआ। आओ चलते हैं।'

'लेकिन कहां?'

'कहीं भी—किन्तु ऐसी जगह जहां हम दोनों के सिवाए कोई न हो। आओ न—क्या सोचने लगे?'

'कुछ भी नहीं—चलो।'

'मोहन ने कुछ सोचकर कहा और गाड़ी में बैठ गया। दूसरे ही क्षण सीमा की गाड़ी सड़क पर दौड़ रही थी। मोहन खिड़की से बाहर देख रहा था।

एकाएक सीमा ने पूछा—'कैसे लगे मेरे डैडी?'

'अच्छे है—इस आयु में भी काफी स्मार्ट दिखते हैं।

'अरे बाबा—मैं पूछ रही थी कि उनका स्वभाव तुम्हें कैसा लगा?'

'पल दो पल की मुलाकात में स्वभाव का क्या पता चलता है।'

'पढ़ने वाले तो एक ही नजर में पूरा जीवन पढ़ लेते हैं। वैसे डैडी ऊपर से जितने कठोर नजर आते हैं—अंदर से उतने ही कोमल हैं। जिस पर गुस्सा करते हैं—बाद में उसी से माफी मांग लेते हैं।'

'और।' मोहन ने पूछा—'तुम्हारी मम्मी?'

'सुना है—उनका स्वभाव भी बहुत अच्छा था।'

'सुना है—क्या मतलब?'

'मम्मी का स्वर्गवास हुए वर्षों बीत गये हैं।'

'कोई कह रहा था—कि अंकल ने अपनी पहली पत्नी की मृत्यु के पश्चात दूसरा विवाह कर लिया था।

'नहीं मोहन।'

'क्या तुम्हें पूरा विश्वास है कि उन्होंने ऐसा नहीं किया था?'

'तुम भी कमाल करते हो। डैडी यदि ऐसा करते तो क्या वह उसे घर न लाते? और वैसे भी यह सब मुझसे थोड़े ही छुपा रहता।'

'ठीक कहती हो।'

इतना कहकर मोहन ने बातों का क्रम रोक दिया। उसने देखा, सीमा की गाड़ी अब शहर से बाहर जाने वाली सड़क पर दौड़ रही थी। फिर ऐसा भी हुआ जब उसकी गाड़ी ने मुख्य सड़क को छोड़कर नीली झील की ओर जाने वाली सड़क पर दौड़ना आरंभ कर दिया।

यह देखकर मोहन ने पूछा—

'आज फिर नौका विहार का इरादा है क्या?'

'नहीं—इरादा तो नहीं है। किन्तु यदि तुम चाहोगे तो बुरा भी न लगेगा। वैसे इरादा तो कुछ और ही है।'

'वह क्या?'

'पहाड़ी के ऊपर एक प्राचीन मंदिर है। मंदिर तो साधारण-सा है—किन्तु कहते है कि वहां जो कुछ भी मांगा जाता है—वह अवश्य मिलता है।'

'अच्छा—तुम्हें क्या मांगना है?'

'अभी नहीं बताऊंगी।'

'फिर तो ठीक है। तुम्हारे साथ-साथ हम भी कुछ मांग लेंगे।

'तुम क्या मांगोगे?'

‘अभी नहीं बताऊंगा।’

सीमा उसके इस उत्तर पर खिलखिलाकर हंस पड़ी। तभी झील का किनारा आ गया और सीमा ने गाड़ी रोक दी। गाड़ी से उतर कर उसने मोहन का हाथ थाम लिया और बोली—‘आओ—मंदिर अधिक ऊंचाई पर नहीं है।’

मोहन नजरें उठाकर आकाश की ओर देख रहा था। पश्चिम की दिशा से उठने वाली घटाएं अब तेजी से पूरे आकाश पर फैलती जा रही थी। वर्षा की संभावना थी।

उसे यों देखते पाकर सीमा ने पूछा—‘क्या सोचने लगे?’

‘सोच रहा हूं—हमें ऐसे मौसम में यहां न आना चाहिये था। वर्षा के साथ तूफान भी आ सकता है।’

‘डर गये?’

‘नहीं—डरा तो नहीं—फिर भी।’

‘चिन्ता मत करो बाबा—मैं तुम्हारे साथ हूं।’

मोहन चल पड़ा। दोनों हाथ में हाथ डाले पगडंडी पर बढ़ने लगे। अभी वह कुछ दूर चले थे कि एकाएक तेज हवाएं चलने लगी। तेज हवाओं के साथ बादल गड़गड़ाए और मुसलाधार वर्षा आरंभ हो गयी।

देखते-देखते दिन का उजाला अंधकर में बदल गया।

सीमा और मोहन जल्दी से वृक्षों के झुरमुट में छुप गये।

हवाओं का वेग बढ़ता रहा। ऐसा लगता था—जैसे हवाओं के साथ पहाड़ी भी उड़ जायेगी। सीमा घबराकर मोहन के सीने से लग गयी। मोहन ने उसे बाहुपाश में भर लिया और बोला—

‘मैनें कहा न था कि तूफान आ सकता है।’

सीमा मौन रही। तभी दूर कहीं बिजली गिरी और सीमा घबराकर मोहन से किसी लता की तरह लिपट गयी।

‘मोहन।’ वह बड़बड़ायी—‘मुझे डर लग रहा है।’

‘क्यों?’

‘पता नहीं यह तूफान कब थमेगा।’

‘न भी थमा तो गाड़ी तक तो पहुंच ही जायेंगे।

‘तुम तो यही चाहते होगे कि वर्षा होती रहे और....।’

भला मैं क्यों ऐसा चाहूंगा?’

‘झूठे कहीं के। मुझे इतना करीब पाकर भी क्या तुम स्वयं पर नियंत्रण रख सकोगे?’

‘नहीं—वास्तव में नहीं। मोहन ने सीमा के चेहरे को अपनी हथेलियों में भर लिया और बोला—‘किन्तु डरता हूं।’

‘डर क्यों?’

'तुम बुरा मान गयीं तो?'

'मोहन—मैं तुम्हारी हूं—सिर्फ तुम्हारी। तुम्हें मन और आत्मा से अपने मन-मंदिर का देवता माना है।

'क्या सच?'

'परीक्षा लेकर देखो—प्राण भी मांगोगे तो इंकार न करूंगी।'

'सोच लो।'

'क्या सोचूं?'

'कहीं मुझे स्वार्थी न समझ बैठना।'

'मोहन-में जाती हूं तुम ऐसे नहीं हो।'

'मुझे तुम पर भरोसा है सीमा।' मोहन ने कहा और इसके साथ उसने सीमा के होंठों से अपने होंठ सटा दिये।

सीमा विरोध न कर सकी। वह शांत रही और मोहन पल-पल उसे अपने बाहुपाश में जकड़ता रहा। तभी जोरों के बादल गड़गड़ाए और मोहन के हाथ तेजी से सीमा के जिस्म पर फिसलने लगे। फिर आया एक ऐसा तूफान जिसने उनके बीच की रही-सही दूरी भी समाप्त कर डाली।

तूफान शांत हो गया। वर्षा थम गयी। किन्तु सीमा के चेहरे पर अब पश्चाताप के भाव थे। नजरें झुकाकर वह बोली—

'यह अच्छा नहीं हुआ मोहन। हमें विवाह से पहले यह सब नहीं करना चाहिये था।'

'दोष न तुम्हारा था और न मेरा। इन तूफानी झोंकों में जब दो जवान जिस्म एक-दूसरे से सटे हों तो कोई अपने आपको कैसे संभालता?'

'कहीं-कुछ हो गया तो?'

'चिन्ता मत करो सीमा। मुझ पर भरोसा रखो। में आज भी तुम्हारा हूं और हमेशा तुम्हारा रहूंगा। आओ अब चलें। वर्षा भी थम गयी है।'

इतना कहकर मोहन ने उसका हाथ थाम लिया और सीमा अपनी नजरें झुकाए उसके साथ चल पड़ी।

* * *

रक्षाबंधन का दिन था। अपनी सुनी कलाई को बार-बार उंगलियों से छूते हुए वह सज आंखों से मधु की तस्वीर को देख रहा था। तभी तस्वीर के पीछे से मधु निकली और सामने आकर बोली—'बहुत उदास है रे मुन्ना?'

'हां दीदी—आज रक्षाबंधन है और मैं....।'

'इसीलिए तो आयी हूं। तेरी सूनी कलाई पर राखी बांधने।'

'स—सच दीदी।'

'पगले—एक बहन के लिए उसका भाई संसार की सबसे बड़ी दौलत होती है। लाख पर्दों में रहकर भी वह अपने भाई से दूर नहीं रह पाती।'

'दीदी—मैं तुम्हें बहुत याद करता हूं। बहुत रोता हूं मैं तुम्हारे लिये।'

'नहीं।' दीदी ने उंगलियों की पोरों से उसके आँसू पोंछ दिये और बोली—'अब नहीं रोना रे मुन्ना। कभी उदास मत होना। मैं तेरे लिए हर साल आऊंगीं तेरी कलाई पर राखी बांधूंगी। देख तो—इस बार भी कितनी सुन्दर राखी लाई हूं मैं तेरे लिए। सोने के तारों से जड़ी है। सुन्दर है ना?'

'हां—बहुत सुन्दर है दीदी।'

इतना कहकर मोहन ने अपनी कलाई आगे कर दी। मधु ने उसके मस्तक पर मंगल टीका लगाया और राखी बांधकर बोली—जुग जुग जिये मेरा मुन्ना। ईश्वर करे—तुझे कभी किसी की नजर न लगे।'

'यह लो दीदी।'

'क्या है रे?'

'यह मेरा पर्स है दीदी। इसमें मेरी पूरे महीने की तनख्वाह है—पूरे दो हजार रुपये। मैंने कहा था न दीदी—जब मैं बड़ा हो जाऊंगा तो तुहें ढेर सारे रुपये दूंगा।'

'नहीं रे—मैं भला रुपयों का क्या करूंगी। तु मुझे जीवन भर यूं ही प्यार करता रहे मेरे लिए यही काफी है। अब मैं चलूं?'

रुंधे स्वर में मोहन ने पूछा—'क्या तुम वास्तव में जाओगी दीदी?'

'जाना ही होगा रे—मर जो गयी हूं। मुर्दे कभी धरती पर नहीं रहते। दूर गगन में एक दूसरा ही लोक होता है उनके लिए।'

'दीदी—मैं उस कमीने को जिन्दा नहीं छोड़ूंगा।'

'तू श्याम सुन्दर दास की बात कर रहा है ना?'

'हां दीदी—उसी ने तो तुम्हें आत्महत्या करने पर मजबूर किया था। उसी ने तो जेल भिजवाया है पिताजी को।'

'पगले—तेरी हैसियत ही क्या है? उसके सामने। तू उसका बिगाड़ ही क्या सकता है? उल्टे वह जब चाहेगा तुझे चुटकियों में मसल देगा। नहीं रे—मैं तुझे उससे टकराने की सलह कभी नहीं दूंगी।'

'तुम देखो तो सही दीदी। एक दिन वह आयेगा—जब वह पानी की एक-एक बूंद के लिए तरसेगा। वह मुझसे गिड़गिड़ाकर मौत की भीख मांगेगी और मैं उससे इसलिए जिन्दा रखूंगा—ताकि वह जीवन भर तड़पता रहे।

'और—उससे टकराते-टकराते कहीं तू स्वयं ही चूर-चूर हो गया तो?'

‘दीदी—मेरे साथ मां का आशीर्वाद है। तुम्हारा प्यार है। मुझे यकीन है श्याम सुन्दर जैसे हजार कुत्ते भी मेरा कुछ न बिगाड़ सकेंगे।’

‘यदि ऐसा हुआ तो मुझे बहुत शांति मिलेगी रे मुन्ना—बहित चैन मिलेगा मेरी आत्मा को। अच्छा—तो अब मैं चलू?’

‘नहीं दीदी।’ मोहन ने दीदी के हाथ थाम लिये और रो-रोकर बोला—‘अभी मत जाओ। मुझे छोड़कर मत जाओ दीदी।’

‘जाना ही होगा मुन्ना।

इतना कहकर मधु ने अपने हाथ छुड़ा लिये और धीरे-धीरे तस्वीर की ओर बढ़ने लगी। मोहन चिल्लाया—‘दीदी रुक जाओ—रुक जाओ।’

किन्तु मधु बढ़ती रही और फिर तस्वीर के पीछे छुप गयी। मोहन यह देखकर पूरी शति से चिल्लाया—

‘दीदी—दीदी।’

रात के सन्नाटे में उसकी आवाज पूरे वातावरण में गूंज गयी और तभी किसी ने जोर-जोर से उसे झिंझोड़ना आरंभ कर दिया। यह शांति देवी थीं जो मोहन को झिंझोड़ते हुए उसे पुकार रही थीं—

‘मोहन-मोहन।’

मोहन उठ बैठा और आश्चर्य से आंखें फाड़-फाड़कर इधर-उधर देखने लगा। उसकी सांसें लुहार की धोकनी की तरह चल रही थी। मां ने उससे पूछा—‘क्या बात थी रे—तू चीख क्यों रहा था?’

मोहन खामोश रहा।

शांति देवी फिर बोली—‘कल तू भीग गया था ना—जरूर सर्दी लगाकर तेरी तबियत बिगड़ गयी होगी। कोई सपना देख रहा था?’

‘हां मां—सपना ही था वह।’ मोहन बोला—सपने में दीदी मुझसे मिलने आयी थीं। दीदी ने मेरी कलाई पर राखी बांधी। मुझसे बातें भी की और फिर अपनी तस्वीर के पीछे छुप गयीं। बहुत रोका मैंने उन्हें—बहुत रोया भी।’ कहते-कहते मोहन की आवाज रुंध गयी।

मां की आंखें भर आई। मोहन के बालों में स्नेह से उंगलियां फिराते हुए वह बोली—‘तू उसे इतना याद मत किया कर रे। उसकी आत्मा को दुःख होता है।’

‘तो क्या करूं मां?’

‘उसकी आत्मा भटक रही है बेटे। मुझे भी सपने में दिखलाई देती है कभी-कभी! जिस दिन आखिरी बार घर से निकली थी—धानी रंग का सूट पहन रखा था उसने। वैसे ही रंग की चुनरी थी। बहुत सुन्दर लग रही थी उस दिन। मधु मुझे आज भी उन्हीं कपड़ों में दिखलाई देती है।’

‘मां-मां।’ मोहन सिसक उठा।

मां ने बैठकर उसका सर अपनी गोंद में ले लिया और उसके आंसू पोंछकर बोली—नहीं-रोते नहीं हैं मेरे लाल। कहते हैं—रोने से मरने वाले की आत्मा को दुःख होता है। और वैसे भी—जाने वाले कभी लौटकर नहीं आते हैं। चल—सो जो अब! रात बहुत बीत गयी है।'

'नींद नहीं आयेगी मां।'

'मैं तुझे थपकियां देकर सुलाती हूं।'

इतना कहकर मां ने मोहन को लिटा दिया और स्वयं उसके मस्तक पर फैले बालों को अपनी हथेली से पीछे हटाने लगीं।

'मोहन बोला—'कल रविवार है मां—उस दिन तुम पिताजी से मिलने के लिए कह रह थी।'

'नहीं बेटे—मैं वहां नहीं जाऊंगी। अंतिम बार जब उनसे मिली थी तो उन्होंने मुझसे कभी न मिलने का बचन लिया था।'

'उन्होंने ऐसा क्यों किया मां?'

'कहते थे—जेल अच्छी जगह नहीं होती। यहां अच्छे लोग नहीं रहते।'

'तुम कहो तो...।'

'तेरी मर्जी है बेट। लेकिन मैं जानती हूं—उनसे मिलकर तुझे खुशी नहीं होगी। बहुत दुःख होगां अब तू बच्चा नहीं रहा—जवान हो गया है। डरती हूं—उनकी कहानी सुनकर गुस्से में कुछ और न कर बैठे।

'मैं इतना नासमझ भी नहीं मां। अच्छा—अब तुम जाओ। कब तक बैठी रहोगी मेरे लिए। कब तक जागती रहोगी?'

'पगले—तुझे क्या अपनी औलाद के लिए जागकर मां को कितनी खुशी होती है। जानता है—बचपन में तुझे जुकाम भी हो जाता था तो मैं तुझे अपनी गोद में लिये रात-रात भर जागती रहती थी।'

'तुम—तुम महान हो मां।'

'अच्छा बस कर—चुपचाप सो जा।'

'मैं सो जाऊंगा।'

'देख—जागना नहीं। नहीं तो तबियत और बिगड़ जायेगी।

'ठीक हैं मा।

शांति देवी ने उठकर मोहन के सीने तक चादर खींच दी और चली गयीं। उनके जाते ही मोहन बैठ गया। आंखों में नींद नहीं थी। जानता था—लाख कोशिश करके भी सो न सकेगा।

किन्तु तभी शांति देवी फिर अंदर आ गयी और मोहन के गाल पर स्नेह से हल्की-सी चपत लगाकर बोली—पगले-मां को धोखा देता है।

'म—मैंने क्या धोखा दिया मां?' मोहन चौंककर बोला।

'मुझसे कह दिया कि मैं सो रहा हूं और मेरे जाते ही उठकर बैठ गयां'

'ब—बात यह है मां—लेटे-लेटे कमर दर्द करने लगी थी। सोचा था—कुछ देर बैठूंगा तो आराम मिल जायेगा।'

'मैं जानती हूं—तुझे ऐसे नींद नहीं आयेगी।' इतना कहकर शांति देवी ने उसे फिर लिटा दिया और बोली—'अब मैं तब तक यहां से नहीं जाऊंगी—जब तक तू खर्राटे न भरने लगेगा।'

'यकी करो मां—अभी मुझे नींद नहीं आयेगी।'

'क्यों रे?'

'पता नहीं मां।' मोहन बोला—'बार-बार ऐसा लगता है—जैसे दीदी अभी-अभी तस्वीर से बाहर आयेगी और मुझसे पूछेगी—मुन्ना—तू सोया नहीं अभी तक? तू मेरे लिए जाग रहा है न मुन्ना?'

'मुन्ना।' मां की आवाज फिर रुंध गयी—'तू सचमुच पागल हो गया है। कब तक याद करेगा तू उस बेचारी को? कब तक पुकारता रहेगा तू उस दुखियारी को? क्यों दुःख देता है तू उसकी आत्मा को इतना?'

'मां....मां....।'

'पगले—मैंने तो उसे नौ मास तक अपने उदर में रखा था। कितना जागती थी मैं उसके लिए। कितना लाड़-प्यार से पाला था मैंने उसे। फिर भी मैं उसे याद नहीं करती रे। कभी नहीं करती। क्या होगा याद करके भी। मेरे याद करने से वह लौट थोड़े ही आयेगी?'

'ठीक है मां—अब मैं कभी दीदी को याद नहीं करूंगा। कभी नहीं करूंगा मां।' कहते ही मोहन ने करवट बदल ली। उसकी आंखों में आंसुओं की मोटी-मोटी बूंदे झिलमिला रही थी। किन्तु शांति देवी इस ओर से बिल्कुल बेखबर थीं और एकटक दृष्टि से कार्निश पर रखी अपनी बेटी की तस्वीर को देख रही थी।

* * *

सीमा अभी-अभी बाहर से लौटी थी। गाड़ी से उतरते ही वह चौक गयी। उसके पिता लॉन में अपने साथ बैठे एक युवक से हंस-हंसकर बातें कर रहे थे। उनके सामने मेज पर चाय के प्यो रखे थे। सीमा को देखकर उन्होंने उसे पुकारा तो वह करीब आ गयी और उत्सुक नजरों से युवक को देखने लगी।

उसे युवक की ओर यों देखते पाकर श्याम सुन्दर दास बोले—

'इन्हें पहचाना बेटी?'

'न—नहीं तो डैडी।'

'अरे यह विजय है। सेठ कमलकांत का बेटा। अभी दो वर्ष पहले ही तो वह तुम्हारे जन्म दिन पर आया था। आजकल सिंगापुर में आयात निर्यात का व्यापार करता है।'

सीमा ने कुछ न कहा।

विजय बोला—

कुछ लोगों को भूल जाने की आदत होती है अंकल।'

'ऐसी बात नहीं विजय। हमारी बेटी की स्मरण शक्ति बहुत तेज है। पढ़ाई में हमेशा फर्स्ट आती है।

'बेटी आपकी ही है डैडी। आप भी तो हमेशा फर्स्ट आते थे।'

सीमा ने कहा तो श्याम सुन्दर दास ठहाका लगाकर हंस पड़े। विजय उठकर बोला—

'अच्छा अंकल—मैं चलता हूं।'

'बैठो बेटे—खाना खाकर जाना।'

'नहीं अंकल-फिर किसी दिन आऊंगा।'

'जरूर आना बेटे।'

फिर विजय चला गया। उसके जाने के पश्चात् श्याम सुन्दर सीमा से बोले—'बैठो बेटे—हमें तुमसे बातें करनी है।' फिर जब सीमा बैठ गयी तो उन्होंने कहा—'सीमा—यह विजय तुम्हें कैसा लगा?'

'आं—शक्ल सूरत से तो ठीक ही है।'

'लड़का होनहार हे। सिंगापुर में लाखों का व्यापार है इसका। सुना है अब वहां एक फैक्टरी भी लगा रहा है।'

'अच्छी बात है डैडी।'

'और इससे भी अच्छी बात यह है कि विजय तुम्हें पसंद करता है। सेठ कमल कांत भी यही चाहते हैं कि तुम दोनों की जोड़ी बन जाये।'

यह सुनते ही सीमा एक झटके से उठ गयी।

वह बोली—'किन्तु आप क्या चाहते हैं?'

'हम—हम तो तुम्हारी खुशियों को ही अपनी खुशी समझते हैं बेटे। साथ ही यह भी चाहते हैं कि तुम जीवन भर खुशहाल रहो। तुम्हें कभी किसी बात की कमी महसूस न हो।'

'फिर तो यह रिश्ता मुझे पसंद नहीं डैडी।'

सेठ श्याम सुन्दर दास भौंचक्के से बेटी का चेहरा देखने लगे। सीमा से उन्हें ऐसे उत्तर की आशा न थी। उठकर वह बोले—

'सीमा बेटे—विजय होनहार है—लाखों के कारोबार का मालिक है।'

'सवाल कारोबार का नहीं—पसंद का है डैडी। विजय मुझे पसंद नहीं है।'

'किन्तु क्यों?'

'इसलिए—क्योंकि मैं किसी और को चाहती हूं।'

‘ओह!’ श्याम सुन्दर दास थके से अंदाज में बैठ गये—‘तो सच्चाई यह है कि तुम अपने लिए किसी और को पसंद कर चुकी हो।’

‘हा डैडी।’ सीमा दृढ़ता से बोली—‘और मैं आपके किसी भी प्रश्न से पहले यह बता दूं कि वह एक गरीब युवक है। उसके पास यदि कोई दौलत है तो वह केवल आदर्शों की, सिद्धांतों की।’

‘किन्तु बेटे—इस युग में केवल खोखले आदर्शो एवं घिसे-पिटे सिद्धांतों से तो पेट नहीं भरता।’

‘पेट भरना कोई मुश्किल बात नहीं होती डैडी। मेरे विचार में यदि किसी इंसान को पेट भर रोटी और सर छुपाने के लिए जगह मिल जाये—तो इससे बड़ा सुख और कोई नहीं होता। मोहन निर्धन सही—किन्तु मेहनती है। मुझे पूरा विश्वास है कि उसके साथ रहकर मैं भूखी नहीं रहूंगी।’

‘यह वही मसीहा है डैडी—जिसने अपनी जान पर खेलकर मेरी जान बचाई थी। मैं उसे इंसान नहीं—देवता कहती हूं।

‘देवता तो इस युग में खोजने पर भी नहीं मिलते। किन्तु खैर—जब तुम्हारी यही इच्छा है तो यही सही। फिर भी जल्दबाजी ठीक नहीं होती। और फिर—यह भी तो हो सकता है कि वह तुमसे अधिक हमारी दौलत को पसंद करता हो।’

‘नो डैडी नो।’ सीमा बेचैनी से बोली—‘मोहन ऐसा नहीं है। उसने केवल मुझे चाहा है। वह केवल मुझे चाहता है।’

‘कहने और करने में अंतर भी तो होता है बेटे।’

‘डैडी प्लीज! मोहन को मैं अच्छी तरह से जानती हूं। मैंने उसे बहुत करीब से देखा है।’

‘ठीक है बेटे।’ श्याम सुन्दर दास उठकर बोले—‘हम उससे बात करेंगे।’

सीमा खुश होकर बोली—‘डैडी—मैं उसे कल ही ले आऊंगी। किन्तु किस समय?’

‘कल दोपहर बाद हम घर पर ही रहेंगे।’

‘थैंक्यू डैडी।’

सीमा ने कहा और फिर हिरनी की तरह उछलते हुए वह अपने कमरे में आ गयी। कमरे में आकर उसने हाथ में थमा पर्स बिस्तर पर पटक दिया और आगे बढ़कर फोन पर रेखा के नम्बर डायल करने लगी।

सम्बन्ध मिलने पर वह बोली—

‘पहले यह बता कि तू कर क्या रही है?’

‘कुछ भी नहीं कर रही यार। अभी-अभी हिस्ट्री की किताब उठायी थी—किन्तु पढ़ाई में में मन ही नहीं लगा।’ दूसरी ओर से रेखा की आवाज आई।’

‘क्यों—किसी से दिल लगा बैठी क्या?’

'अपना ऐसा भाग्य कहा। ऊपर वाले ने सूरत ही ऐसी दी है कि कोई देखना भी पसंद नहीं करता।'

'तू कहे तो—मैं दिल लगा बैठूं तुझसे?'

'तेरा दिल अब तेरे वश में कहां। वह तो पहले ही किसी और का हो चुका है। कैसा है तेरा देवता?'

'आज तो मुलकाता ही नहीं हुई।'

'कल तो मिला होगा?'

'मिला था। हम दोनों नीली झील पर गये थे। सोचा था—पुराने मंदिर के दर्शन करेंगे। मगर तभी तूफान आ गया और....।'

दूसरी ओर रेखा ने शरारत से पूछा—तूफान असली था—अथवा नकली?'

'असली यार—बहुत मजा आया। दोनों भीग गये।'

'चल अच्छा हुआ। अब क्या कर रही है?'

'अभी-अभी लौटी हूं। शॉपिंग के इरादे से निकली थी—किन्तु कुछ खरीदने का मन ही न हुआ और लौटा आयी। आते ही एक जानवर से पाला पड़ गया।'

'अच्छा—फिर?'

'साहब डैडी के किसी मित्र के बेटे हैं और सिंगापुर में एक्सपोर्ट इम्पोर्ट का बिजनसे करते हैं।'

'किन्तु हुआ क्या?'

'होना ही क्या था। मैंने लाइन साफ कर दी। डैडी से साफ-साफ कह दिया कि मैं शादी करूंगी तो सिर्फ मोहन से।'

'नाराज हुए होंगे?'

'नहीं री। मैंने तुझसे कहा न था, कि डैडी मेरी खुशी को ही अपनी खुशी समझते हैं।' सीमा बोली।

'इसका मतलब—बात पक्की। फिर तो कल हो जाये अच्छी-सी पार्टी।

'क्यों नहीं—किन्तु बात तो पक्की होने दे। और यह तभी होगा जब मोहन के साथ मेरी सगाई हो जायेगी।'

'वह भी हो जायेगी यार—बेचैन क्यों होती है। कब मिलेगी?'

'कालेज में।'

सीमा ने कहा और रिसीवर रख दिया। रिसीवर रखकर वह पलटी और होठों ही होठों में किसी गरीत की धुन गुनगुनाने लगी।

* * *

अपने नाम की आवाज सुनकर मोहन मुलाकातियों वाले कमरे में पहुंचा तो चौंक पड़ा। उसके सामने सलाखों के पीछे एक ऐसा व्यक्ति खड़ा था—जिसका शरीर हड्डियों का ढांचा

मात्र नजर आता था। धंसी हुई आंखें-चेहरे पर जमी मैल की पर्ते और सफेद बात। दोनों हाथों से सलाखों को पकड़े नजरें झुकाए वह इस प्रकार खड़ा था—जैसे उसे चकरा कर गिर जाने कर भय हो।'

यह था हीरा लाल—कैदी नम्बर पांच सौ दो। जिसे आज से बाहर वर्ष पूर्व रोजी नामक युवती के खून के अपराध में उम्र कैद की सजा सुनाई गयी थी।

मोहन उसे फटी-फटी आंखों से देख रहा था। जैसे वह निश्चित कर लेना चाहता हो कि क्या यही व्यक्ति उसका पिता हीरा लाल था—अथवा कोई अन्य कैदी था।

लम्बी चुप्पी के बाद उसके होंठ खुले—'आप—मेरे पिता ही हैं न?'

'क्या नाम था तुम्हारे पिता का?'

'श्रीमान-श्रीमान हीरा लाल जी।

'हीरालाल।' वृद्ध ने चेहरा ऊपर उठाया। उसके होंठों पर दर्द भरी मुस्कुराहट फैल गई। व्यंग्य से वह बोला—'उसे भरे तो वर्षों बीत गये। शायद बाहर वर्ष।

'नहीं।'

'मैंने देखा था उसे। हट्टा-कट्टा जवान था। गोल चेहरा-चेहरे पर सुखी और बड़ी-बड़ी आंखें। लेकिन मर गया बेचारा। मौत के हाथो नहीं—तकदीर के हाथों। और जानते हो बेटे—उसका गुनाह क्या था? सिर्फ यह कि वह एक युवा एवं सुन्दर बेटी का बाप था। बेटी का बाप होना अभिशाप बन गया उसके लिए। तकदीर को यहीं बात बुरी लगी और उसने अपने हाथों से हीरालाल का गला दबा दिया। सब कुछ छूट गया उस गरीब सें उसकी बेटी—उसकी पत्नी और एक बेटा थी। क्या तुम—तुम उसी मुर्दे से मिलने आये हो?'

'पिताजी-पिताजी! सच्चाई जानकर मोहन रो पड़ा और सलाखों पर अपना मस्तक रगड़ने लगा।

वृद्ध कहता रहा—'सुनो बेटे-यदि तुम उसी हीरालाल से मिलने आये तो लौट जाओ। मैंने कह न वह मर चुका है। क—कुछ भी नहीं रहा उसके पास। न अपनों के लिए प्यार दुलार और न ममता। क्या करोगे तुम उससे मिलकर? मुर्दे से मिलेगा भी क्या तुम्हें?'

'नहीं—ऐसा न कहिये पिताजी—ऐसा न कहिये। मैं आपसे कुछ लेने नहीं आया। सिर्फ चरण छूने आया था आपके। आपशीर्वाद लेने आया था आपका?'

वृद्ध की आंखों में पानी उतर आया। उंगलियों की पोरों से आंसू पोंछकर उसने पूछा—'कैसा आशीर्वाद बेटे किसलिए?'

'पिताजी।' मोहन ने आंसू पी लिये। एकएक उसकी मुखाकृति कठोर हो गयी। चेहरा उठाकर वह बोला—'मैंने उस दरिन्दे को मिटाने की कसम खाई है—जिसने आपको इस चारहदीवारी के अंदर पहुंचाया है। जिसने मुझसे मेरी दीदी छीन ली और...।'

'न—नहीं बेटे....।'

'मैं उस कुत्ते को ऐसी मौत मारना चाहता हूं—जैसी पहले किसी को नसीब न हुई हो। और यह कार्य आपके आशीर्वाद के बिना संभ्भव न होगा पिताजी। कहते है—जिसके साथ माता-पिता का आशीर्वाद हो—उसका कोई कुछ नहीं बिगाड़ा पाता।'

'पर—पर बेटे जिसे तुम दरिन्दा और कुत्ता कह रहे हो—वह है कौन? क्या गुनाह किया है उसने? कौन-सा अधिकार छीना है उसने तुम्हारा?'

'मैं सेठ श्याम सुन्दर दास की बात कर रहा हूं पिताजी। मैं उससे आपकी बरबादी और दीदी की मौत का बदला लेना चाहता हूं।'

'लेकिन बेटे...।'

'कुछ मत कहिये पिताजी।' मोहन की आंखों में क्रोध की ज्वाला धधक रही थी। घृणा से वह बोला—'मत समझाइए मुझे। आप नहीं जानते—इस जहर को मैं कब से घूंट-घूंट करके पी रहा हूं। मेरी अन्तरात्मा दिन रात कचोके लगाती है मुझे। वह मुझसे पूछती है—मुन्ना, क्या तेरे बाप ने तेरे लिये कुछ भी नहीं किया? क्या मधु ने कभी तेरी कलाई पर राखी नहीं बांधी—भइया कहकर गोद में नहीं उठाया तुझे लानत है तुझ पर...। एक दरिन्दा तेरे पिता और तेरी दीदी को नोच-नोच कर खा गया—और तू कुछ भी नहीं कर सकां कैसा भाई रे तू—कैसा बेटा है? इस आवाज को सुनते-सुनते मैं पागल हो गया हूं। पिताजी! मेरी रगों में जैसे तेजाब घुला रहता है। मुझे रातों में नींद नहीं आती। दिन में चैन नहीं रहता। दिल करता है—उस कमीने की बोटी-बोटी काटकर चील कौवों के आगे डाल दूं। किन्तु नहीं—मैं उस शैतान को इतनी आसान मौत नहीं दूंगा। मैं उसे तड़पा-तड़ाप कर मारूंगा पिताजी।'

कहते-कहते मोहन चौंक पड़ा।

उसके पिता चेहरा घुमाकर हौले-हौले सिसक रहे थे। उनकी आंखों से बहने वाले आंसू चेहरे की झुर्रियों से लुढ़कते हुए सीने को भिगो रहे थे।

मोहन ने सलाखों के अंदर हाथ डालकर अपने पिता का हाथ थाम लिया और बेचैनी से बोला—'आप-आप रो रहे हैं पिताजी। क्या आपको यह देखकर बिलकुल भी खुशी नहीं हुई कि आपका मुन्ना अब जवान हो गया है जो श्याम सुन्दर से आपकी बरबादी का बदला ले सकता है?'

सिसकते हुए हीरालाल बोला—'बहुत खुशी हुई मेरे बच्चे। यह देखकर मुझे बहुत खुशी हुई है कि जिस कली को मैं अपनी बगिया में छोड़कर आया था—आज वह फूल बनकर मुस्करा रही है। कितनी तपस्या की होगी शांति ने तेरे लिए। तेरा पेट भरने के लिए न जाने कितने फांके सहे होंगे उस अभागिन ने। डरता हूं बेटे कहीं श्याम सुन्दर नाम का वह दरिन्दा मेरे उस फूल को भी न मसल डाले। तू नहीं जानता—उसके पास दौलत की कितनी बड़ी ताकत है। वह-वह इंसान नहीं—पत्थर है मेरे लाल और-पत्थर हमेशा जख्म ही देते हैं।'

‘इसीलिए तो आपका आशीर्वाद लेने आया हूं पिताजी—ताकि दुनिया की कोई भी शक्ति मेरा बाल बांका न कर सके।’

‘नहीं मेरे बेटे।’ हीरालाल ने आंसू पोंछकर बेटे के सर पर हाथ रखा और घबराकर बोला—‘मैं तुझे ऐसी सलाह कभी नहीं दूंगा। बहुत मुश्किलों से पाला है मैंने तुझें सोचता था—बड़ा होकर मुन्ना मेरा सहारा बनेगां तू क्या—तू क्या मुझसे मेरा वह सहारा भी छीनना चाहता है? अरे—अब तो मुझे छुट्टी मिलने वाली हैं। जेलर साहब बता रहे थे—मेरी सजा में सिर्फ एक वर्ष रह गया है। क्या तू मेरे लौटने की प्रतीक्षा न करेगा? बोल-बोल मुन्ना।

किन्तु मुन्ना कुछ कह पाता—उससे पहले ही मुलाकात का समय समाप्त हो गया और हीरालाल अपने प्रश्न का उत्तर पाये बिना ही संतरी के साथ चला गया।

थोड़ी देर बाद मोहन भी जेल से बाहर आ गया।

उसकी आंखों में इस समय भी आंसू थे। किन्तु आंसुओं के रहते भी उसकी आंखें अंगारों के समान दहक रही थी। चेहरा ऐसा था—जैसे किसी ने फौलाद बना दिया हो।

* * *

अपने ही विचारों में उलझा एवं भविष्य सम्बन्धी योजनाएं बनाता हुआ मोहन जब घर पहुंचा तो उस समय संध्या के चार बजे थे। मां अपने सामने फटे-पुराने कपड़ों का ढेर लगाये बरामदे में बैठी थी।

मोहन को देखकर वह बोली—

‘कुछ तो सोचा कर रे। सुबह से घर से निकला है और अब लौटा है। खाना भी ठंडा हो गया।’

मोहन ने कुछ न कहा। मां के पास एक पल के लिए ठिठक कर वह कमरे में पहुंचा और निढाल-सा कुर्सी पर बैठ गया। गर्मी बहुत थी। इतनी दूर से आते-आते उसका पूरा जिस्म पसीने से भीग गया था।

उसी समय शांति देवी कमरे में आयीं और बेटे को यों उदास देखकर बोली—‘क्यों रे—किसी से झगड़ा हो गया क्या?’

‘नहीं मां।’

‘तो फिर क्या बात है? तबियत ठीक नहीं।’

‘सब ठीक है मां-बस मन ठीक नहीं है।’

इतना कहकर मोहन ने रूमाल से अपना चेहरा साफ किया और उठकर खिड़की के सामने आ गया। वहां भी हवा न थी। दूर खड़े जामुन के पेड़ का पत्ता तक न हिल रहा था।

शांति देवी ने आगे बढ़कर पूछा—‘क्या हुआ तेरे मन को?’

‘सैट्रल जेल गया था।’

'ओह!' इतना ही निकला शांति देवी के मुंह से।'

मोहन बोला—'तुमने ठीक ही कहा था मां—कि उन्हें देखकर मुझे बहुत दुःख होगा।'

'कैसे हैं तेरे पिताजी?'

'हड्डियों का ढांचा मात्र रह गये हैं। मैं तो पहचान ही न पाया था उन्हें। बहुत उदास थे।'

'उदास तो होंगे ही बेटे। बारह वर्ष से अपनों से दूर रहकर जेल की यातनाएं भोग रहे हैं।'

'बहुत रोये मुझे देखकर।'

'बस कर बेटे—कुछ मत बता मुझसे। दिल फटता है। कितना अच्छा होता—वह घर रहते और उनके स्थान पर उम्र कैद की सजा मुझे होती।' कहते-कहतें शांति देवी की आवाज रुंध गई। आंखों में आंसुओं की मोटी-मोटी बूंदे। झिलमिलाने लगीं।'

मोहन घूम गया और तड़प कर बोला—

'बस करो मां। ईश्वर ने चाहा तो जल्दी ही सब ठीक हो जायेगा।'

'क्या ठीक हो जायेगा रे?'

'मेरा मतलब है मां—पिताजी की सजा पूरी होने में अब केवल एक वर्ष का समय रह गया हे। पिताजी लोट आयेंगे तो हमारा यह छोटा-सा घर फिर उन्हीं खुशियों से भर जायेगा।'

मां ने आंसू पोंछ लिये—किन्तु पीड़ा का तूफान उनके चेहरे पर मंडराता रहा।

कुछ देर के मौन के बाद वह बोली—'वह लड़की आज फिर आयी थी रें'

मोहन ने चौंककर पूछा—'कौन सी लड़की मां?'

'वही गाड़ी वाली। पता नहीं क्या नाम बताया था। उसने अपना।'

'सीमा।'

'हां—यही नाम बताया था। कहती थी—मोहन से मुझे बहुत ही जरूरी काम है।'

'जरूर उसकी गाड़ी खराब हो गयी होगी।'

'उसकी गाड़ी रोज ही खराब रहती है क्या?'

'बस ऐसा ही समझो मां। और फिर—उसकी गाड़ी भी तो चार वर्ष पुरानी है। खराब नहीं होगी तो क्या होगा। मैंने तो कई बार कह दिया—मेम साहब अब इस गाड़ी में कोई दम नहीं। इसे किसी कबाड़ी के हवाले करो और नयी गाड़ी खरीद लो। किन्तु वह मानती ही नहीं। कहती है—यह गाड़ी मुझे मेरे दादाजी ने जन्मदिन पर उपहार में दी थी।'

'दादा जिन्दा होंगे।'

'अरे नहीं मां।' मोहन बैठकर बोला—'उन्हें तो हवाई जहाज में बैठकर भगवान के घर गये हुए भी वर्षों बीत गये। अच्छा मां—एक बात बताओगी?'

'वह क्या?'

'यह सीमा तुम्हें कैसी लगती है?'

'पढ़ी—लिखी है—सुंदर है।'

'मां मुझे तो दाल में कुछ काला नजर आता है।'

'क्या मतलब?' शांति देवी ने चौंककर पूछा और बैठकर ध्यान से बेटे का चेहरा देखने लगी।

'मतलब यह है मां—कि सीमा के डैडी मुझे किसी न किसी बहाने अपने बंगले पर बुलाते रहते हैं।'

'अच्छा।'

'बहुत प्रशंसा करते है मेरी। कभी कहते हैं—मोहन तुम निर्धन होकर भी किसी राजकुमार से कम नहीं लगते। कभी कहते हैं—तुहारी आवाज बहुत मीठी है। और जानती हो—अभी पिछले हफ्ते क्या कह रहे थे?'

मां ने उत्सुकता से पूछा—'क्या कह रहे थे?'

'सेठ जी मुझसे पूछ रहे थे—मोहन बेटे—यदि हम तीन-चार महीनों के लिए विदेश चले जायें तो क्या तुम हमारे पीछे हमारा घर और कारोबार संभाल लोगे।'

शांति देवी धीरे से हंसकर बोली—'अच्छा—तुने क्या कहा?'

'मैं क्या कहता।' मोहन बोला—'तुम तो जानती ही हो कि मैं तुमसे पूछे बगैर कभी कोई काम नहीं करता।'

'हां—कलयुगी श्रवण है ना। कह तो ऐसे रहा है—जैसे मुझसे पूछे बगैर कभी कुछ भी न करता हो। उस लड़की से जान पहचान क्या मुझसे पूछकर बढ़ायी थी? मुझसे पूछकर जाता है तू उसके घर?'

'ये सब तो छोटी-छोटी बातें हैं मां। कोई भी बड़ा काम मैं तुमसे पूछे बगैर कभी नहीं करता।

'मैं समझ गयी—तू कहना क्या चाहता है। यही न कि तू उस लड़की को पसंद करने लगा है?'

'ओह मां।'

मोहन ने लजाकर चेहरा झुका लिया। मां उठकर बोली—देख—मैं तो कभी कुछ कहती नहीं हूं। लेकिन एक बात जरूर याद रखना बेटें ये अमीर लोग कभी किसी के नहीं होते। और दूसरी बात यह है कि इस दुनिया में गरीब और अमीर का मेल कभी नहीं रहा।

'सभी अमीर एक जैसे नहीं होते मां। सीमा के डैडी से मैं मिल चुका हूं—बहुत अच्छे आदमी हैं।'

'मुझे तो लगता है—अब तू भी लालची बन गया है।

सोचा होगा—सीमा से विवाह करके मुझे लाखों की दौलत मिल जायेगी। लेकिन बेटे—रोटी हमेशा मेहनत की कमाई से ही मिलती है। हराम की दौलत तो इंसान को सोने भी नहीं देती।'

'मां तुम...।

'पगले।' मैं कुछ और थोड़े ही कह रही हूं। अपना भला-बुरा तो तू भी समझता है। बच्चा थोड़े ही रहा है। जो अच्छा लगे—वह कर।'

'ठीक है मा।'

बातों का विषय बदलकर मां ने पूछा—'चाय तो पीएगा?'

'गर्मी बहुत है मां।'

'तो शर्बत बना दूं?' खाना कब खायेगा?'

'पहले शर्बत पीयूंगा और बाद में खाना खाऊंगा।'

'जैसी तेरी मर्जी।'

इतना कहकर मां कमरे से बाहर चली गयी और मोहन उठकर खिड़की के सामने आ गया। उसकी कल्पना में अब केवल दो ही तस्वीरें घूम रही थी। एक तस्वीर उसके पिता हीरालाल की थी और दूसरी श्याम सुन्दर की। फिर ऐसा हुआ जब हीरालाल की तस्वीर गायब हो गयी और केवल श्याम सुन्दर दास की तस्वीर रह गयी।

* * *

सूर्यास्त का समय था। पश्चिम की दिशा में लालिमा अभी शेष थी। संख्या के साये धरती पर धीरे-धीरे उतर रहे थे। मोहन घर से निकला और यूं ही बेमन-सा एक ओर को चल पड़ा। गर्मी अब कम घी-धीमी-धीमी हवा भी चल रही थी। चलते समय वह केवल सीमा के विषय में ही सोच रहा था। अपनी योजना को अंतिम रूप देने के लिए उसका सीमा से विवाह करना आवश्यक था। सीमा से विवाह किये बिना वह श्याम सुन्दरदास से अपनी बहन की मौत और पिता की बरबादी का बदला नहीं ले सकता था। किन्तु दूसरी ओर शिल्पा दी। शिल्पा की पीड़ा को वह समझता था। उसे यह भी विश्वास था कि यदि उसने शिल्पा से विवाह न किया तो वह अपने जीवन में किसी भी अन्य युवक को स्वीकार न कर सकेगी।

सीमा और शिल्पा।

जैसे ये दो राहें थीं उसके सामने। एक राह पर चलकर वह पिता और बहन के ऋण से उऋण हो सकता था और दूसरी राह उसे उसका खोया हुआ प्यार लोटा सकती थी।

मोहन ने शिल्पा के सम्बन्ध में अपने अन्तर्मन को कई बार टटोला था। हर बार लगा था—शिल्पा को खोकर वह चैन से न जी सकेगा। किन्तु इन दोनों में से किसी एक को त्याग तो उसे करना ही था। उसने निश्चय किया था कि वह सीमा से विवाह करेगा। फिलहाल शिल्पा के विषय में सोचना उसने छोड़ दिया था।

किन्तु उसके एवं सीमा के विवाह में भी एक उलझन थी। उसे विश्वास था इस विवाह के लिए मां की स्वीकृति उसे मिल जायेगी। किन्तु जब उन्हें पता चलेगा कि उनका बेटा श्याम सुन्दर दास की बेटी से विवाह कर रहा है तो? मां क्या फिर भी इस सम्बन्ध के लिए अपनी स्वीकृति देंगी? नहीं—मां इस बात को कभी सहन नहीं करेगी कि उनका बेटा उस व्यक्ति की बेटी को अपनी दुल्हन बनाकर लाये जो उनकी बरबादी का कारण है।

फिर क्या करे वह?

सीमा से विवाह का विचार त्याग दें?

भूल जाये सब-कुछ?

अथवा—मां से सब कुछ छुपा कर रखें?

मोहन सोचता रहा—किन्तु इनमें से किसी भी प्रश्न का सही एवं सटीक उत्तर उसे न मिल सका और तभी उसकी विचारधारा टूट गयी। शिल्पा सड़क पार करते हुए एक बस स्टाप की ओर बढ़ रही थी। यह देखकर मोहन जल्दी से आगे बढ़ा और उसने शिल्पा का मार्ग रोक लिया।

शिल्पा के बढ़ते कदम रुक गये। चौंककर बोली—'ओह तुम! कैसे हो?'

'मैं तो ठीक हूं। किन्तु तुमने यह क्या हालत बना रखी है?'

'क्यो?'

'सूखा उदास चेहरा—धुआं-धुआ-सी आंखें और बिखरे हुए बाल...।'

'बीमारी में ऐसा ही होता है। तुम सुनाओ—नौकरी मिली?'

'पुरानी नौकरी तो कर ही रहा हूं। हां-नयी नौकरी अभी नहीं मिली।?'

'मिल जायेगी।' शिल्पा बोली—'कल मैंने तुम्हारे सम्बन्ध में एक ज्योतिषी से पूछा था। उसने बताया कि तुम्हारा भविष्य बहुत उज्वल है। एक दिन सब कुछ होगा तुम्हारे पास। नौकर, चाकर, बंगला और लाखों की दौलत।'

मोहन तड़प कर रह गया। शिल्पा के इन शब्दो में तीखा व्यंग्य था। वह बोला—'मैं ज्योतिष पर विश्वास नहीं करता।'

'मैं तो करती हूं।'

'जाने दो। आओ कहीं बैठते हैं।'

'नहीं मोहन—मुझे जल्दी है। नौकरी की तलाश में निकली थी।'

'नौकरी—क्या मतलब?'

'तुमने बताया तो था—मैंने पढ़ाई छोड़ दी है। घर में मन नहीं लगता। नौकरी मिल जाने से यह समस्या न रहेगी।'

विनोद इस पसंद करेगा?'

'मुझे भइया की नहीं—अपनी पसंद देखनी है। अपना भविष्य देखना है। अब चलूं।'

'शिल्पा।' उसे ध्यान से देखते हुए मोहन बोला—मेरा ख्याल है—तुम्हारे दिमाग में अब भी कोई गलतफहमी है।' तुम अब भी यही सोचती हो कि मैं तुम्हें नहीं—किसी अन्य को चाहता हूं।'

'मैंने सोचना छोड़ दिया है मोहन। अब मैं कुछ भी नहीं सोचती। हां—कभी-कभी बीते हुए दिन जरूर याद आते हैं। किन्तु फिश्र यह सोचकर भूल जाती हूं कि शायद यह कोई सपना रहा होगा।'

'नहीं—वह सपना नहीं था शिल्पा—वह तो एक सच्चाई थी। हम दोनों का मिलना—एक दूसरे से प्यार भरी बातें करना और हर रोज अपने लिए सपनों के महल सजाना।'

'सपनों के महल तो रेत के घरौंदों की तरह होते हैं न। आंधी आती है और बिखर जाते हैं। मैं ऐसे महलों पर यकीन नहीं करती—जिन्हें बनने में तो वर्षों लगते हैं किन्तु गिरने में एक पल की देर नहीं लगतीं'

'शिल्पा....।' मोहन तड़प कर रह गया।

पश्चिम की दिशा में लालिमा अब न थी। शाम के साये तेजी से वातावरण पर फैलते जा रहे थे। कुछ पलों के मौन के बाद शिल्पा बोली—

'शाम डूब रही हे। चलती हूं।'

'शिल्पा—क्या तुम्हारे पास अब मेरे लिए बिल्कुल भी समय नहीं रहा। क्या तुम—क्या तुम कुछ देर रुक नहीं सकती मेरे लिए?'

'मेरे पास वास्तव में समय नहीं है मोहन।'

इतना कहकर शिल्पा आगे बढ़ गयी और मोहन उसे पीड़ा भरी नजरों से देखता रहां तभी वह चौंक पड़ा किसी से पीछे से उसके कंधे पर हाथ रख दिया था। स्पर्श पाकर वह पलटा तो देखा—सीमा उसके सामने खड़ी मुस्करा रही थी।

'ओह—तुम। कृत्रिम मुस्कराहट के साथ मोहन बोला।

'जानते हो—मैं तुमसे नाराज हूं?'

'सेवक से कोई भूल हो गयी क्या?'

'ऊहुं।' सीमा ने उसके होठों पर हथेली रख दी और फिर अपना हाथ हटाकर बोली—'सेवक नहीं-स्वामी। और जानते हो भूल क्या हुई है? जनाब को सुबह से तलाश कर रही हूं। एक बार घर का चक्कर भी लगा आयी हूं।'

'मां ने बताया तो था...।'

'कहां चले गये थे।'

'यूं ही कहीं घूमने।'

'अकेले? मुझे नहीं बुला सकते थे? खैर छोड़ों—यह अब शिल्पा तुमसे क्या कह रही थी?

'शिल्पा।' मोहन चौंक पड़ा। किन्तु उसने तुरन्त ही अपने आपको संभाल लिया और धीरे से हंसकर बोला—'कुछ भी तो नहीं। मैं ही उससे उसकी पढ़ाई के विषय में पूछ रहा था। उस दिन परिचय नहीं हुआ था तुम्हारी बर्थ डे पार्टी में?'

'यह अच्छी लड़की नहीं है। मैंने कालेज में इसकी चर्चा सुनी है। पिछले वर्ष तो यह पीरियड छोड़कर अपने प्रेमी के साथ गुलछर्रे उड़ाती थी।'

'हो सकता है।'

'अच्छा सुनो।' सीमा बोली—'मैंने डैडी से तुम्हारे सम्बन्ध में बात की है। वह तुमसे मिलना चाहते हैं।'

'क्यों?'

'यूं ही अपनी संतुष्टि के लिए कुछ प्रश्न करेंगे तुमसे।'

'ठीक है।'

'कल एक और दो बजे के बीच मैं तुम्हारी प्रतीक्षा करूंगी। कहो तो तुम्हें लेने के लिए रेखा को भेज दूं?'

'नहीं—उसकी कोई जरूरत नहीं है। मैं आ जाऊंगा।'

'चलो अब गाड़ी में बैठो।'

'अब?' मोहन ने रिस्टवाच में समय देखा और बोला—'नहीं सीमा—समय तो मुझे घर पहुंचना है। मां की तबियत कुछ ठीक नहीं है—इसलिए खाना पीना और...।'

मोहन का वाक्य अधूरा रह गया। उसने देखा—शिल्पा बस स्टाप के सामने खड़ी उसे सजल नेत्रों से देख रही थी।

उसे यों अपनी ओर देखते पाकर मोहन का चेहरा झुक गया। लगा—जैसे वह शिल्पा की ही नजरों में नहीं—अपनी भी नजरों में हमेशा के लिए गिर गया हो।

तभी सीमा ने अपनी आवाज से उसे झिंझोड़ दिया वह कह रही थी—

'चुप क्यों हो गये? क्या हुआ है मां जी को?'

'वे—बात यह है कि उन्हें दोपहर बाद से ही बुखार है।'

'चलो—फिर तो मैं तुम्हारे घर ही चलती हूं।'

'मेरे घर?'

'अरे बाबा—तुम्हारे घर की बहू बन रही हूं तो क्या मां जी की सेवा करना मेरा धर्म नहीं है? मैं उन्हें अपने हाथों से चाय दूंगी—उनके लिए खाना तैयार करूंगी। कितनी खुशी होगी उन्हें।'

'खाना और तुम।'

'क्यों—तुम क्या सोचते हो—मैं खाना बनाना नहीं जानती? देखना—ऐसा खाना बनाऊंगी कि उंगलियां चाटते रह जाओगे।'

'यह तो में जानता हूं। लेकिन मेरा ख्याल है—फिर कभी सही।'

'अरे चलो न बाबा।' सीमा ने मोहन का हाथ पकड़ लिया और उसे अपनी गाड़ी की ओर खींचती हुए बोली—'तुम तो हमेशा बच्चों की तरह जिद करते हो।'

मोहन को चलना पड़ा। चलते-चलते उसने मुड़कर देखा—शिल्पा उंगलियों की पोरों से अपने आंसू पोंछ रही थी।

* * *

शिल्पा ने हाथ में थमा पर्स कुर्सी पर रख दिया। इसके पश्चात् उसने एक गिलास पानी लेकर पिया और फिर तौलिया उठाकर अपने चेहरे का पसीना पोंछने लगी।

उसका भइया शायद अभी नहीं लौटा था। होता भी तो शायद अब भी उसकी ओर देखना पसंद न करता। पिछले एक सप्ताह से ऐसा ही हो रहा था। विनोद ने उससे बोलना भी छोड़ दिया था। मां भी कम ही बोलती थी। उनके न बोलने का कारण वह जानती थी।

पसीना सूख गया तो शिल्पा अपने कपड़े उठाकर बाथरूम की ओर चल दी। उसे स्नान भी करना था। तभी किचन से निकल कर मीरा ने देवी ने उसे टोक दिया—'पानी नहीं है...।'

मां की आवाज में रुखापन था।

शिल्पा बिना कुछ कहे वापसी के लिए मुड़ गयीं मां ने उसे फिश्र टोक दिया—'बनवारी फिर आया था।'

शिल्पा मौन रही।

मां ने फिर कहा—

'उसे हां अथवा ना में जवाब चाहिये।'

'जवाब तो मैं दे चुकी हूं।'

'यही न कि तू विवाह नहीं करेगी?'

'हां।'

'तो और क्या करेगी?'

'जिन्दा रहने के लिए विवाह करना जरूरी नहीं है।'

'किन्तु खानदान की इज्जत?'

'मैं नहीं मानती कि विवाह न करने से लड़की के खानदान की इज्जत पर कोई धन्धा लगता है।'

सिर्फ धब्बा ही नहीं लगता—इज्जत मिट्टी में मिल जाती है। लोग उस घर की ओर अच्छी नजरों से नहीं देखते। और फिर—अभी विनोद भी तो है। तेरा विवाह न हुआ तो उसका रिश्ता लेकर कौन आयेगा? लोग यह नहीं पूछेंगे कि बहन का विवाह क्यों नहीं हुआ?'

'मां—मैं विवश हूं।' चेहरा घुमाकर शिल्पा बोली—मैंने निश्चय किया है कि मैं कभी विवाह न करूंगी। यही सोचकर मैं नौकरी खोज रही हूं। अपने पैश्रों पर खड़ी हो जाऊंगी तो तुम्हारी चिन्ता भी मिट जायेगी। तुम्हें ऐसा तो नहीं न लगेगा कि बेटी मां की छाती पर मूंग दल रही है। बोझ तो न बनूंगी तुम पर।'

मीरा देवी बोली—बोझ न सही—दुख तो देगी ही मुझे। तुझे कुआंरी देखकर क्या मैं चैन से जी सकूंगी। और फिर—तू जानती ही है री—यह पहाड़ जैसा जीवन यूं ही नहीं कटता। औरत को हर उम्र में मर्द के सहारे की जरूरत पड़ती है।'

'चिन्ता मत करो मां। मैं कभी किसी का सहारा नहीं लूंगी। यहां तक कि तुम्हारा और भइया का भी नहीं। रही पहाड़ जैसे जीवन की बात! जिस दिन कटना मुश्किल हो जायेगा—आत्महत्या कर लूंगी।'

'शिल्पा।' मां की ममता—तड़प कर रह गयी। शिल्पा को उसने अपनी ओर खींच लिया और बोली—'तुझे-तुझे हो क्या गया री। बड़ी समझदार थी तू तो। कितनी अच्छी-अच्छी बातें किया करती थी मेरे पास बैठकर। कभी रामायण की बातें करती तो कभी महाभारत की कोई किस्सा लेकर बैठ जाती। हर दम हंसती-खिलखिलाती थी। किसकी नजर लग गयी तुझे?'

'मैं बताता हूं मां।'

एकाएक मीरा देवी ने यह आवाज सुनी तो उसने चौंककर बेटी का हाथ छोड़ दिया। यह विनोद था जो नपे-तुले कदमों से आगे बढ़ा और शिल्पा की ओर देखकर मां से बोला—

'इसका दिमाग खराब किया है मोहन नें वह कमीना पहले तो इसके साथ प्यार और वफा के वायदे करता रहा और अब इसे बरबादी की राह पर छोड़कर चला गया।'

'भइया।'

शिल्पा चीख-सी पड़ी।

विनोद कहता रहा—'मैंने उसे अपनी आंखों से सेठ श्याम सुन्दर की बेटी के साथ घुमते-फिरते देखा है। कुत्ता है वह। उसे प्यारी की नहीं दौलत की जरूरत है।'

शिल्पा अपना चेहरा घुमाकर सिसक उठी।

विनोद ने फिर कहा—

'भूल तो इसी की थी मां। उसकी चिकनी-चुपड़ी बातों में आ गयी। विश्वास का बैठी उस पर। और तुम—तुम्हारी भी तो गलती है मां। कहती थीं—शांति मेरी वर्षों पुरानी सहेली है। मेरी बेटी तो बस उसी के घर की बहू बनेगी। अब तो बेटी को उस घर की बहू साफ साफ कह दिया ना—मेरा बेटा अभी विवाह नहीं कर रहा है। ऊहं।'

'तुम चुप रहो विनोद।'

'मैं तो हमेशा चुप ही रहता हूं मां। मुझे क्या जरूरत पड़ी है कुछ कहने की। बेटी तुम्हारी है—विवाह करो चाहे जीवन पर घर में बैठाये रखो। बदनामी तो तुम्हारी ही होगी।'

विनोद बड़बड़ाया और पलट कर कमरे में चला गया। शिल्पा अभ सिसक रही थी।

मां ने उसके आंसू पोंछ दिये और बोली—'चल अब मुंह हाथ धो ले—मैं तेरे लिये खाना निकालती हूं।

'मुझे भूख नहीं है मां।'

'मैं जानती हूं—तु मुझसे नाराज है। कभी-कभी बहुत कुछ कह डालती हूं न तुझे। बुरा लगता ही होगा। मगर मैं भी क्या करूं—जवान बेटी किसी से भ्ज़ी अपने घर नहीं रखी जाती।'

शिल्पा मौन रही।

मीरा देवी फिर बोली—'मेरे शब्दों पर गौर करना बेटी। शांत मन से सोचना। जा अब।'

शिल्पा थके-थके कदमों से अपने कमरे की ओर बढ़ गयी।

* * *

शांत देवी रसोई के सामने बैठी सब्जी काट रही थी। एकाएक किसी ने निकट आकर उनके पांव छुए तो वह चौंक पड़ी। नजरें उठाकर देखा—यह सीमा थी जो उनसे कह रही थी—

'कमाल है मां जी—आप तो बुखार में भी आराम नहीं कर सकती।'

'बुखार।' शांति देवी चौंक कर बोली—'यह किसने कहा कि मुझे बखार है।'

'तो क्या आप...।'

'मैं तो बिल्कुल ठीक हूं बेटी। और तुम खड़ी क्यों हो बैठो।'

'अभी आई मां जी।'

सीमा ने मुस्करा कर कहा और चलकर कमरे में आ गयी। मोहन वहां खड़ा अपने बाल संवार रहा था। सीमा ने अंदर पहुंचते ही उसके हाथ से कंघा झपट लिया और बोली—

'झूठे के।'

'मैंने क्या झूठ कहा?'

'तुम तो कह रहे थे—मां को बुखार हैं। वह तो कहती हैं मैं बिल्कुल ठीक हूं।'

'मां को तुम नहीं जानती। उनकी तबियत कितनी भी खराब क्यों न हो—किन्तु वह हमेशा यही कहती हैं कि मैं बिल्कुल ठीक हूं।'

'तो क्या?'

'हां सीमा—मां की तबियत वास्तव में खराब है।' मोहन बोला।

'तो—यह बात है।' सीमा ने कहा और कंघा मोहन के हाथ में थमाकर वह फिर से शांति देवी के पास आ गयी और उनके हाथ से चाकू लेकर बोली—चलिये मां जी—आप आज्ञा कीजिये। सब्जी मैं काटती हूं। चलिये उठिए।'

'किन्तु बेटी...।'

'मां जी—मुझे पता है—आपकी तबियत ठीक नहीं हे।'

'बेटी मैं बिल्कुल ठीक हूं।'

'मैं नहीं मानती—आप हमेशा झूठ बोलती हैं।' इतना कहकर सीमा ने सब्जी की टोकरी अपने आगे सरकायी और बैठ गयी।

शांति देवी उठकर बोलीं—

'यह तुम क्या करने बैठ गयीं बेटी। देखना चाकू लग जायेगा।'

'मां जी—आप आराम कीजिये। और फिर—आप क्या जीवन भर यही करती रहेगी? आपकी तो आराम करने की उम्र है। घर का काम अब मुझे दीजिये।'

'तुम्हें।' शांति देवी चौंक पड़ी।

'और नहीं तो क्या।' सीमा बोली—'क्या आपको मेरा इस घर में आना पसंद नहीं?'

'बेटी—तुम जानती हो—हम लोग कितने गरीब हैं। गुजारा भी मुश्किल से होता है। मेरे बेटे से अधिक वेतन तो तुम्हारो रसोइये को मिलता होगा।'

'मां जी।' सीमा उठ गयी और मां को फटी-फटी नजरों से देखने लगी।

'शांति देवी बोली—

'मैं जानती हूं बेटी—तुम मेरे बेटे को चाहने लगी हो। किन्तु शायद तुम नहीं जानती कि जबसे यह संसार बना है—तभी से गरीब और अमीर के बीच बहुत गहरी खाई बनी हुई है। वह

खाई कभी नहीं भरी गयी बेटी—कभी नहीं पाटागया उसें और यही कारण है कि गरीब की अमीर से कभी कोई रिश्तेदारी नहीं रही।'

'नहीं—ऐसा नहीं कहिये मां जी। सभी लोग एक जैसे नहीं होते। मेरे डैडी ऐसे नहीं है। वह लाखों की दौलत के मालिक होकर भी अपने आपको एक साधारण इंसान मानते हैं। उनके हृदय में कभी अमीर गरीब के लिए कोई अंतर नहीं रहा। और मैं—मैंने तो मोहन को कभी निर्धन जाना ही नहीं मां जी। मैंने तो उसके अंदर हमेशा एक सच्चे और अच्छे इंसान के दर्शन किये हैं।'

'सोच लो बेटी—कहीं ऐसा न हो कि आगे चलकर तुम्हें पछताना पड़े। आज तक सोने-चांदी के सिक्कों से खेली हो। धरती पर पांव भी न रखा होगा तुमने। कभी अपने हाथों से एक गिलास पानी लेकर भी न पिया होगा। किन्तु यह तो निर्धन की झोपड़ी है। मोहन की इतनी आमदनी नहीं कि तुम्हारी सेवा के लिए एक नौकर रख सके। यहां तो सभी कुछ अपने हाथों से करोगी।'

सीमा बोली—'मैं करूंगी मां जी—मैं सब कुछ करूंगी। घर का पूरा काम और आपकी सेवा भी। ओर वैसे भी मांजी-डैडी के पास आज जो कुछ भी है—वह सब मेरा ही तो है। इकलौत संतान हूं उनकी। मोहन के जीवन में कमी ही किस बात की रहेगी?'

शांति देवी ने इस बार कुछ न कहा और सोचने वाले अंदाज में अपने होठों को काटने लगीं

तभी बातों का विषय बदली कर सीमा बोली—'अच्छा मां जी—अब आप आराम कीजिये। खाना मैं तैयार कर लूंगी।

'तुम क्यों कष्ट करती हो बेटी?'

'ओह मां जी।' तभी मोहन वहां आ गया और मां से बोला—यदि यह अभी से कुछ न करेगी तो आगे क्या होगा?'

मां धीरे से हंसकर बोली—'अरे पगले—इसने क्या कभी खाना बनाया होगा?'

'खाना बनाना, कौन मुश्किल है मां। क्यों सीमा?'

'हां मां जी—खाना बनाने में क्या मुश्किल है। सब्जी काटकर कुकर में डाल दो और बस।'

'देखती हूं।'

इतना कहकर शांति देवी कमरे में चली गयीं और सीमा ने मोहन को झिंझोड़ कर कहा—'देख क्या रहे हो? तुम अंदर चलकर आटा तैयार करो। मैं सब्जी काटती हूं।'

'देवी जी—मुझे यह भी तो देखना है कि आप सब्जी काट भी सकती है अथवा नहीं।'

'यह कौन सा मुश्किल काम है।'

इतना कहकर सीमा बैठ गयी। उसने आलू फर्श पर रखे और उन्हें ऊपर से चाकू से काटने लगी। यह देखकर मोहन की हंसी छूट गयी। वह बोली—

'फिर तो बना लिया तुमने खाना। अरे मैम साहब—काटने से पहले सब्जी का छिलका अलग किया जाता है।'

'तुम्हारा मतलब है—सिर्फ छिलका पकाया जाता है?'

'जी नहीं—छिलका फेंक दिया जाता है। और हां—किसी भी सब्जी को फर्श पर रखकर नहीं—हाथ में लेकर काटा जाता है। इस तरह।'

मोहन बैठ गया और सब्जी काटने लगा।

यह देखकर सीमा बोली—

'चलो आज तो तुम्हीं काट दो।'

'बात आज की नहीं है मैम साहब। मुझे तो लगता है—यदि मैंने तुमसे विवाह कर लिया तो यह काम जीवन भर मुझे ही करना पड़ेगा?'

'जी नहीं—यह काम हमारा रसोइया करेगा। समझे।'

'समझ गया मेम साहब।'

'अब यह बताओ—मुझे क्या करना है?'

'सिर्फ बैठना है।'

'और खाना?'

'वह तो मुझे ही बनाना पड़ेगा। मां तो अब रसोई में झांकने से रहीं।'

'चिन्ता मत करो—मैं तुम्हारी मदद करूंगी। तुम सब्जी लेकर आओ—तब तक मैं गैस जलाती हूं। गैस का चूल्हा जलाना मुझे आता है।'

'मेम साहब—इस घर में गैस नहीं बल्कि स्टोव है।'

'तुम्हारा मतलब है—कैरोसीन वाला?'

'जी नहीं फूट जूस वाला।'

'यह कैसे चलता है?'

'तभी तो कहता हूं—यह रोग तुम्हारे वश का नहीं।

'बताओ न मोहन।'

'बताने से भी कुछ न होगा मेम साहब। क्योंकि यह सब एक दिन में नहीं सोलह-सत्रह वर्ष में सीखा जाता है। तभी तो निम्न और मध्यम वर्ग की माएं अपनी बेटियों को जन्म से ही खाना बनानो की शिक्षा देती हैं। अब तुम घर जाओ—अंकल तुम्हारी प्रतीक्षा कर रहे हैंगे।'

'डैडी दस बजे से पहले कभी नहीं लौटते।'

'तो मां के पास बैठ जाओ। खाना तो खाओगी?'

'क्यों नहीं—इसीलिए तो आई हूं। सीमा ने हंसते हुए कहा और कमरे में चली गई।

उसके जाते ही मोहन के होठों पर विजय पूर्ण मुस्कान थिरक उठी। देर तक वह सीमा के विषय में सोचता रहा और तभी मां ने आकर सब की टोकरी अपने हाथों में ले ली।

मोहन उठकर बोला—'तुम—तुम बेठो मां—खाना तो मैं बना लूंगा।'

'लग तो ऐसा ही रहा है कि जीवन भर तू ही खाना बनायेगां सीमा से तो यह सब होने से रहा।'

'मां।'

'कितनी भली लगती थी शिल्पा मुझे। किन्तु तेरी हठ ने उस बेचारी से इस घर का रास्ता भी छुड़ा दिया। पहले ही कह दिया होता कि मैं शिल्पा को पसंद नीं करता तो मैं मीरा से शादी की बात ही क्यों चलाती? कितनी अजीब बात है—तूने इस घर की बहू के रूप में पसंद भी की तो एक ऐसी लड़की—जो अपने हाथों से एक गिलास पानी भी नहीं पी सकती। खैर बेटे—जैसी तेरी मर्जी! मैंने तो हमेशा तेरी खुशी को ही अपनी खुशी समझा है। किसी के साथ जिन्दगी तो तुझे ही गुजारनी है। मेरा क्या है—आज हूं—कल का पता नहीं।'

मोहन अपराधी की तरह सर झुकाए खड़ा रहा।

शांति देवी उससे बोली—'अब तू यहां खड़ा मेरा मुंह क्या देख रहा है। चलकर उसके पास बैठ। मैं उसके लिए चाय लेकर आती हूं।'

'सीमा अच्छी लड़की है मां।'

'मैंने ये बाल धूप में सफेद नहीं किये बेटे। पैंतालीस वर्ष की उम्र हो गयी है। इंसान के चेहरे से ही उसकी अच्छाई-बुराई जान लेती हूं। मैंने इस विवाह की स्वीकृति केवल इसलिए दी है—क्योंकि तू उसे पसंद करता है। बात मेरी पसंद की होती तो कभी हां न करती। और हां—कह देना उसके पिता से। ले आयें रिश्ता—मैं इंकार नहीं करूंगी।' मां ने कहा और टोकरी लेकर रसोई में चली गई।

नाराजगी और असहमति उनके चेहरे से ही झलक रही थी। मोहन ने कुछ न कहा और चलकर कमरे में आ गया। सीमा उस समय खिड़की के सामने खड़ी बाहर का दृश्य देख रही थी।

* * *

मोहन के मस्तिष्क में रात भर उथल-पुथल रही। कभी वह मां के विषय में सोचता और कभी सीमा के विषय में। दिन का उजाला फैलने पर वह जल्दी ही घर से निकल गया। उसने गैराज में बारह बजे तक काम किया और फिर बादशाह से छुट्टी लेकर सेठ श्याम सुन्दर दास से मिलने चल पड़ा। सीमा ने बताया था कि उसके पिता दोपहर बाद अपने बंगले पर ही रहेंगे।

किन्तु मार्ग में इब्राहिम खान मिल गया।

इब्राहिम खान रिक्शा पर बैठकर कहीं जा रहा था। मोहन को देखकर उसने रिक्शा रुकवायी और फिर उसके अभिवादन का उत्तर देकर बोला—

'तुम तो उस दिन के बाद आये ही नहीं मोहन बेटे। नाराज थे क्या?'

'नहीं चाचा—भला आपसे क्यों नाराज होता? और फिर—मैं तो गया भी था एक दिन! आप मिले ही नहीं।'

'आजकल डाक्टरों के चक्कर लगाने पड़ते हैं। बीमारी बढ़ गयी है। सोचता हूं—अपने जीते जी पोली का निकाह और देख लूं।'

'जरुर देखेंगे चाचा।'

'श्याम सुन्दर से मिले कभी?'

मोहन के चेहरे पर कड़वाहट फैल गयी। घृणा से वह बोला—'नहीं चाचा।'

'मिलना भी मत उससे। बल्कि कभी भूलकर भ्ज़ी मत कहना कि तुम उसके विषय में कुछ जानते हो।'

'ठीक है चाचा।'

'अब जाओ बेटे। यूं ही तुम्हें देखकर रुक गया था। अल्लाह तुम्हें सलामत रखें और हां—मेरे लायक कभी कोई काम हो तो जरूर बताना।'

'ठीक है चाचा—आदाब।'

'जीते रहो बेटे।'

इब्राहिम खान ने कहा। फिर उसका रिक्शा आगे बढ़ गया और मोहन धीरे-धीरे अपनी मंजिल की ओर बढ़ने लगा। कुछ समय बाद जब वह श्याम सुन्दरदास के बंगले पर पहुंचा तो सीमा उस समय फाटक के सामने ही खड़ी थी। मोहन को देखते ही वह उससे लिपट सी गई और बोली—

'थैंक्यू मोहन।'

'अरे बाबा—अब हाथ तो छोड़ों। देखो—दरबान देख रहा है।'

'ओह।' सीमा ने उसका हाथ छोड़ दिया और बोली—मुझे तो बहुत डर लग रहा था मोहन।'

'डर क्यों?'

'सोचती थी—तुम न आये तो? डैडी तो बारह बजे से ही तुम्हारी प्रतीक्षा कर रहे हैं।'

'गुस्से में तो नहीं हैं?'

'नहीं—बहुत अच्छे मूड में हैं। आओ—मैं मिलाती हूं।'

सीमा ने कहा तो मोहन उसके साथ चल पड़ा।

और जिस समय मोहन एवं सीमा ने सेठ श्याम सुन्दर दास के कमरे में कदम रखे उस समय यह इजी चेयर पर बैठे सिगार का धुआं उड़ा रहे थे। मोहन ने उन्हें देखकर अभिवादन की मुद्रा में हाथ जोड़ लिये। श्याम सुन्दर दास उसके अभिवादन का उत्तर देकर बोले—

'बैठो मोहन।'

मोहन सकुचाता-सा बैठ गया।

'और सीमा तुम।' श्याम सुन्दर दास ने अपनी बेटी से कहा—'देखो-बाहर वाले लॉन में बहुत से पौधे सूख रहे हैं। माली से कहो कि वह उन्हें हटाकर उनके स्थान पर दूसरे पौंधे लगा दे।'

सीमा समझ गयी कि डैडी उसे किसी बहाने बाहर भेजना चाहते हैं। किन्तु वह बैठ गयी ओर बोली—लग जायेंगे डैडी—ऐसी भी क्या जल्दी है।'

'बहुत चालाक हो।' श्याम सुन्दर मुस्कराये और मोहन से बोले—'मोहन, तुम्हारे परिवार में और कौन-कौन है?'

'जी—मैं ओर मेरी बूढ़ी मां।'

'पिताजी?'

मोहन ने झूठ कहा—'वह नहीं है।'

'तुम क्या करते हो?'

'यूं तो मैंने इंजिनियरिंग का कोर्स किया है। किन्तु पैसा और सिफारिश न होने के कारण कहीं अच्छी नौकरी नहीं मिली, अतः एक मोटर गैराज में काम करता हूं।'

'वेतन कितना मिलता है?'

'कुल मिलाकर दो हजार रुपये।'

'हूं। श्याम सुन्दर दास ने सिगार का लम्बा कश लिया और धुआं उड़ाकर बोले—'देखो मोहन—सीमा ने हमसे तुम्हारे विषय में सब कुछ बता दिया है। हमारे मन में ऐसी कोई बात नहीं कि हम दौलतमंद हैं और तुम गरीब आदमी हो। सीमा हमारी इकलौती बेटी है—इसलिए आज हमारे पास जो कुछ है—कल सब उसी का होगा। और—इसका मतलब यह है कि उस वक्त तुम भी दौलत मंद ही कहे जाओगें'

मोहन बोला—

'क्षमा करें अंकल! मुझे आपकी दौलत की कोई जरूरत नहीं है।

सीमा ने कहा—

'हां डैडी—मोहन सिर्फ अपनी मेहनत की कमाई पर विश्वास करते हैं। मैंने इन्हें बहुत करीब से देखा है।'

श्याम सुन्दर दास ने मुस्करा कर बेटी से पूछा—

'तुम्हें विश्वास है?'

'यस डैडी।'

'तुम जानो! तो मिस्टर मोहन—हम इस विवाह के लिए अपनी स्वीकृति दे रहे हैं। स्वीकृति देने का कारण सिर्फ यह है कि हमें अपनी बेटी पर पूरा भरोसा है। और—दूसरा यह कि हम सीमा की खुशी को ही अपनी खुशी समझते हैं।'

'थैंक्यू डैडी—आप कितने अच्छे हैं।' सीमा उठकर अपने पिता से लिपट-सी गयी और श्याम सुन्दर दास मोहन से बोले—ठीक है मोहन—हम कल ही तुम्हारी माताजी से मिलते है।'

'अंकल—यदि आप उनसे न ही मिले तो अच्छा है।'

'क्यों?' श्याम सुन्दर दास चौंककर बोले—'क्या उन्हें यह रिश्ता पसंद नहीं है?'

'बात यह है अंकल।' मोहन को फिर झूठ कहना पड़ा—'कि वह मेरी सौतेली मां है। उन्होंने मुझे कभी अपने बेटे के रूप में स्वीकार नहीं किया। सदा घृणा एवं तिरस्कार की दृष्टि से देखा है। वह मेरा विवाह एक ऐसी लड़की करना चाहती हैं—जिसे मैंने कभी पसंद नहीं किया। सच पूछिए तो मैं तो उन्हें इस विवाह में सम्मिलित भी नहीं करना चाहता। मैंने सोचा है—विवाह होते ही मैं उनसे अलग रहना शुरू कर दूंगा।'

'पर मोहन।' सीमा ने कुछ कहना चाहा।

मोहन बोला—'सीमा तुम उनसे मिल चुकी हो। किन्तु तुमने अभी उनका बाहरी रुप ही देखा है। तुम नहीं जानती—उनके अंदर कितना जहर भरा है।'

'फिर भी तुमने अच्छा किया कि सब कुछ बता दिया।' सीमा बोली—'जो स्त्री अपने ही बेटे से घृणा करती हो—मैं तो उसके साथ एक दिन भी नहीं रह सकती। डैडी मेरी सलाह है कि आप उने बिलकुल मत मिलिए। बल्कि मैं तो कहती हूं कि आप उनसे इस विवाह के विषय में भी कुछ मत बताइए। आप सीधे सादे ढंग से विवाह सम्पन्न कराइए और मोहन को हमेशा के लिए यहीं बुला लीजिए।'

श्याम सुन्दर सिगार की राख झाड़कर बोले—'इसके अतिरिक्त अन्य कोई मार्ग भी तो नहीं है। मोहन।'

'कहिये अंकल!'

'आज सोमवार है। हम चाहते हैं कि परसों पंडित को बुलाकर फेरों की रस्म पूरी कर दी जाये। उसी दिन कुछ मित्रों को बुलाकर एक पार्टी भी कर देंगे।

'जैसी आपकी इच्छा अंकल।'

फिर श्याम सुन्दर दास उठकर सीमा से बोले—

'अच्छा सीमा बेटे—हमें तो एक जरूरी काम से कहीं जाना है। तुम लोग बातें करो।'

'आओ मोहन।' सीमा मोहन से बोली—'मैं तुम्हें अपना कमरा दिखती हूं।'

फिर वह मोहन को लेकर अपने कमरे में आ गयीप और उससे बोली—'पहले यह बताओ कि क्या पियोगे?'

'सच कहूं।' मोहन के होठों पर शरातपूर्ण मुस्कराहट थी।

'बोलो।'

'आगे आओ।'

'देखो—शरारत न करना।'

'बिल्कुल नहीं।'

सीमा आगे आ गयी। मोहन ने उसके गालों को अपनी हथेलियों में भर लिया और उसकी आंखों में आंखें डालकर बोला—'तुम्हारे ये होंठ बड़े प्यारे हैं। लगता है—जैसे अमृत भरा हो। पिलाओगी?'

'ऐसी भी क्या बेकरारी? विवाह में एक ही दिन का समय तो रह गया है।'

'यह समय तो बहुत लम्बा है रानी।'

'लम्बा ही सही—थोड़ा इंतजार करो। कहते हैं—इंतजार का आनंद ही कुछ और होता है। छोड़ों ना।'

'नहीं सीमा।'

'मैंने कहा ना—प्लीज...।'

'नहीं—अब नहीं...।'

'मोहन ने कहा। फिर उसने सीमा को अपनी भुजाओं में कस लिया और उसके होंठें पर कई चुम्बन अंकित कर दिया।

सीमा अपने आपको छुड़ाकर बोली—बहुत जिद्दी हो तुम।'

'बचपन से ही हूं।'

'अच्छा सुनो—मुझे कुछ गड़बड़ लगती है।'

'कैसी गड़बड़ी?'

'वह—उस दिन तूफान में—पगडंडी पर।' कहते—कहते सीमा लजा गयी और उसने चेहरा घुमा लिया।

मोहन ने सामने आकर कहा—

'बोलो न—हुआ क्या?'

'मैंने कहा था न—कि कहीं कुछ हो गया तो?'

'ओह—तो यह बात है। मोहन धीरे से हंस पड़ा और बोला—'लेकिन इसमें घबराने की क्या बात है? वैसे तुम—चाहो तो अबार्शन....।'

'नहीं मोहन—यह मेरे प्यार की पहली निशानी है। मैं इसे नष्ट न होने दूंगी।

'चलो—तुम्हारी इच्छा। अब चलूं?'

'इतनी जल्दी? बिल्कुल नहीं—डैडी अब दस बजे के आसपास लौटेंगे और तब तक तुम यही रहोगे। मैं तुम्हारे लिए ठंडा मंगवाती हूं।' इतना कहकर सीमा घंटी का पुश बटन दबाने के लिए बोर्ड की ओर बढ़ी किन्तु फिर रुक गई और पलट कर बोली—'मोहन—तुमने कहा था न कि वह मेरी सौतेली मां है?'

'क—कहां तो था।'

'फिर तुमने यह सब मुझसे पहले क्यों नहीं बताया था?'

'यूं समझो—याद न रहा होगां'

'तो क्या—तुम्हारी मां मुझे बिल्कुल पसंद नहीं करतीं?'

'बिल्कुल नहीं।'

'फिर तो मैंने ठीक ही कहा है डैडी से। बल्कि मैं तो कहती हूं कि उन्हें इस विवाह का पता भी न चलना चाहिये। तुम ऐसा करो—तुम यहां कल ही आ जाओ, हमेशा के लिए।'

'नहीं—कल नहीं परसो। ओ.के.?'

'ओ. के.।'

सीमा ने कहा और पलटकर घंटी का पुश बटन दबा दिया। मोहन के होंठों पर अब कपटतापूर्ण मुस्कराहट थिरक रही थी।

* * *

उस रात सो नहीं पाया मोहन। पूरी रात वह जैसे अपने आपसे लड़ाई लड़ता रहा। उसके मस्तिष्क में एक के बाद एक कई परस्पर विरोधी विचार एक-दूसरे से टकराते रहे और वह खामोशी से विचारों के उस द्वन्द्व को देखता रहा। किन्तु जब सुबह उठा तो उसके दिलो-दिमाग पर छाया हुआ बोझ काफी हल्का हो चुका था। शायद इसका कारण यह था कि उसे अपने उद्देश्य में आधी से अधिक सफलता मिल चुकी थी।

सुबह होने पर उसने सबसे पहला काम यह किया कि नौकरी छोड़ दी और बादशाह से अपना हिसाब से लिया। बादशाह के पूछने पर उसने कह दिया कि उसे एक कम्पनी में अच्छे नौकरी मिल गयी हैं।'

बादशाह को यह जानकर खुशी हुई।

फिर जब मोहन अपना हिसाब लेकर मोटर गैराज से निकला तो उस समय संध्या के साढ़े पांच बजे थे। वह एक बस स्टाप की ओर बढ़ा तो वहां एकाएक शिल्पा से मुलाकात हो गयी। शिल्पा एक कम्पनी के ऑफिस से निकल रही थी।

मोहन को देखकर वह रुक गयी।

मोहन ने चौंकर पूछा—

'तुम यहां?'

'मुझे नौकरी मिल गयी है।'

'खुशी की बात है।'

'तुम्हारे लिए भी।'

'क्या मतलब?'

'तुम्हारा विवाह जो हो रहा है।'

मोहन चौक पड़ा और बोला—

'यह—यह किसने कहा तुमसे?'

'सुबह—तुम्हारी सीमा की एक सहेली मिली थी। बहुत खुशी हुई सुनकर। तुम्हें तो सिर्फ नौकरी की जरूरत थी और अब लाखों की दौलत भी मिल गयी।'

मोहन का चेहरा झुक गया। होठों से एक भी शब्द न फूट सका।

दर्द भरी मुस्कराहट के साथ शिल्पा बोली—'क्या तुम अब भी यही कहोगे कि मैंने तुम्हारे सिवाए कभी किसी को नहीं चाहा? कभी किसी से प्यार नहीं किया? क्या तुम अब भी यही वायदा करोगे कि मैं जीवन के अंतिम मोड़ तक तुम्हारा हाथ थामकर चलूंगा।

'हां!' मोहन धीरे से बोला।

'अर्थात मुझे छलने के लिए एक और झूठ। और वो भी ऐसा—जिस पर कोई मूर्ख भी विश्वास नहीं कर सकता? मैं पूछती —कब तक छलोगे तुम मुझे? कब तक धोखा दोगे? कब तक मैं इस भ्रम के सहारे जीती रहूंगी कि तुम आज भी मेरे हो?'

शिल्पा की आंखें भर आई। वह बोली—'देख रहे हो मुझे—सुखकर कांटा हो गयी हूं। आंखों के नीचे काले धब्बे गन गये हैं। वर्षों की बीमार नजर आती हूं। और जानते हो—यह सब क्यों? इसलिए क्योंकि मैंने तुम्हें वास्तव में चाहा था। तुम्हारे सिवाए कभी किसी की कल्पना भी मैंने नहीं की थी। अपना देवता—अपनी जिदंगी और अपनी हर खुशी माना था मैंने तुम्हें। किन्तु आज सब-कुछ चला गया अपने हाथों से लुट गयी मैं। ऐसे मुकाम पर आ गयी कि जी भी नहीं सकती। सिर्फ इसलिए क्योंकि मैंने तुमसे प्यार किया था।

कहते-कहते शिल्पा की आवाज रुंध गयी।

किसी अपराधी की तरह चेहरा झुकाकर मोहन बोला—

'म—म मुझे माफ कर दो शिल्पा।'

शिल्पा घृणा से बोली—'इतनी बड़ी सजा देकर तुम माफी मांग रहे हो? सिर्फ दो शब्दों से तुम मेरी पीड़ाओं को पीना चाहते हो। सोचते हो—मुझे तुमसे कोई शिकायत न रहेगी? तुम्हारे क्षमा मांग लेने से मेरी लुटी हुई खुशिया मुझे मिल जायेंगी? मैं पूछती हूं मोहन—मैंने तुम्हें चाहा—तुम्हें अपना देवता माना—क्या यही मेरा कसूर था? मैं पूछती हूं प्यार क्या पाप होता है?'

'नहीं शिल्पा।'

'नहीं।' एकाएक शिल्पा के जबड़े भिंच गये। चीख-सी पड़ी वह—'तो फिर यह सजा क्यों? क्यों दिया तुमने मुझे इतना भयानक दर्द—जिसे मैं सह भी नहीं सकती? जिसकी पीड़ा मुझे दिन-रात रुलाती है। क्यों किया तुमने मोहन ऐसा क्यों?'

शिल्पा सिसक पड़ी।

मोहन धीरे से बोला—'मैं—मैं मजबूर हूं शिल्पा। मुझे किसी से प्रतिशोध लेना है। मुझे उस दरिन्दे को मिटाना है जिसने मेरी दीदी और पिता को बरबाद किया है। और-और उस कमीने को मैं केवल दौलत के शास्त्र से ही मिटा सकता हूं। सीमा से मैं उसी दौलत के लिए विवाह कर रहा हूं। तुम देखना शिल्पा—मेरा प्रतिशोध पूरा होते ही तुम्हें अपने एक एक प्रश्न का उत्तर मिल जायेगा। उस दिन तुम्हें विश्वास होगा कि मैंने तुम्हारे सिवाए वास्तव में किसी को भी नहीं चाहा है।'

शिल्पा सिसकते हुए बोली—

'बस करो मोहन—बस करो। मैं अब किसी भी भ्रम के सहारे जीना नहीं चाहतीं भगवान के लिए सोचो भी मत मेरे विषय में।'

'शिल्पा—शिल्पा....।'

'तुम्हारी मजबूरी यह है कि तुम्हें दौलत की जरूरत है। किन्तु मेरी मजबूरी यह है कि मैंने केवल तुम्हें चाहा है। और तुम देखना मोहन—मैं तुम्हारे सिवाए कभी किसी को न चाह सकूंगी। तुम्हारे सिवाए और कोई न आ सकेगा मेरे जीवन में।'

'शिल्पा ने कहा और आंसू पोंछते हुए वह तजी से आगे बढ़ गयी।

मोहन तड़प कर रह गया।

उसे लगा—जैसे किसी ने उसके हृदय को अपनी मुट्ठी में लेकर निचोड़ दिया हो। तभी जैसे उसे कुछ ध्यान आया। किन्तु वह शिल्पा तक पहुंचता उससे पहले ही एक बस वहां रुकी और शिल्पा उसमें बैठकर चली गयी।

लगभग सात बजे वह घर पहुंचा। दिन का उजाला अभी शेष था—किन्तु शाम तेजी से धरती पर उतर रही थी।

प्रतिदिन की तरह मां ने उससे फिर देर से लौटने की शिकायत की। मोहन बोला—देर को छोड़ों मां—तुमहारा सपना पूरा हो गया।'

'सपना।'

'हां मां—तुम कहती थीं न कि पता नहीं तू बड़ा आदमी कब बनेगा।

'सीमा से विवाह पक्का हो गया—यही ना?'

मोहन चौंककर बोला—

'विवाह पक्का हो गया—यह किसने कह दिया तुमसे?'

'कहा नहीं—अनुमान लगाया है। तेरी खुशी से।'

'मां—यह बात नहीं है।'

'तो और क्या बात है?'

'मुझे नौकरी मिल गयी है—एक बहुत बड़ी फैक्ट्री में।'

'स—सच?'

'हां मां—बिल्कुल सच। और जानती हो—वेतन कितना मिलेगा? पूरे चार हजार।'

'हे भगवान!' शांति देवी के हाथ जुड़ गयें आकाश की ओर देखकर वह बड़बड़ायीं—'मैं जानती थी—तेरे घर देर तो हो सकती है किन्तु अंधेर कभी नहीं होता। तुने मेरी लाज रख ली प्रभु—मेरा सपना साकार कर दिया।'

मां को यों बड़बड़ाते देखकर मोहन ने जल्दी से चेहरा घुमा लिया और पीड़ा की दशा में अपने होंठों को काटने लगा।

तभी मां उसकी ओर घूमकर बोलीं—'तू बैठ बेटे—मैं मंदिर में प्रसाद चढ़ाकर आती हूं।'

'किन्तु इस नौकरी में एक दिक्कत है मां।'

'दिक्कत—वह क्या?'

'मुझे तीन चार महीने तक वहीं रहना पड़ेगा।'

'तीन चार महीनों तक। ऐसी कैसी नौकरी है रे।'

'नौकरी तो अच्छी है मां। असल में कम्पनी वाले मुझे ट्रेनिंग भी देंगे। दिन में काम और रात में ट्रेनिंग। खाना-पीना सब कम्पनी देगी। किन्तु सबसे अच्छी बात तो यह है कि ट्रेनिंग पूरी होने पर मेरे वेतन में एक हजार की वृद्धि और हो जायेगी। अर्थात्—पांच हजार रुपये और घूमने के लिए गाड़ी।

मां ने निःश्वास ली और बोली—'कोई बात नहीं बेटे—तेरी जिन्दगी सुधर जाये—मेरे लिये यही काफी है। सोच लूंगी—मेरा बेटा पढ़ाई के लिए शहर से बाहर गया है।'

'मां—मैं तो तुमसे मिलता भी रहूंगां प्रतिदिन नहीं तो दूसरे तीसरे दिन! गाड़ी तो मुझे मिल ही जायेगी, बस आया और तुम्हारे चरण छूकर चल गया। ठीक है ना मां।'

'ठीक है बेटे।' थके से स्वर में मां बोली—'पर देख रे—आना मत भूलना। और हां—यहां कभी खाना खाकर मत आना। मैं तेरे लिए खाना तैयार रखूंगी और तुझे अपने हाथों से खिलाया करूंगी।'

'क—क्यों नहीं मां।'

'कब जायेगा रे?'

'मां—यूं तो मुझे आज की रात ही वहां पहुंच जाना चाहिये था। किन्तु में कल जाऊंगा।'

'फिर तो मैं बाजार से कुछ सामान भी खरीद लाती हूं सुबह तेरे लिए पुड़ी और खीर बनाऊंगी। पता नहीं फिर अच्छा खाना कब नसीब हो।'

इतना कहकर मां दूसरे कमरे में चली गयी।

मोहन थके से अंदाज में कुर्सी पर गिर पड़ा। पीड़ा का तूफान उसके चेहरे पर अभी भी मंडरा रहा था।

* * *

सेठ श्याम सुन्दर दास आज बहुत खुश थें आज उनकी बेटी का विवाह जो था। किन्तु खुशी के साथ-साथ उनके होंठों पर कभी-कभी दर्द भरी मुस्कराहट भी थिरक उठती थी। सोचा था—अपनी इकलौती बेटी का विवाह वह ऐसी धूमधाम से करेंगे कि पूरा शहर देखता रह जायेगा किन्तु सीमा की हठ के कारण यह सब न हो पाया था। आज तो उन्हें बहुत ही सीधे-साधे ढंग से विवाह की रस्में अदा करनी थीं।

बंगले को सजाया भी नहीं गया। द्वारा पर शहनाइयां भी नहीं बजीं। बारात के बैंड का भी शोर न था। केवल बड़े हॉल में कुछ विशिष्ट अतिथि बैठे थे और उनके समक्ष की पंडित फेरों से सम्बन्धित सामग्री को लिये बैठा था।

सीमा की सभी सखियां वहां थी। उसे सजा-संवार कर दुल्हन बना रही थी। हंसी-ठिठोली का सिलसिला चल रहा था।

तभी श्याम सुन्दर दास ने बेटी के कमरे में प्रवेश किया और उन्हें देखकर सीमा की सहेलियां एक ओर हट गयी। श्यामसुन्दर ने बेटी से कहा—

'बेटे—मुहूर्त का समय निकला जा रहा है।'

रेखा बोली—

'कोई बात नहीं अंकल! हम सीमा को लेकर आते हैं।'

'बात तुम लोगों के आने की नहीं—बात तो उसकी है। मोहन अभी तक नहीं आया।'

'माई गॉड! वह क्यों नहीं आये?'

'हमें तो चिन्ता हो रही हे। कहीं ऐसा न हो कि...।'

'नहीं डैडी—ऐसा नहीं होगा। मोहन मुझे धोखा नहीं दे सकता।' सीमा ने कहा और उठ गयी।

तभी एक नौकर ने वहां आकर कहा—

'मालिक—दुल्हा साहब आ गये हैं।'

'थैंक्स गॉड!'

सेठ श्याम सुन्दर दास ने संतोष की सांस ली और बाहर चले गये। दूसरी ओर मोहन के आने की सूचना पाकर सीमा का चेहरा खिल उठा। रेखा बाहर निकल आयीं उसने देखा—मोहन बरामदे की सीढ़िया चढ़ रहा था।

रेखा उसे रोककर बोली—

'तुम भी कमला करते हो मोहन। कब से प्रतीक्षा हो रही है तुम्हारी।'

'सारी रेखा जी—मां को मनाने में देर लग गयी।'

'वह भी आयी है?'

'नहीं।'

'चलो कोई बात नहीं। कोई दोस्त वगैरहा?'

'तीन-चार दोस्त हैं जो बाहर टैक्सी में बैठे हैं।'

'कोई बात नहीं—में उन्हें लेकर आती हूं। तुम बैठो।'

इतना कहकर रेखा फाटक की ओर बढ़ गयी।

मोहन बड़े हाल में आ गया।

कुछ समय बाद सीमा की सहेलियां सीमा को भी ले आयी। कुछ ही देर बीती थी कि फेरों की रस्म पूरी हुई और मोहन एवं सीमा विवाह सूत्र में बंध गये। सीमा एवं मोहन ने एक-एक करके मोहन के पांव छुए, उनसे आशीर्वाद लिया और इस प्रकार विवाह सम्पन्न हो गया।

भोज के पश्चात अतिथि भी चले गये।

किन्तु सीमा की सहेलियां वहीं रुकी रही और पूरे दिन हास-परिहास चलता रहा।

शाम ढल गयी तो सीमा की सहेलियों ने सीमा को एक कमरे में धकेल दिया। सहेलियों ने इस कमरे को अपने हाथों से सजाया था। सेज पर चम्पा और चमेली की कलियां महक रही थी। कमरे के प्रत्येक कोने से मोहक सुगंध फूट रही थी।

सीमा कमरे में आ गयी तो सहेलियों ने उसे फिर छेड़ना आरंभ कर दिया—

'देखना दुल्हन जी, कहीं यह रात बातों में ही न बीत जाये?'

'बातों में क्यों बीतेगी।' यह गरिमा थी—बातों का खजाना तो इसने झील के किनारे ही खाली कर दिया होगा। पूरे-पूरे दिन वही तो रहती थी यह अपने मोहन के साथ।'

रेखा बोली—'और हो सकता है—असली सुहागरात भी वहीं हो गयी हो।'

इस पर एक जोरदार ठहाका लगा।

सीमा ने रेखा के बाल पकड़ लिये और बनावटी गुस्से से बोली—

आजकल तेरी जुबान कुछ ज्यादा ही चलने लगी है।'

'अरे बाबा—मेरे बाल तो छोड़। देख वह आते होंगे।'

'कौन?'

'तेरे मसीहा साहब।'

रेखा फिर हंस पड़ी। सीमा ने उसे छोड़ दिया और रूपा बोली।

'अच्छा भई अब चलो। ऐसे में किसी को डिस्टर्ब करना ठीक नहीं है।'

'ठीक है—चलो।' रेखा ने कहा। फिर उसने धीरे से सीमा से पूछा—'कुछ चाहिये तो नहीं रानी जी?'

'एक गिलास पानी।'

'प्यास दिल में लगीं है अथवा...?'

'देख रेखा—तंग मत कर।'

तंग कहां कर रही हूं मेरी जान! मैं तो सिर्फ यह कह रही थी कि यदि प्यास दिल में लगी है तो वह पानी से नहीं बुझ सकेगी। उसे तो मेरे प्यारे-प्यारे मोहन साहब ही बुझा सकेंगे।'

'रेखा की बच्ची।'

सीमा उस पर फिर झपटी। किन्तु तभी रेखा एवं अन्य सहेलियां खिलखिलाती हुई कमरे से बाहर चली गयी।'

थोड़ी देर बाद ही मोहन आ गया। वह बेहद थका-थका सा और उदास सा नजर आ रहा था। उसके बैठने पर सीमा ने उससे पूछा—'क्यों मोहन कैस लगा तुम्हें?'

'वह क्या?'

'हमारा विवाह। न बैंड न शहनाई। न तुम बारात लेकर आये और न ही में डोली चढ़ी।'

'मेरे विचार में तो यह ठीक था। वैसे भी मुझे व्यर्थ का दिखावा बिल्कुल पसंद नहीं है।'

'डैडी तो कुछ और ही चाहते थे। धूम-धाम-बैंड शहनाई और सैकड़ों मेहमान। किन्तु मैंने ही मना कर दिया। डैडी के अंदर सबसे बड़ी अच्छाई यह है कि वह मेरी बात कभी नहीं टालते।

मोहन कपड़े बदल कर लेट गया।

सीमा ने उस पर झुकते हुए पूछा—

'ऐ, नींद आ रही है क्या?'

'नहीं—सर में दर्द है।'

चलो—मेरी गोद में लेट जाओ। मैं तुम्हारा सर दबा दूंगी।

'तुम—इतने बड़े बाप की बेटी होकर...?'

'नहीं।' सीमा ने उसके होंठो पर अपनी हथेली रख दी और बोली—'ऐसा न कहो मोहन। मैं बड़े बाप की बेटी सही—ऐसा न कहो मोहन। मैं बड़े बाप की बेटी सही—किन्तु तुम्हारी तो दासी ही रहूंगी। देवता हो तुम तो मेरे। तुम्हारी सेवा करना तो मेरा धर्म है।'

'आजकल इन बातों को कौन मानता है। और फिर ऊंचे घरानों में...।'

'ऊंचे घरानों के लोग भी इंसान ही होते हैं मोहन। यह भी हिन्दुस्तान में ही रहते हैं। हिन्दुस्तान की संस्कृति यही कहती है कि भारतीय नारी को अपने पति में ही परमेश्वर के दर्शन करने चाहिये।'

मोहन ने चौंककर पूछा—'किसने सिखाया तुम्हें यह सब?'

'मम्मी ने। बहुत ही धर्मपरायण थी वह। सुबह प्रतिदिन मंदिर जाना—लौटकर डैडी के पांव छूने और तब किसी काम को हाथ लगाना। मैंने उनकी ऊंची आवाज कभी नहीं सुनी। कभी ऐसा नहीं हुआ—जब उन्होंने डैडी से झगड़ा किया हो।'

'चलो अच्छी बात है।'

'अच्छा सुनो।' सीमा ने मोहन का सर अपनी गोद में ले लिया और उसके मस्तक को दबाते हुए वह बोली—'यह हमारे मिलन की पहली रात है ना?'

'हां—क्यों?'

'कहते हैं—आज की रात पति-पत्नी को कोई न कोई उपहार अवश्य देता है। तुम क्या दोगे?'

'मैं तुम्हें क्या दे सकता हूं? मेरे जैसे निर्धन व्यक्ति के पास तुम्हें देने के लिए क्या हो सकता है?'

'तुम्हारा हृदय! हां मोहन-मैं चाहती हूं कि तुम्हारा प्यार हमेशा मेरा रहे। तुम मेरे रहो—सिर्फ मेरे रहो।'

'यह भी कोई कहने की बात है।' मोहन बोला—'मैंने तुमसे विवाह किया है तो मेरे जीवन में तुम्हारे अतिरिक्त और कौन आ सकता है? अच्छा चलो अब सो जाओ।

'क्या—तुम आज की रात भी सोओगे?'

'बहुत थक गया हूं सीमा।'

'लेकिन मोहन आज की रात तो...।'

'सीमा—जब हम दोनों एक हैं तो हमारे जीवन में इस जैसी न जाने कितनी रातें आयेंगी। और फिर—जब तबियत ही ठीक न हो तो।'

'अच्छा बाबा—जैसी तुम्हारी मर्जी। किन्तु मैं नहीं सोऊंगी। इसी प्रकार तुम्हारा सर दबाती रहूंगी। चलो आंखें बंद कर लो।'

मोहन ने आंखें मूंद ली। किन्तु उसके होंठों पर अब ऐसी मुस्कराहट थी जैसे उसे सीमा के भोलेपर दया आ रही हो।

रात पल पल बीतती रही।

* * *

सेठ श्याम सुन्दर दास अपने कमरे में बैठे हुए किन्हीं जरूरी कागजों को देख रहे थें प्रातः काल का समय था। वातावरण में ठंडक थी। आकाश में बादलों के छोटे-छोटे टुकड़े तैर रहे थे।

तभी फोन घनघना उठा।

श्याम सुन्दर दास रिसीवर उठाकर बोले—

'यस।'

'मैं जे. एस. बोल रहा हूं मिस्टर दास।'

बोलिय क्या बात है?'

'मिस्टर दास मैं जानता हूं कि सुल्तानगंज में रहने वाली आशा देवी से तुम्हारे क्या सम्बन्ध है?'

सेठ श्याम सुन्दर दास के सामने धमाका सा गूंज गया।

कुछ पलों की चुप्पी के बाद वह बोले—तुम—तुम कहना क्या चाहते हो?'

'सिर्फ यह कि आशा देवी तुम्हारी दूसरी पत्नी है। उसकी कोख से पैदा हुई तुम्हारी एक दूसरी बेटी भी है जिसका नाम निशा है। और जानते हो—तुमने आज तक हर किसी से यह रहस्य क्यों छुपाकर रखा? क्योंकि तुम अपनी पहली पत्नी की मौत के बाद भी लोगों की नजरों में देवता बने रहना चाहते थे। यहां तक कि तुमने इस सम्बन्ध में सीमा से भी कुछ न बताया। तुम्हें भय था कि सीमा दूसरी औरत को अपनी मां के रूप में स्वीकार न कर सकेगी।'

सेठ श्याम सुन्दर दास का कंठ सूख गया।

मुंह से एक भी शब्द न फूट सका और दूसरी ओर से फिर आवाज आयी—'मगर शायद तुम नहीं जानते मिस्टर दास कि कोई भी रहस्य हमेशा तक रहस्य नहीं बना रहता। चोरी अधिक समय तक नहीं छुपती। आज नहीं तो कल—तुम्हारी अपनी बेटी इस रहस्य को अवश्य जान लेगी कि तुम्हारी एक बेटी और भी है।'

'नहीं।'

'ऐसा होगा मिस्टर दास। और मेरा विचार है कि वह दिन तुम्हारे और सीमा के सम्बन्धों के लिए अच्छा नहीं होगा। सीमा आज तक अपने आपको तुम्हारी कुल सम्पत्ति की उत्तराधिकारी मानती है। किन्तु इस रहस्य से पर्दा उठते ही वह निशा को अपनी प्रतिद्वन्द्वी मानने लगेगी। उसे लगेगा कि डैडी की आधी सम्पत्ति पर निशा का भी अधिकार रहेगा और यही नहीं मिस्टर दास—इस रहस्य को जानने के बाद वह तुमसे इतनी घृणा करेगी कि तुम उसकी घृणापूर्ण नजरों को सहन न कर पाओगे।'

'तुम-तुम ठीक कहते हो मिस्टर जे. एस.। हम स्वीकार करते हैं कि तुम्हारी एक-एक बात सच है। अच्छा किया—तुमने सब बताकर हमारी आंखें खोल दी। तुमने हमें उस कटुता से बचा लिया जो हमारे और सीमा के सम्बन्धों में पैदा हो सकती थी। किन्तु अब ऐसा नहीं होगा। सीमा को हम कभी शिकायत का अवसर नहीं देंगे। निशा उसकी प्रतिद्वन्द्वी कभी नहीं बन सकेगी। सिर्फ सीमा ही हमारी सम्पत्ति की उत्तराधिकारी रहेगी। किन्तु हम समझ नहीं पाये कि इन सब बातों के पीछे तुम्हारा क्या उद्देश्य है—तुम क्या चाहते हो?'

'सिर्फ एक लाख की रकम मिस्टर दास। यदि तुम चाहते हो कि यह रहस्य कभी तुम्हारी बेटी पर प्रकट न हो तो कल शाम को ठीक छः बजे गोल्डन टाकीज के सामने वाले पार्क में एक लाख की रकम मेरे पास पहुंचा दो।'

'इसका मतलब है—तुम हमें ब्लैकमेल करना चाहते हो।'

'यस मिस्टर दास।'

'नहीं मिस्टर जे. एस।' सेठ श्याम सुन्दर दास बोले—'हम तुम्हें एक फूटी कौड़ी भी न देंगे। तुम चाहो तो यह सब हमारी बेटी को बता सकते हो।'

'मिस्टर दास—क्या तुम अपनी बेटी की घृणा का सामना कर सकोगे? क्या तुम चाहोगे कि सीमा विद्रोह कर बैठे?'

ऐसा कभी नहीं होगा मिस्टर जे. एस.। क्योंकि हमने फैसला किया है कि हम आज ही अपनी कुल सम्पत्ति सीमा के नाम लिख देंगे। आज के बाद सीमा को हमसे कोई शिकायत नहीं रहेगी।'

इतना कहकर सेठ श्याम सुन्दर दास ने रिसीवर रख दिया और सोचने वाले अंदाज में अपनी आंखें सिकोड़ने लगे।

* * *

'मां—कहां हो तुम?'

एकाएक शांति देवी ने मोहन की आवाज सुनी तो वह जल्दी से किचन में से निकल कर मोहन के सामने आ गयी। लकदक सूट में मोहन किसी आफीसर से कम नजर नहीं आ रहा था।

मोहन उनके पांवों में झुक गया और शांति देवी उसकी पेशानी चूमकर बोली—

'जीता रह बेटें ईश्वर करे—तुझे मेरी भी उम्र लग जाये। अभी आया है ना?'

'सीधा कम्पनी से ही आ रहा हूं मां।'

'मैंने तुझे सपने में देखा था। सुबह ही सोचने लगी—आज मेरा मोहन जरूर आयेगा। कितना अच्छा लग रहा है रे। चल तेरे माथे पर काजल का टीका लगा दूं।

'वह क्यों मां?'

'मेरे लाल को किसी की नजर न लगे।'

अरे नहीं मां—मैं अब बच्चा थोड़े ही रह गया हूं कि नजर लगेगी। अच्छा यह बताओ खाने में क्या बना रही हो? तुमने कहा था ना—कभी खाना खाकर मत आना। इसलिए भूखा ही आया हूं।'

यह तो तूने अच्छा किया बेटे। अभी बनाती हूं। वही खीर पूछी ना?'

'नहीं मां—आज तो मैं आलू के परांठे खाऊंगा। बहुत भूख लगी है।'

'पगले—तू बैठ तो सही। और हां—अपनी गाड़ी लाया है ना?'

'लाया हूं मां—बाहर खड़ी है। देखोगी?' मोहन ने पूछा।

'नहीं रे—बाद में देखूंगी।'

'मां—किसी दिन में तुम्हें अपनी गाड़ी में बैठाकर पूरे शहर में घुमाऊंगा। तुम-तुम चलोगी ना मां।'

'जरुर चलूंगी बेटे-किन्तु आज नहीं।

इतना कहकर मां किचन में चली गयी। और मोहन चलकर कमरे में आ गया। खिड़की खुली थी। मुहल्ले के कई बच्चे उसकी गाड़ी को छू-छूकर देख रहे थे। यह गाड़ी सीमा की थी जो श्याम सुन्दर दास ने अपनी बेटी को कल ही उपहार में दी थी।

उस गाड़ी को देखते-देखते मोहन के अन्तर्मन में पीड़ा का तूफान चीख उठा। कोई अनदेखी शक्ति जैसे उससे पूछ रही थी—'पगले—कितना विश्वास करती हैं मां तुझ पर। तेरे एक-एक झूठ को भी वह यह सोचकर स्वीकार कर लेती है कि उनका बेटा कभी झूठ नहीं बोलता। किन्तु तू है कि उन्हें हर रोज छलता है। बात-बात में झूठ बोलता है उनके सामने। यह सब करते हुए क्या तुझे तनिक भी लज्जा नहीं आती? तेरा मस्तक क्या एक पल के लिए भी लज्जा से नहीं झुकता?'

'यह मेरी विवशता है।' इस आवाज को दबाने की कोशिश करते हुए मोहन बड़बड़ाया—मैंने श्याम सुन्दर दास को मिटाने के लिए जो योजना बनाई है—उसे कार्यरूप देने के लिए मेरा झूठ बोलना आवश्यक है।'

अनदेखी शक्ति जैसे हंसी पड़ी।

'पता नहीं कब तक इन्हीं विचारों में उलझा रहा मोहन।

तभी वह चौंक पड़ा। मां उसके लिए मेज पर खाना लगा रही थी। खाना लगाने के बाद वह बोली—'चल रे—आज मैं तुझे अपने हाथों से खिलाऊंगी।' इतना कहकर वह बैठ गयी।

मोहन सामने बैठकर बोला—

'तुम क्यों कष्ट करती हो मां। मैं खा लूंगा।'

'पगले—औलाद के लिए कुछ करना भी क्या कष्ट होता है?' मां ने कहां और इसके साथ ही उन्होंने खाने का एक कौर मोन के मुंह में ठूंस दिया।

खाने के दौरान मोहन ने पूछा—'मां—वह सीमा फिर तो नहीं आयी वहां?'

'अरे—जब तू ही यहां नहीं रहता तो वह आकर क्या करेगी। वैसे—तू मिला नहीं क्या उससे?'

'सोच रहा हूं—आज मिलकर जाऊंगा।'

'जैसी तेरी मर्जी। मैं तो कहती हूं—तेरी ट्रेनिंग पूरी हो जाये तो बहू ले आ।'

'मगर—सीमा तो तुम्हें....।'

'मेरी पसंद को छोड़ बेटे। विवाह तो तुझे करना है। तुझे मेरी नहीं—अपनी पसंद देखनी चाहिये।'

देखूंगा मां। मोहन ने कहा।

फिर धीरे-धीरे खाना समाप्त हुआ और मोहन अपने हाथ पोंछकर बोला—'अच्छा—अब इजाजत दो मां।'

'इतनी जल्दी जायेगा रे?' मां के स्वर में पीड़ा थी।

'जाना तो होगा ही मां। नौकरी का मामला है। सिर्फ दो घंटों की छुट्टी लेकर आया था।

'अभी तो आंखों की प्यास भी नहीं बुझी रे—अभी आया और अभी चल दिया।'

'यह तो तुम्हारी ममता की प्यास है मां। हर पल सामने रहूंगा—तब भी नहीं बुझेगी। किन्तु मैं भी क्या करूं—नौकरी जो ऐसी मिली है।'

'कोई बात नहीं मेरे लाल।' मां ने मोहन का कंघा थपथपाया और बोली—'तू जा। अभी नयी-नयी नौकरी मिली है। फिर कब आयेगा?'

'जल्दी आऊंगा मां।'

इतना कहकर मोहन मां के पैरों में झुक गया। मां ने आशीर्वाद दिया और फिर वह बाहर आकर गाड़ी में बैठ गया।

मां उसे देखती रही और फिर ऊंची आवाज में बोली—'जल्दी आना बेटे। मैं तेरी राह देखूंगी।'

'जल्दी आऊंगा मां।'

कहकर मोहन ने गाड़ी स्टार्ट की। फिर मां देखती रही और मोहन की गाड़ी सड़क पर दौड़ने लगी। एकाएक अगले चौराहे पर उसे गाड़ी रोक देनी पड़ी। कोई उसे हाथ देकर रुकने का इशारा कर रहा था।

मोहन को उसे पहचानने में देर न लगी।

यह शिल्पा का भाई विनोद था।

गाड़ी रुकते ही विनोद उसके पास आ गया और व्यंग्य से बोला—'नमस्ते मोहन जी।'

'नमस्ते विनोद साहब—कैसे हैं?'

'अच्छा हूं! तुमसे बहुत समय से मिलने की सोच रहा था।'

'कहिये।'

'तुम शिल्पा से कब मिले थे?'

'मेरा विचार है—अभी एक सप्ताह ही बीता होगा।'

'हालत देखी तुमने उसकी?'

'हां—काफी दुबली हो गयी है। कोई रोग लग गया क्या?'

'हां—रोग ही लग गया हैं उसे।' विनोद कड़वाहट से बोला—'तुम्हारी बेवफाई और कपट का रोग।'

'यह आप क्या कह रहे हैं?'

'वही जो अपनी आंखों से देखता हूं। रात-दिन रोती है वह—सिर्फ जीने के लिए खाती है। हंसना, मुस्कराना उसने छोड़ दिया है। और जानते हों—ऐसा क्यों है?'

'क्यों?'

'तुम्हारी वजह से। सिर्फ तुम्हारी वजह से मोहन। तुमने मेरी बहन को कहीं का न छोड़ा। जीत जी मार दिया तुमने उसे। जिन्दा लाश बना दिया। दुनिया मरने के बाद चिता में जलती है किन्तु तुमने उसे जीते जी जलाकर राख कर दिया।

मोहन खामोश रहा और विनोद घृणा से कहता रहा—काश! मैं पहले से जानता कि तुम उसके साथ प्यार का नाटक खेल रहे हो। काश! मुझे पता होता कि तुम्हारा प्यार एक ढोंग है, दिखावा है, नाटक है। काश! मैं जानता कि तुम उसे खिलौना समझ रहे हो तो मैं—मैं तुम्हें किसी भी दशा में अपनी बहन से न मिलने देता। और यदि वह मेरी इच्छा के विरुद्ध तुमसे मिलने की कोशिश करती तो मैं उसका गला दबा देता।'

कहते-कहते विनोद के जबड़े भिंच गये। आंखें अंगारों की तरह सुलग उठीं। मोहन धीरे से बोला—'मिस्टर विनोद—यह बिल्कुल झूठ है कि मैंने तुम्हारी बहन को धोखा दिया है।शिल्पा पहले भी मेरी अच्छी मित्र थी और हमेशा रहेगी।

विनोद गुर्राया—'तुम उससे भूलकर भी नहीं मिलोगे, समझे।'

'नहीं मिलूंगा विनोद साहब। और कुछ?'

'बस इतना ही कि यदि मैंने तुम्हें उससे मिलते देख लिया तो तुम्हारे लिए मुझसे बुरा कोई न होगा। मैं-मैं निर्धन अवश्य हूं मोहन—किन्तु कायर नहीं हूं।'

'मैं जानता हूं विनोद। मैं विश्वास दिलाता हूं कि मैं तुम्हारी बहन से कभी न मिलूंगा।'

कहते ही मोहन ने कार का एक्सीलेटर दबा दिया। विनोद गुस्से में था और ऐसे में उससे कुछ भी कहना उचित न था। किन्तु रास्ते भर शिल्पा की तस्वीर उसकी कल्पना से अलग न हो सकी और वह रह-रहकर उसी के विषय मैं सोचता रहा।

लगभग एक घंटे बाद वह बंगले पर पहुंचा।

सीमा बरामदे में खड़ी थी। चेहरा फूला हुआ था—नाराज लगती थी। मोहन गाड़ी से उतर कर उससे बोला—सॉरी सीमा देर हो गयी।'

'कहां गये थे?'

'किसी से मिलना था।

'क्या?' सीमा चौंक पड़ी।

'हां—कई बार सोचा था कि मिल लूं। किन्तु अवसर ही न मिला।

सीमा ने गुस्से से पूछा—'मैं पूछती हूं—कौन है वह?'

'पूछकर क्या करोगी?'

'मैं-मैं उसे....।'

मोहन हंस पड़ा ओर फिर सीमा के दोनों कंधे थामकर बोला—'हो गयी न जलन?'

'मजाक मत करो मोहन।'

'पगली।' मोहन ने सीमा के गाल पर स्नेह से हल्की-सी चपत लगाई और हंस बोला—'तुम क्या सोचती हो—मैं तुम्हारे अतिरिक्त किसी और को भी चाह सकता हूं? मैं तो मजाक कर रहा था तुमसे।'

'मुझे ऐसा मजाक अच्छा नहीं लगता।'

'माफ कर दो-आओ।'

कहकर मोहन ने सीमा का हाथ थाम लिया और दोनों कमरे में आ गये। कमरे में आकर सीमा उससे बोली—'जानते हो—मैनें खाना भी नहीं खाया है।'

'वह क्यो?'

'तुम जो चले गये थे।'

'तो क्या हुआ?'

'तुम्हारे बिना कैसे खाती? तुम्हें पता है—भारतीय नारी अपने पति से पहले कभी खाने का कौर नहीं तोड़ती।'

'सीमा—ये सब पुरानी बातें हैं। पहले ऐसा ही होता था। किन्तु अब इन सब बातों को कोई नहीं मानता।'

'मैं तो मानती हूं।'

'कोई बात नहीं—अब तो मैं आ गया हूं।'

'तुम भी खाओगे ना?'

'नहीं सीमा—मैं तो खा चुका हूं। रास्ते में एक-दो दोस्त मिल गये थे। उन्हीं के साथ एक रेस्तरां में चला गयी था।'

'धोखेबाज कहीं के। मैं तुम्हारे लिए भूखी बैठी रही और साहब वहां अपना पेट भरते रहे।'

'गलती हो गयी बाबा।' मोहन ने दोनों हाथों से अपने कान पकड़ लिये और बोला—'अब ऐसा नहीं होगा।'

मोहन ने यह सब कुछ इस प्रकार कहा कि सीमा की हंसी छूट गयी और मोहन उसके चेहरे को ध्यान से देखता रहा।

'उसी समय बाहर से किसी नौकर ने कहा—

'रानी बिटिया! आपको मालिक बुला रहे हैं।'

'आती हूं आया।' सीमा ने कहा। फिर यह मोहन से बोली—'तुम बैठो—मैं अभी आई।'

फिर वह कमरे से निकली और चलकर अपने पिता के कमरे में आ गयी। सेठ श्याम सुन्दर दास उस समय सिगार का धुआं उड़ाते हुए कमरे में चहलकदमी कर रहे थे। सीमा को देखकर उनके चहल-कदमी करते कदम रुक गये और वह बोले—'आओ बेटे—तुमसे एक जरूरी बात कहनी थी।'

'कहिये डैडी।'

सेठ श्याम सुन्दर दास पीछे हटकर ईजी चेयर पर बैठ गये और सिगार की राख झाड़कर बोले—'सीमा बेटे—तुम तो जानती हो कि इस संसार में किसी भी वस्तु का भरोसा हो सकता है—किन्तु इंसान के जीवन का कोई भरोसा नहीं होता। आत्मा अपने शरीर को छोड़कर कब परमात्मा में मिल जाये—इस सम्बन्ध में कुछ भी निश्चित नहीं होता।

'मैं समझी नहीं डैडी।'

'समझने के लिए छोटी सी बात है। वह एक कहावत है न—समान सौ वर्ष का और पल का पता नहीं तुम जानती हो—आज हमारे पास ईश्वर का दिया हुआ सब कुछ है। किन्तु ईश्वर न करे—कल हमारी आंखें बंद हो जायें तो?'

'नहीं—ऐसा कभी नहीं होगा डैडी।'

'ईश्वर करे कि ऐसा न हो। किन्तु सोचना तो पड़ता ही है। और जानती हो—पिछले दो दिन से हम क्या सोच रहे थे? यह—कि यदि ऐसा हो गया तो दूर-दराज को न जाने कितने रिश्तेदार हमारी सम्पत्ति की ओर गिद्ध-दृष्टि से देखना शुरू कर देंगे। अतः आज हमने पहला काम यह किया कि अपनी कुल-सम्पत्ति तुम्हारे नाम लिख दी।'

सीमा चौंक कर बोली—'यह-यह आपने यह क्या किया डैडी? मुझे क्या करना है आपकी दौलत का? नहीं डैडी—यह सब मुझे नहीं चाहिये। आपका साया मेरे सर पर रहे—मेरे लिए तो यही काफी है।

'जानते है बेटे—जानते हैं। किन्तु इसमें भी क्या बुराई है। एक दिन तो यह सब तुम्हारा होना ही था।'

इतना कहकर वह उठे और मेज पर रखी फाइल उठाकर सीमा की ओर बढ़ाते हुए बोले—

'लो इसे रखो।'

'यह क्या है डैडी?'

'इस फाइल में हमारी सम्पत्ति के कागजात हैं। आज से यह बंगला, फैक्टरी और हमारा बैंक बैलेंस सब तुम्हारा हुआ।'

'यह आपने क्या किया डैडी?'

'वही—जो हमें करना चाहिये था—रखो।'

सीमा ने फाइल थाम ली।

श्याम सुन्दर दास फिर बोले

'किन्तु सुनो—आज के बाद यह मत कहना कि हमने तुम्हारा अधिकार तुम्हें नहीं दिया है। जाओ अब! और हां—कभी-कभी मोहन को लेकर फैक्टरी में अवश्य घूम आया करो। ताकि हमारे बाद तुम इस व्यवसाय को संभाल सको।

सीमा मौन रही। श्याम सुन्दर दास बैठ गये और बुझे हुए सिगार को सुलगाने लगे।

* * *

मोहन और सीमा ने रात का खाना एक साथ ही खाया। खाना खाकर मोहन तो लॉन में चला गया और सीमा फोन पर रेखा से बातें करने लगी। फिर जब बातें समाप्त हुई और सीमा ने रिसीवर रखा तो उसने देखा कि मोहन उसके निकट ही खड़ा मुस्करा रहा था।

सीमा ने रिसीवर रखने पर वह बोला—तो अपनी सहेली से बुराई हो रही थी हमारी?'

'और नहीं तो क्या—पूरी पूरी रात तंग जो करते हो।'

'अच्छा जी।' मोहन ने द्वार बंद किया और सीमा के कंधे थामकर बोला—'तंग हम करते हैं अथवा तुम करती हों।'

'तुम बहुत शरीफ हो ना?'

'बिल्कुल! अभी देखो—ऐसी लम्बी तानकर सोऊंगा कि सुबह से पहले आंख न खुलेगी।'

'सो जाओ—मेरी बला से।'

'यह लो।' इतना कहकर मोहन ने उसे छोड़ दिया और बिस्तर पर लेटकर मुंह तक चादर खींच ली।

सीमा उसे प्यार भरी नजरों से देख रही थी। फिर न जाने क्या हुआ कि वह स्वयं भी बिस्तर पर लेट गयी और मोहन पर झुककर धीरे से बोली—'ऐ, वास्तव में सो गये क्या?'

'जी हां।' मोहन ने उत्तर दिया।

'इतनी जल्दी।'

'हम ठहरे सन्यासी! अपनी इच्छा से सोते हैं और अपनी मर्जी से उठते हैं।' कहकर मोहन ने करवट बदल ली।

'अच्छा संन्यासी जी।' सीमा बोली—'आज जीते-हम हारे। अब अपनी समाधि तोड़िये और हमारी ओर देखिये।'

'नहीं देवी—इस समय हमारे चक्षु बंद हैं। हमारी आत्मा परमात्मा के साथ जुड़ रही है। आप हमारी तपस्या भंग न करें।'

'देख लीजिये संन्यासी जी। यदि मैं मेनका बन गयी तो आपकी तपस्या एक ही पल में भंग हो जायेगी।'

'देवी—हम ऐसे वैसे जोगी नहीं है।'

'तो ठीक है जोगी जी।'

इतना कहकर सीमा मोहन पर झुक गई। उसके होंठों पर शरारतपूर्ण मुस्कराहट थिरक रही थी। उसने धीरे से मोहन के मुंह की चादर हटायी और अगले ही क्षण अपने होठों को मोहन के होठों से सटा दिया।

इस मादक स्पर्श ने मोहन के अस्तित्व में तूफान-सा भर दिया। पूरे जिस्में जैसे चीटियां-सी रेंगने लगी। वह कुछ क्षण तो पत्थर की मूर्ति की तरह पड़ा रहा किन्तु फिर उसने सीमा को अपनी भुजाओं में कस लिया और उसे अपने ऊपर खींचकर उसके होंठों पर चुम्बनों की बौछार कर दी।

सीमा ने बनावटी विरोध किया—'अरे रे-छोड़ों ना! क्या करते हो?'

'तुमने हमारी तपस्या भंग कर दी और अब पूछती हो कि क्या करते हो?'

'यह सरासर झूठ है।

'क्या झूठ है?'

'हमने आपकी तपस्या भंग नहीं की।'

'तो किसने की?'

'हमारे इन होंठों से।'

'तभी तो हम इन्हें सजा दे रहे हैं। हमने भी आज इनका पूरा का पूरा मधु न पी लिया तो संन्यासी नाम नहीं।'

'नहीं संन्यासी जी। थोड़ा तरस खाइए न इन बेचारों पर—देखिये।'

'बिल्कुल नहीं।'

मोहन ने कहा और अगले ही क्षणों में उसने सीमा के होठों से फिर अपने होंठ सटा दिये। वासना का तूफान दोनों को ही मदहोश करता जा रहा था। पिुर जैसे ही मोहन ने उसकी ब्रा को हाथ लगाया—सीमा बोली—'ऊंहु—अभी नहीं।'

'कोई नौकर आ सकता है।'

द्वार तो बंद है।'

'डैडी किसी भी काम से बुला सकते हैं।'

'मगर वह तो...'

'आते होंगे।'

'कितनी चालाक हो तुम।' मोहन ने उसके चेहरे को अपनी हथेलियों में भर लिया।

'क्यों?' सीमा ने पूछा।

'पहले हमारी तपस्या भंग कर दी और अब...।

'तपस्या पूरी नहीं हुई ना?'

'नहीं तो।

तो थोड़ी देर और कर लो। मैं तुम्हारे लिए दूध लेकर आती हूं।

मोहन ने उसे छोड़ दिया। उसके सांसों की गति अब भी बढ़ी हुई थी। सीमा ने उठकर अपने वस्त्र ठीक किये और पूछा—नाराज हो गये?

'नहीं तो....।'

'निराश न होना—अभी आऊंगी।'

'हम क्यों निराश होंगे मेम साहब। हम तो आपके सेवक हैं। न भी आयेंगी तो संतोष कर लेंगे।'

'ऐ।' सीमा ने मोहन पर झुककर पूछा—तुम बार-बार ऐसा क्यों कहते हो?'

'वह क्या?' मोहन ने सीमा का हाथ अपने हाथों में ले लिया और चूमने लगा।

सीमा बोली—'यह कि मैं तुम्हारा सेवक हूं। क्या तुम्हें विश्वास नहीं कि सीमा के पास जो कुछ भी है—वह सब तुम्हारा है?'

'सिर्फ कहने से कुछ नहीं होता सीमा। अब देखो न—दुनिया तो यही कहेगी कि मोहन यहां कुत्तों की तरह रह रहा है और यह बंगला, फैक्टरी सब कुछ सीमा का है।'

'मैं तुम्हारी शिकायत समझती हूं। कोई बात नहीं—मैं जल्दी ही तुम्हारी यह शिकायत दूर कर दूंगी। उसके पश्चात तुम नहीं—मैं अपने आपको तुम्हारी सेविका कहूंगी।'

'मैं—मैं समझा नहीं।' मोहन अनजान बनते हुए बोला। यद्यपि वह सब-कुछ समझ चुका था।

सीमा अपने हाथ छुड़ाकर बोली—सब समझ जाओगे। अब तुम नाइट सुट पहनो—मैं दुध लेकर आती हूं।'

इतना कहकर सीमा बाहर चली गयी और मोहन उठकर बैठ गया। उसका दिल चाह रहा था कि वह सीमा के भोलेपन और अपनी विजय पर खुलकर ठहाका लगाये।

किन्तु वह ऐसा कर पाता—उससे पहले ही सीमा अंदर आ गयी। उसने दूध गिलास मेज पर रख दिये और द्वार बंद करने के पश्चात बोली—'कमाल है—तुम तो अभी यूं ही बैठे हो।'

'और क्या करता?'

'उठकर स्लीपिंग सूट पहनते।'

मोहन ने कपड़े बदल लिये। सीमा ने दूध का गिलास उसकी ओर बढ़ा दिया और बोली—'लो दूध पियो।'

'नो मैडम आज यह दूध नहीं।'

'और क्या चाहिये?'

'तुम्हारे ये गुलाबी रस से भरे होंठ।'

'बहुत शरारती हो गये हो।'

'शरारत भी तो तुम्हीं से सीखी है।'

'क्यों नहीं। जैसे तुम तो कुछ जानते ही नहीं थे। याद है—उस दिन तूफान में पगडंडी पर।'

सीमा मुस्करा रही थी। मोहन ने उसका हाथ अपने हाथों में ले लिया और बोला—'काश! ऐसा तुफान बार—बार आता।'

'अच्छा अब छोड़ों—पहले दूध पियो।'

इतना कहकर उसने दूध का गिलास मोहन के होठों से लगा दिया और मोहन ने घूंट-घूंट करके अपना गिलास खाली कर दिया। सीमा ने अभी अपना गिलास खाली किया और इसके पश्चात मोहन ने उसे अपने ऊपर खींच लिया।

सीमा बोली—'छोड़ों न लाइट आफ कर दूं।'

'यूं ही रहने दो।'

'नहीं—मुझे शर्म आती है।'

'शर्म तो गैरों से होती है। अपनों से कैसी शर्म?'

'नहीं प्लीज!'

'अच्छा बाबा—जैसी तुम्हारी मर्जी।'

मोहन ने कहा। सीमा ने हाथ बढ़ाकर लाइट आफ कर दी और अगले ही क्षणों में मोहन ने उसे अपनी बांहों में भर लिया।

* * *

नवम्बर माह का प्रथम सप्ताह था। गर्मी अब न थी—धूप में भी उतनी तेजी न रही थी। आकाश साफ था।

प्रातःकाल का समय था। मोहन की गाड़ी बंगले के फाटक से निकली और तेजी से सपाट सड़क पर दौड़ने लगी। सीमा उससे एक पल के लिए भी दूर न रहना चाहती थी। मोहन को उसने बड़ी मुश्किल से दो घंटों का समय दिया था। वह भी यह कहने पर कि उसे हास्पीटल में अपने किसी दोस्त को देखने जाना थां

जबकि मोहन की मंजिल थी—उसका अपना घर। मां से मिले हुए पूरे चार दिन बीत गये थें वह जानता था—मां उसका रोज इंतजार करती होगी। इस समय उसके अलावा और कोई था भी तो नहीं उनका।

तभी इब्राहिम खान मिल गया।

आज वह रिक्शा पर नहीं था और पैदल ही छड़ी के सहारे धीरे-धीरे आगे बढ़ रहा था। मोहन ने गाड़ी रोक दी और इब्राहिम को गाड़ी में ले आया। फिर गाड़ी आगे बढ़ाते हुए वह बोला—

'आराम से बैठिये चाचा।'

'बेटे—यह गाड़ी तुम्हारी ही है क्या?'

'अभी खरीदी है।'

'मगर बेटे।'

मोहन मुस्करा कर बोला—'चाचा—ऊपर वाला जब देता है तो छप्पर फाड़ कर देता है।'

'हां—यह तो है बेटे—पर।'

'चाचा—मैंने विवाह कर लिया है। और वह भी एक अमीरजादी से।'

'मुबारक हो बेटे—मुबारक हो।'

'माफ करना चाचा—सब कुछ जल्दी में हो गया। नहीं तो आपको जरुर बुलाता।'

'अल्लाह तुम दोनों की जोड़ी सलमत रखे बेटे। मैं तो वैसे भी बीमार रहता हूं। बुलाते—तब भी नहीं आता। अच्छा बेटे—वह सामने इनायतुल्ला का क्लीनिक है—वहीं उतार देना।'

'ठीक है चाचा।'

मोहन ने कहा और फिर एक क्लीनिक के सामने गाड़ी चेक दी। इब्राहिम खान को वहां उतार कर वह फिर अपनी मंजिल की ओर बढ़ने लगा। और ठीक आधे घंटे बाद जब उसने घर के सामने अपनी गाड़ी रोकी तो उसे यह देखकर खुशी हुई कि मां उस समय द्वार पर ही खड़ी थी।

मोहन ने गाड़ी से उतर कर मां के पांच छुए और मां ने उसकी पेशानी को चूमकर कहा—

'जीता रह बेटे! आज तो कई दिन बाद आया तू। आंखें तरस गयीं तेरी राह देखते-देखते।

'चलो अंदर चलो मां।'

फिर मोहन अंदर आ गया और शांति देवी अपनी नीली आंखों पोंछकर बोली—मोहन रात तो मुझे नींद भी नहीं आयी रे। रह-रहकर तेरी ही चिन्ता सताती रही। सुबह से ही तेरी राह देख रही थी।'

'मां—तुम मेरी इतनी अधिक चिन्ता मत करो। वहां मुझे कोई भी परेशानी नहीं है। बस इतनी ही परेशानी है कि तुम्हारी याद आती है।'

'मां का प्यार होता ही ऐसा है रे। अच्छा-अब तु बैठ। मैं तेरे लिए खाना बनाती हूं। बोल क्या खायेगा?'

'कुछ भी बना लो मां—जो तुम्हें पसंद हो।'

'पहले चाय ले आऊं?'

'चाय को रहने दो। जल्दी में हूं-सिर्फ खाना ही खा सकूंगा।'

मां की आंखें भर आई।

वह बोली—तू ऐसा क्यों करता है?'

'क्या मां?'

'आता बाद में है और जाने की बात पहले करता है। मैं पूछती हूं तेरे पास अपनी मां के लिए बिल्कुल भी समय नहीं रहता?'

'समय क्यों नहीं रहता मां लेकिन इस नौकरी का क्या करूं—सर उठाने की भी फुर्सत नहीं मिलती। दिल तो करता है—सब—कुछ छोड़ छाड़कर तुम्हारे पास ही आ जाऊं।'

'न—नहीं रे।' मां घबरा कर बोली—ऐसा न करना मेरी लाल। कितनी मुश्किल से तुझे यह नौकरी मिली है। और हां—तू मुझे याद भी मत किया कर। मैं यहां ठीक तरह रहती हूं। पड़ोस इतना अच्छा है कि दिन भर कोई न कोई बैठा ही रहता है। अच्छा बेटे—मैं खाना तैयार कर दूं।'

इतना कहकर शांति देवी पलटी और मोहन सामने आकर बोला—'एक बात तो रह ही गयी मां।'

'वह क्या बेटे?'

मुझे पहली तनख्वाह मिली है—यह देखो।' कहकर मोहन ने अपने पर्स से सौ-सौ के कई नोट निकाले और बोला—पूरे चार हजार है मां।'

'रख ले बेटे।'

'नहीं मां —इन्हें तुम रखोगी। इन पर मेरा नहीं—तुम्हारा अधिकार हैं। यह सब तुम्हारी तपस्या और तुम्हारे आशीर्वाद का ही तो फल हैं मां। इतना कहकर मोहन ने नोट मां की हथेली पर रख दिये।

शान्ति देवी उन नोटों को देर तक कंकंपाती नजरों से देखती रही। फिर बोली—बेटे इनमें से कुछ तू भी तो रख ले खर्च के लिए।

'मेरे खर्च की तुम चिन्ता न करो मां—सब चलता रहता है।'

शान्ति देवी उन नोटों को लेकर कमरे में चली गई और फिर लौटकर खाना बनाने में व्यस्त हो गयीं।

खाना खाने के बाद मोहन ने अपनी रिस्टवाच में समय देखा—मां से विदा ली और लौट पड़ा। इस समय उसके चेहरे पर पीड़ा का तूफान डोल रहा था और उसका दिल जैसे उससे बार-

बार कह रहा था—कितना चालक है तू! सीमा से खर्च के लिए रुपये लिये और मां ने कह दिया कि मुझे वेतन मिला है। मोहन—ऐसी ममतामयी मां को धोखा देकर क्या तू चैन से रह सकेगा?'

मोहन ने इस आवाज को दबाने की कोशिश में अपने होंठ काट लिये और ठीक एक घंटे बाद ही बंगले पर पहुंच गया।

सीमा उसे देखते ही बोली—'जनाब आज भी दूर से लौटे हैं।

'मजबूरी थी सीमा।' मोहन बैठ गया और अपने जूते उतारते हुए बोला—

'मैं जिस दोस्त को मिलने गया था—वह बेचारा आपरेशन थियेटर में था। इसलिए रुकना पड़ा।'

'ठीक तो है तुम्हारा दोस्त?'

'आप्रेशन तो हो चुका है।'

'क्या बीमारी थी?'

'उसके एक गुर्दे ने काम करना बंद कर दिया है। किन्तु डाक्टर कहते हैं कि उसके जीवन की कोई खतरा नहीं है।

'चलो छोड़ो। सीमा ने कहा। फिर वह अलमारी तक गयी और वहां से एक फाइल निकाल कर उसे मोहन को देते हुए बोली—'इसे रखो।'

'यह क्या है?'

'सम्पत्ति के कागजात। मैंने अपना सब कुछ तुम्हारे नाम लिख दिया है।'

'मेरे नाम।' मोहन ने चौंकने का नाटक किया—'पर-पर इसकी क्या जरूरत थी।?'

'जरूरत थी। मोहन। तुम अपने आपको मेरा सेवक समझते थे ना। मैंने तुम्हारी यह शिकायत दूर कर दी। सब कुछ तुम्हारे नाम लिख दिया। अब यह बंगाल, फैक्टरी और मेरा बैंक बैलेंस सब कुछ तुम्हारा है।'

'नहीं।' मोहन ने फाइल उसके हाथ से लेकर मेज पर रख दी और बोला—'नई सीमा। मैंने पहले ही कहा था कि मैं स्वार्थी नहीं हूं। मैंने तुम्हारी दौलत से नहीं—तुमसे प्यार किया है। सिर्फ तुमसे। मैं तुम्हारी दौलत को हाथ भी न लगाऊंगा।'

इतना कहकर मोहन उठा और खिड़की से बाहर देखने लगा। उसके चेहरे से ऐसा लगता था जैसे वह सीमा से बहुत नाराज था। तभी सीमा उसके सामने आ गयी और उसके हाथ थामकर बोली—

'देखो नाराज मत होओ।'

'सीमा-सीमा तुम मुझे गलत समझ सकती हो।'

'नहीं-मोहन मैं तुम्हें गलत नहीं समझ सकती। मैं तुम्हें अच्छी तरह से जानती हूं। मुझे तुम पर पूरा भरोसा है। मैं जानती हूं—तुम्हारे दिल में दौलत के लिए कोई चाह नहीं है।

'फिर-फिर यह सब?'

'दिल का बोझ हल्का कर रही हूं। मैं इस योग्य नहीं कि इतनी बड़ी जिम्मेदारी को संभाल सकूं।'

'सीमा मेरी समझ में नहीं आता कि...।'

'नहीं—कुछ मत सोचो मोहन—कुछ मत सोचो।'

'पर—तुम्हारे डैडी?'

'मुझे यकीन है कि इस सम्बन्ध में डैडी कुछ न कहेंगे। कहेंगे भी तो उन्हें मैं समझा दूंगी।'

मोहन बैठ गया। किन्तु उसके चेहरे पर अब भी ऐसे भाव थे—जैसे सीमा का वह सब करना उसे बिलकुल पसंद न आया हो। सीमा उससे बोली—'खाना लगवाऊं?'

'तुमने खाया?'

'तुम्हारे बिना कैसे खाती?'

'तुम्हारी यह आदत ठीक नहीं। खैर—लगवा लो।'

सीमा बाहर चली गयी।

मोहन के होंठों पर अब ऐसी मुस्कराहट थिरक रही थी—जैसे उसने अपने जीवन की सबसे बड़ी बाजी जीत ली हो। वह उठा और मेज पर झुककर फाइल के पन्ने उलटने लगा। फाइल में रखे कागज इस ओर स्पष्ट संकेत कर रहे थे कि सीमा ने अपनी कुल सम्पत्ति उसके नाम लिख दी थी।

कागज देखने के बाद उसने फाइल बंद कर दी।

* * *

सेठ श्याम सुन्दर दास को जब यह पता चला कि सीमा उनकी कुल-सम्पत्ति मोहन के नाम लिख चुकी है तो वह चौंक पड़े। उनके विचार में सीमा का ऐसा करना किसी भी दृष्टि से उचित न था।

उन्होंने सीमा को समझाने की कोशिश की। किन्तु सीमा ने अपने तर्क के सामने उनकी एक न चलने दी। वह बार-बार यही कहती रही कि उसे मोहन पर पूरा भरोसा है। किन्तु श्याम सुन्दर दास अंदर ही अंदर कांपते रहे। यह ठीक था कि मोहन अब उनका दामाद था। किन्तु यह भी सच था कि दौलत की तलवार अच्छे से अच्छे रिश्तों को भी काट डालती है। उन्हें डर था कि कहीं भविष्य में मोहन उनकी बेटी को धोखा न दे बैठे।

किन्तु अब तो तीर हाथों से निकल चुका था। ऐसे में वह स्वयं भी विवश थे और कुछ भी न कर सकते थे।

सेठ श्याम सुन्दर दास का अनुमान सही निकला दो दिन बीतते ही मोहन की नजरें बदल गयीं। पहले वह प्रतिदिन ही उनके पांव छूकर घर से निकलता था। किन्तु अब ऐसा हुआ कि उसने श्यामसुन्दर दास से बोलना भी छोड़ दिया। यही नहीं उसने दरबान और रसोइये को नौकरी से हटा दिया और उनके स्थान पर दो व्यक्ति काम पर रख लिये।

श्याम सुन्दर दास को जब इस विषय की जानकारी मिली तो वह अपने आपको न रोक सके और मोहन से बोले—

'मोहन सुना है—तुमने बाबा ओर बहादुर को नौकरी से निकाल दिया है?'

'ऐसा आवश्यक हो गया था डैडी। असल बाबा तो इतना बूढ़ा हो गया था कि वह खाना बनाते समय प्रत्येक समय खांसता था। मुझे लगा कहीं वह टी. बी. का रोगी तो नहीं है।'

'और बहादुर?'

मेरी दृष्टि में वह एक लापरवाह व्यक्ति था। उसे पता ही नहीं रहता था कि बंगले में कौन आ रहा है और कौन जा रहा है। सच पूछिए तो वह इस नौकरी के योग्य ही न था।'

'पर तो अन्य नौकर भी?'

'देखिये—दूसरे नौकरों की बात मैं अभी नहीं करता। यदि वे लोग मेहनत और ईमानदारी से अपना काम करते है तो ठीक। अथवा उनके साथ भी वही होगा जो बाबा और बहादुर के साथ हुआ।

'और ऐसा करते समय तुम हमसे पूछने की भी जरूरत न समझोगे?'

मोहन ने धीरे से हंसकर कहा—'डैडी, मेरा ख्याल है कि अब आपको इन सब बातों की चिन्ता छोड़ देनी चाहिये। वैसे भी आप कारोबार से सन्यास ले ही चुके हैं। अब तो आप चैन से अपने कमरे में बैठिये। और प्रभु का नाम जपिये।'

'मोहन—हमें तो लगता है—दौलत पाकर तुम्हारा दिमाग खराब हो गया है।'

'शायद आप ठीक कहते हैं। असल में यह दौलत ही ऐसी होती है जो हर किसी का दिमाग खराब कर देती है। वैसे गलती मेरी नहीं—आपकी बेटी की है। उसी ने जिद करके अपना सब कुछ मेरे नाम लिखा है। फिर भी आप चिन्ता मत कीजिये डैडी। यहां रहते हुए आपको कोई परेशानी न होगी। आपके खाने-पीने का मैं पूरा-पूरा ध्यान रखूंगा।'

'सेठ श्याम सुन्दर दास के सामने धमाका—सा गूंज गया। मोहन से उन्हें ऐसे व्यवहार की आशा कदापि न थी।

उन्होंने गुस्से से अपने दांत पीस लिये और मोहन कमरे में आ गया। सीमा उस समय आदमकद शीशे के सामने खड़ी थी। मोहन उसके करीब आकर बड़बड़ाया—'इसीलिए तो कहते हैं—बुढ़ापे में आकर अच्छे से अच्छा इंसान सठिया जाता है।'

'किसकी बात कर रहे हो?'

'तुम्हारे डैडी की।'

'क्या मतलब?'

'मतलब यह है कि उनकी बुद्धि खराब हो गयी है।'

'क्या।' सीमा जल्दी से मोहन के सामने आ गयी और बोली—'तुम्हें लगता है मेरे डैडी सठिया गये हैं।'

‘ऐसे इंसानों को पागल होते भी देर नहीं लगती।’

‘मोहन।’

‘क्यों—तुम क्या सोचती हो?’

‘मैं सोचती हूं—तुम्हें हो क्या गया है? लाखों की दौलत क्या मिल गयी कि गिरगिट की तरह रंग बदलने लगे।’

‘और।’ मोहन उसकी आंखों में आंखें डालकर बोला—‘तुम जानती हो—गिरगिट के अंदर जहर भी होता है।’

‘मोहन तुम—तुम।’

‘बहुत प्यारे लगते हैं डैडी?’

‘मोहन—उन्होंने मुझे तिल-तिल करके बड़ा किया है। मैं—मैं अपने डैडी के विरुद्ध एक शब्द भी नहीं सुन सकती।’

‘और यदि तुम्हारे डैडी मुझे गालियां देते हैं तो तुम सुनती रहोगी?’

‘ऐसा कैसे हो सकता है?’

‘क्यों नहीं हो सकता? जानती हो कल मैंने दो नौकरों को हटा दिया तो उन्होंने चीख चीख कर पूरा बंगाल सर पर उठा लिया। मैं तुमसे पूछता हूं—यहां मेरी हैसियत क्या है? क्या समझा जाता है मुझे। कहने के लिए सब कुछ मेरा है। बंगाल, फैक्टरी और सब कुछ किन्तु मुझे इतना भी अधिकार नहीं कि मैं किसी अयोग्य नौकर को निकाल सकूं?’

सीमा मौन रही।

एक पल रुककर मोहन फिर बोला—‘देखो सीमा—यदि तुम्हारे डैडी को मेरा कोई भी कार्य पसंद नहीं है तो मुझसे कह दो। मैं यहां एक पल भी नहीं रहूंगा और चुपचाप अपने घर जाऊंगा। नहीं चाहिये मुझे तुम्हारी दौलत। मैं तो अपनी उसी नौकरी में खुश था।’

‘नहीं।’ सीमा ने अपने हाथ जोड़ लिये और घबराकर बोली—ऐसा न कहो मोहन। यदि तुम ही यहा से चले गये तो मेरा क्या होगा? मैं किसके सहारे जीयूंगी।

‘तो सुनो—अपने डैडी से कह देना कि भविष्य में वह मेरे किसी भी कार्य में टांग अड़ाने की कोशिश न करें। हां—उनकी किसी सुख सुविधा में कोई कमी आती है तो मुझसे कहें।’

‘मैं—मैं उन्हें समझा दूंगी।’

‘ठीक है। मोहन ने कहा और उठ गया।

सीमा ने पूछा—‘अब कहां जा रहे हो?’

‘फैक्टरी तक होकर आता हूं।’

तुम कहो तो में भी....।’

‘वहां का वातावरण मुझे अच्छा नहीं लगा। तुम्हारा जाना ठीक न होगा।’

‘कब तक लौटोगे?’

'लौट आऊंगा डार्लिंग—चिन्ता क्यों करती हो। वैसे—यह भी हो सकता है कि लौटने में कुछ देर भी लग जाये।'

'खाने के समय तक लौटोगे न?'

'रास्ते में कोई दोस्त मिल गया तो देर भी हो सकती है। किन्तु इसमें चिन्ता की क्या बात है। तुम खाना खाकर सो जाना।

'मोहन—तुम तो जानती ही हो कि...।'

'कुछ नहीं खाया जायेगा मेरे बिना।' मोहन व्यंग्य से हंस पड़ा और बोला—'चलो ठीक है—देखता हूं।'

'मैं इंतजार करूंगी।'

'प्रत्युत्तर में मोहन केवल मुस्करा कर रह गया और बाहर आ गया।

* * *

मोहन ने इतनी फुर्ती से ब्रेक लगाये कि गाड़ी के पहिये कई फिट तक घिसटते चले गये। गाड़ी रुकते ही वह फुर्ती से बाहर निकला और उसने सड़क पर पड़ी शिल्पा को सहारा देकर खड़ा कर दिया। शिल्पा एवं गाड़ी के बीच केवल एक ही फिट का अंतर रह गया था। यदि उसने जल्दी से ब्रेक न लगाये होते तो शिल्पा निःसंदेह गाड़ी के नीचे आ गयी होती। फिर भी गाड़ी के पहियों की आवाज सुनकर वह घबरा गयी थी यही घबराहट उसके गिरने का कारण बनी थी।

मोहन ने उसे ध्यान से देखा तो अन्तर में दर्द का तूफान चीख उठा। हृदय में सैंकड़ों नश्तर एक साथ उतरते चले गये। शिल्पा के चेहरे की रंगत अब पहले से भी फीकी पड़ गयी थी। सूखकर कांटा-सी हो गयी थी वह। आंखों के नीचे स्याह धब्बे बन गये थे। वर्षों की बीमार नजर आती थी। मोहन को देखते ही उसकी आंखें सजल हो उठीं—किन्तु उसने कहा कुछ नहीं और आगे बढ़ने लगी।

मोहन ने उसका मार्ग रोक लिया और धीरे से बोला—'आई एम सॉरी शिल्पा, मुझे अफसोस है कि...।'

'मुझे चोट नहीं आई।'

'नहीं—चोट तो तुम्हें लगी होगी। चलो—मैं तुम्हें...।'

'नहीं मोहन साहब।' शिल्पा बोली—'और वैसे भी किस-किस चोट का उपचार करवायेंगे आप? वह जो अब नासूर बन गयी है? अथवा वह...।'

'शिल्पा तुम मेरी मेरी विवशता कभी नहीं समझी। हमेशा बेवफा और धोखेबाज कहा तुमने मुझे। सदा यही माना कि मैंने तुम्हारे साथ नाटक किया है। किन्तु यह झूठ है शिल्पा यह सरासर झूठ है। मां के चरणों की सौगंध—मैंने इस संसार में किसी को चाहा है तो वह तुम हो। किसी को अपना माना है तो सिर्फ तुम्हें।'

'बीती हुई कहानी के पृष्ठों को उलटना मैं ठीक नहीं समझती। तुम जानते हो—हम दोनों एक-दूसरे से कितने दूर चले गये हैं। आज तुम विवाहित हो और मैं...।'

'शिल्पा-शिल्पा यह विवाह एक नाटक है।'

'हूं।' शिल्पा के होठों पर दर्द भरी मुस्कराहट फैल गयी। मोहन की ओर देखकर वह बोली—'तुम्हें तो किसी थियेटर में अभिनय करना चाहिये था मोहन। जहां प्यार, रोमांस और विवाह सब कुछ दिखावटी होता है।'

'शिल्पा।'

'रहने दो मोहन!' उसी मुस्कराहट के साथ शिल्पा बोली—'तुम्हारी विवशता मैं जानती हूं। तुमने सुना है न—संसार में प्यार ही सब कुछ नहीं होता। जीने के लिए दौलत की भी जरूरत होती है। अपना जीवन संवारने और मकान पर लिये गये कर्ज को उतारने के लिए तुम्हें दौलत की जरूरत थी और वह दौलत तुम्हें सिर्फ सीमा से मिल सकती थी। इस प्रकार सीमा की दौलत जीत गयी और मेरा प्यार हार गया। मैं इस हार को आश्चर्यजनक नहीं समझती मोहन। क्योंकि इस दुनिया में ऐसा होता रहा है। दौलत हमेशा जीती है—प्यार हमेशा हारा है। लेकिन—मैं हार कर भी बहुत खुश हूं मोहन। तुम्हारा जीवन तो संवर गया—लाखों की दौलत तो मिल गयी तुम्हें।'

'शिल्पा—शिल्पा।'

शिल्पा ने गीली आंखें पोंछ ली और दर्द भरे अंदाज में। बोली—'जाओ मोहन—सीमा तुम्हारी प्रतीक्षा कर रही होगी। तुम्हारा मुझसे बातें करना उचित नहीं है।'

इतना कहकर शिल्पा आगे बढ़ गयी।

मोहन उसे चाहकर भी न रोक सका। शिल्पा के शब्द उसे अंदर तक घायल कर गये थे। शांत खड़ा वह घूंट-घूंट अपनी पीड़ा को पीता रहा और शिल्पा कुछ ही क्षणों में उसकी दृष्टि से ओझल हो गयी।

फिर वह पलटकर गाड़ी में बैठ गया।

ठीक आधे घंटे बाद वह अपने घर पहुंचा। उसके चेहरे पर उस समय भी उदासी थी और आंखों में पीड़ा के साये लहरा रहे थे।

शांति देवी से उसकी यह उदासी छुपी न रही। वह बोली—'बहुत थका-थका सा लग रहा है बेटे। क्या बात हो गयी?'

'मोहन बहादुरी से पीड़ा को पी गया और मुस्कराकर बोला—'नहीं मां—भला बात क्या होती।'

'तू—परेशान सा नजर आ रहा है न?'

'नहीं—ऐसी बात नहीं मा। बस इतनी सी बात है कि कभी-कभी तुम्हारी बहुत याद आती है। अब देखो न इसी शहर में रहकर भी मैं तुमसे हर रोज नहीं मिल सकता।'

'नौकरी जो ठहरी बेटे। ओर हां—मैंने कहा न—मुझे इतना याद मत किया कर। मैं तो यहां बिल्कुल ठीक रहती हूं। कोई परेशानी नहीं होती मुझे। अच्छा बोल—क्या खायेगा?

'मां—आत तो मैं खाना खाकर आया हूं।'

'क्या।' शांति देवी को मोहन के इस उत्तर से निराशा सी हुई। वह बोली—'किन्तु क्यों? अपना वायदा याद नहीं रहा था? मैंने कहा था न—हमेशा भूखा आया करना।'

'क्षमा चाहता हूं मां। असल में—आज वहां एक पार्टी थी। पार्टी में शामिल होकर मैं भूखा कैसे रहता? तुम-तुम नाराज हो गयी मां?'

'नहीं पगले।' मां ने बेटे के गाल पर स्नेह से हल्की-सी चपत लगाई और बोली—'मां कभी अपने बेटे से नाराज नहीं होती। अच्छा—छोड़ती तेरे लिये दूध लाती हूं।'

इतना कहकर शांत देवी रसोई में चली गई।

मोहन वहां घंटाभर रहा और फिर मां से विदा लेकर लौट पड़ा।

* * *

दोपहर का खाना खाकर सेठ श्याम सुन्दर बिस्तर पर लेटे तो उन्हें लेटते ही नींद आ गयी। किन्तु जब वह सोकर उठे तो लगा जैसे किसी ने उनके रक्त की अंतिम बूंद तक निचोड़ डाली हो। उनका पूरा जिस्म बुखार में तप रहा था। सांसे लुहार की धौंकनी की तरह चल रही थी।

उन्होंने विष्णु नाम के एक नौकर की पुकार तो तत्काल शंकर कमरे में आ गया। श्याम सुन्दर दास ने हांफते हुए नौकर से पूछा—विष्णु कहां हैं।'

'वह तो चला गया मालिक।'

'क्या मतलब।'

छोटे मालिक ने विष्णु और पुरन को नौकरी से निकाल दिया है। वे दोनों थोड़ी देर पहले ही अपना हिसाब लेकर गये हैं।'

हिसाब लेकर गये हैं।' श्याम सुन्दर गुस्से से बड़बड़ाये और इस प्रकार अपने होंठों को काटने लगे—जैसे सीने में भीषण पीड़ा ही रही रही हो।'

शंकर बोला—'सेवा बताइए मालिक!'

'आ हां।' श्याम सुन्दर बोले—'देखो सीमा से कहो। हमारी तबियत ठीक नहीं है।'

'ठीक है मालिक।'

फिर नौकर चला गया और कुछ ही क्षणों बाद सीमा ने कमरे में प्रवेश किया। अपने पिता को यों लेटे हुए हांफते देखकर वह चौंक पड़ी और बोली—क्या हुआ डैडी—क्या हुआ आपको? आप—आप यों गहरी-गहरी सांसें क्यों ले रहे हैं?

'अपने-अपने अपराधों की सजा भोग रहे हैं बेटे।' श्याम सुन्दर दास के स्वर में दर्द था। वह बोले—और जानती हो—हमें यह सजा क्यों मिल रही है? तुम्हारी हठ की वजह से। हां बेटे-यदि तुमने मोहन से विवाह करने की हठ न पकड़ी होती तो आज हमें यह दिन न देखना पड़ता।'

'डैडी-मोहन ने कुछ कहा क्या आपको?'

'वह कहता नहीं करके दिखाता है। जानती हो—उसने विष्णु और पूरन को भी नौकरी से निकाल दिया है।'

सीमा का चेहरा झुक गया। जैसे उसे इस बात की जानकारी थी।

श्याम सुन्दर दास बोले—'और—ये सब बातें इस और संकेत करती हैं बेटे कि अब यह घर हमारा नहीं रहा। कोई महत्व नहीं रहा हमारा इस घर में। अपने ही घर में हम पराये होकर रह गये हैं। 'श्याम सुन्दर दास के स्वर में पीड़ा थी।

'ऐसा-ऐसा कैसे हो सकता है डैडी?'

'यह हुआ नहीं—हो रहा है बेटे। और यह सब उसी दिन हो गया था—जिस तुमने हमसे पूछे बगैर अपना सब कुछ मोहन को सौंप दिया था। आज वही मालिक है तुम घर का। इस घर का एक भी पत्ता अब उसकी इच्छा के बिना नहीं चलता।'

'नहीं डैडी।'

सीमा ने उन्हें टोक दिया। किन्तु श्याम सुन्दर कहते रहे—'और इसीलिए हमने एक बात सोची है बेटे। सोचते हैं हम इस घर को हमेशा के लिए छोड़ देंगे। चले जायेंगे कहीं भी। यह ठीक है कि अब हमारे पास कुछ भी नहीं रहा है। फिर भी अभी हाथ-पांव तो ठीक हैं ही—पेट तो भर ही लेंगे।

'नहीं डैडी, नहीं। सीमा की आवाज रुंध गयी। मस्तक पर आये पिता के बालों को अपनी हथेली से हटाते हुए वह बोली—'आप ऐसा नहीं करेंगे। किन्तु दूसरे ही क्षण वह चौंक पड़ी और बोली—'डैडी—आपका जिस्म पर तो तवे की तरह तप रहा है। आपने मुझसे बताया क्यों नहीं? मैं अभी डाक्टर को फोन करती हूं।'

इतना कहकर वह फ़ज़ेन की ओर बढ़ी और श्याम सुन्दर दास बोले—'रहने दो बेटें अब हम डाक्टर की फीस नहीं दे सकते।'

'आप फीस की क्यों चिन्ता करते हैं डैडी?'

'तुम कहां से दोगी?'

'म-मैं-।'

'मोहन से मांगोगी? हाथ फैलाओगी उसके सामनें सेठ श्याम सुन्दर दास की बेटी होकर तुम उस इंसान से भीख मांगोगी—जो एक दिन स्वयं भिखारियों के वेश में रहता था?'

मोहन पराये नहीं है डैडी—वह अपने हैं। और अपनों के आगे हाथ फैलाने में कोई बुराई नहीं होती।'

सीमा ने कहा और फोन का रिसीवर उठाकर वह डाक्टर के नम्बर डायल करने लगी। किन्तु तभी उसे अपनी भूल महसूस हुई ओर उसने रिसीवर रख दिया।

श्याम सुन्दर दास ने पूछा—'क्या हुआ बेटे?'

'फोन खराब हो गया है डैडी।'

'चलो अच्छा हुआ। बाहर के लोगों से सम्बन्ध कट गया।

'चिन्ता न करें डैडी मैं अभी कम्पलेंट करती हूं इतना कहकर सीमा बाहर चली गयी और थोड़ी देर बाद लौटकर बोली—'मैंने कम्पलेंट कर दी हैं डैडी।'

'कोई बात नहीं बेटे। जाओ अब आराम करो। और हां—यदि तुम्हारे पास सर दर्द की गोली पड़ी हो तो दे जाओ। दर्द के मारे सर फट रहा है।'

लाती हूं डैडी।'

सीमा ने कहा। फिर वह चली गयी और सेठ श्याम सुन्दर की आंखों से अचानक ही आंसुओं की दो बूँदें निकल कर कपोलों पर बहने लगी।'

* * *

मोहन ने रिसीवर रख दिया। उसके पश्चात सीमा की ओर घूमकर वह बोला—'चिन्ता मत करो। मैंने डाक्टर ग्रेवाल को फोन कर दिया है। उनके आते ही डैडी बिल्कुल ठीक हो जायेंगे।'

'पर—डैडी के फैमिली डाक्टर तो...।'

'डाक्टर बिजलानी शिकागो गये हैं। अभी चार दिन पहले ही मिले थे। और वैसे भी बिजलानी मुझे पसंद नहीं है। वह काम से अधिक बातों में दिलचस्पी लेता था।'

इतना कहकर मोहन बैठ गया और सामने पड़ी एक पत्रिका के पृष्ठ पलटने लगा।

सीमा अभी तक वहीं खड़ी थी। मौंन के बाद वह बोली—'मोहन-मेरा विचार है हम डैडी के साथ अच्छा व्यवहार नहीं कर रहे हैं।'

'अच्छे व्यवहार से तुम्हारा मतलब?'

'डैडी को शिकायत है कि तुमने उनसे पूछे बगैर ही बंगले के चारों नौकरों को निकाल दिया है।'

'तो क्या हुआ?'

'मोहन तुम्हें उनकी भावनायें समझनी चाहियें।'

'सिर्फ भावनाओं के सहारे जीवन नहीं चलता मेम साहब। जीने के लिए और भी बहुत सी बातों की जरूरत पड़ती है। और फिर अब यह बंगला मेरा है। मुझे इस बात का पूरा अधिकार है कि मैं यहां रहने वाले किसी भी व्यक्ति को बाहर निकाल सकूं।'

मोहन के ये शब्द सीमा की कनपटी पर हथौड़े की तरह चोट कर गये। तड़प कर वह बोली—'तुम-तुम्हें ऐसा नहीं करना चाहिये मोहन।'

'क्यों?' मोहन ने सीमा को घूरा।

'तुम जानते हो—आज से कुछ महीनों पहले यहां का सब कुछ डैडी का था। यह तो उनकी महानता थी कि उन्होंने अपने जीवन काल में ही सब कुछ मेरे नाम लिख दिया।'

'और।' मोहन कुर्सी की पुश्त से सट गया तथा व्यंग्यपूर्ण मुस्कुराहट के साथ बोला—'तुम्हारी महानता यह थी कि तुमने अपने पिता से मिली यह दौलत मेरे नाम लिख दी?'

'महानता नहीं—विश्वास कहो मोहन। पति अपनी पत्नी का भरोसा करे न करे किन्तु भारतीय नारी अपने पति पर आंख मूंदकर भरोसा करती है।'

'और में शायद तुम्हारे विश्वास को तोड़ रहा हूं?'

सीमा का चेहरा झुक गया।

मोहन फिर बोला—'इसलिए न कि मैं तुम्हारे डैडी के पांव नहीं छू सकता? उन्हें सुबह-शाम प्रणाम नहीं कर सकता और किसी पालतू कुत्ते की भांति उनके तुलए नहीं चाट सकता।'

'म—मोहन।'

'सुनो सीमा।' मोहन उठा और अपेक्षाकृत तीखे अंदाज में बोला—'मैं तुम्हारे डैडी का गुलाम नहीं हूं। मैं उनका आदर कर सकता हूं किन्तु उनकी चमचागिरी नहीं।'

'मोहन—मैं सोच भी नहीं सकती थी कि तुम इतनी जल्दी और इतने बदले जाओगे।'

'सीमा मैडम—परिवर्तन संसार का नियम है। इस संसार में समय के साथ-साथ सब कुछ बदलता है। अतः मेरा बदलना आश्चर्य नहीं। और वैसे भी अभी तो यह शुरुआत है।'

'क्या मतलब?'

'मतलब यह है कि में इससे भी अधिक बदल सकता हूं। जो कुछ आज डैडी के साथ हो रहा है—कल तुम्हारे साथ भी हो सकता है। चाहों तो एक काम करो। अपने डैडी को लेकर यहां से चली जाओ।'

सीमा के सामने विस्फोट सा गूंज गया और उस विस्फोट ने उसके मस्तिष्क तक को हिला दिया।

आंसुओं के भार से उसकी पलकें कांपने लगी।

रुंधी आवाज में वह बोली—ऐसा कैसे हो सकता है मोहन। मैं तुम्हें छोड़कर कैसे जा सकती हूं? तुम मेरे पति हो मोहन। तुम मेरे देवता हो।'

'सीख तो बड़ी अच्छी दी है तुम्हारी मम्मी ने तुम्हें किन्तु तुम भ्रम में हो सीमा। जिसे तुम देवता समझ रही हो—यह शैतान से भी बुरा हो सकता है। किन्तु नहीं, मैं तुम्हें कुछ नहीं कहूंगा। क्योंकि मेरी दुश्मनी तुमसे नहीं—तुम्हारे पिता सेठ श्याम सुन्दर दास से है।'

सीमा ने पूछा—'क्या बिगाड़ा है डैडी ने तुम्हारा? उन्होंने तो तुम्हारे घराने के विषय में भी किसी से पूछताछ न की और अपनी बेटी तुम्हारे हवाले कर दी। यह भी नहीं देखा कि तुम कौन थे और क्या करते थे। आश्चर्य है कि तुम उन्हें...।' सीमा ने कहा और उंगलियों के पोरों से अपनी आंखों के कोने पोंछने लगी।

मोहन घृणा से चीख पड़ा—'शत्रु नहीं तो मित्र कहूं उन्हें? पूजा करूं, आरती उतारू उनको—देवता कहूं?' सीमा मेरा वश चलता तो मैं...।'

'देखो।' सीमा ने धीरे से उसके कंधे पर हाथ रखा और बोली—'भगवान के लिए शांत हो जाओ। मुझे लगता है—तुम्हारी तबियत ठीक नहीं है।'

मोहन केवल घृणा से दांत पीसता रहा।

तभी एक नौकर ने बाहर से कहा—

'मालिक—डाक्टर साहब आये हैं।'

'अंदर भेज दो।'

मोहन ने कहा और उसी समय अपना ब्रीफकेस संभाले डाक्टर ग्रेवाल आ गया। मोहन ने मुस्कराकर उसका स्वागत किया और बोला—'मैं तो काफी देर से आपकी प्रतीक्षा कर रहा था।'

'बीमार कौन है?'

'अपने डैडी साहब। वैसे बीमारी भी कुछ खास नहीं—मामूली-सा बुखार है। आइए।'

इतना कहकर मोहन डाक्टर ग्रेवाल को लेकर सेठ श्याम सुन्दर दास के कमरे में आ गया। श्याम सुन्दर दास तेज बुखार की वजह से अर्ध बेहोशी की अवस्था में थे और होंठों ही होंठों में बड़बड़ा रहे थे—'हम-हम जा रहे हैं सीमा—हम जा रहे हैं।'

सीमा यह देखकर सिसक पड़ी और डाक्टर ग्रेवाल मोहन से बोला—बुखार तो काफी तेज लगता है। कैसे हुआ यह?'

सीमा ने सिसकते हुए बताया—'डैडी खाना खाकर सोये थे। उससे पहले बिल्कुल ठीक थे। किन्तु नींद खुलते ही....।'

डाक्टर ग्रेवाल सेठ श्याम सुन्दर दास का चैकअप करने लगा। फिर स्टैथस्कोप संभाल कर बोला—'केस सीरियस है।' दिमागी बुखार लगता है।'

'डैडी ठीक तो हो जायेंगे न डाक्टर?'

'क्यों नहीं—बुखार ही तो है।'

इतना कहकर डाक्टर ग्रेवाल ने एक इंजेक्शन सेठ श्यामसुन्दर दास की कलाई में लगा दिया। अपने पास से कुछ टेबलेट्स मोहन को दीं और बोला—'ठीक एक घंटा बाद बुखार हल्का हो जायेगा। बाद में तीन-तीन घंटे बाद ये टेबलेट्स देते रहें।

'ठीक है डाक्टर।'

'मैं कल फिर आऊंगा।

इतना कहकर डाक्टर ग्रेवाल चला गया और मोहन ने हाथ में थमी गोलियां सीमा को थमाकर कहा—'ध्यान से रखना अपने डैडी का।'

सीमा ने खामोशी से गोलियां ले ली और मोहन बाहर चला गया।

* * *

सेठ श्यामसुन्दर दास ने रात का खाना तो नहीं खाया—किन्तु बुखार न था। रात को यह ठीक प्रकार से सोये। किन्तु सुबह जब शंकर उनके कमरे में चाय लेकर गया तो वह चौंक पड़ा।

सेठ श्याम सुन्दर दास बिस्तर पर बैठे अपने बालों को नोच रहे थे और हिचकियों से रो रहे थे। यही नहीं उनके बिस्तर पर फूलों के दो तीन सूखे पौधे भी पड़े थे।

नौकर यह सब देखकर उल्टे पैरों लौट आया।

उसने यह सब सीमा से बताया तो वह घबराकर अपने डैडी के कमरे में पहुंची। साथ में मोहन भी था। सेठ श्याम सुन्दर उस समय भी अपने बालों को नोचते हुए हिचकियों से रो रहे थे।

सीमा यह देखकर स्वयं भी रो पड़ी।

डैडी के दोनों हाथ अपने हाथों में लेकर वह रोते-रोते बोली—'डैडी—यह क्या हो गया आपको? आप रो क्यों रहे हैं डैडी?'

'हम लूट गये बेटे—हम बरबाद हो गये।'

'क्या बरबाद हो गया डैडी?'

'हमारा डॉगी हमें छोड़कर चला गया।'

'डॉगी। सीमा चौंककर बोली—'डॉगी कौन डैडी?'

'हमारा कुत्ता।'

'मगर डैडी—हमारे डॉगी को मरे हुए तो चार पांच वर्ष हो गये हैं।'

'नहीं।' श्याम सुन्दर दास और भी जोर-जोर से रोने लगे और बोले—'हमारा डॉगी तो रात यहीं था। हमारे साथ सोया था।'

'आपको भ्रम हुआ होगा डैडी। अच्छा छोड़िये—मैं आज ही आपके लिए डॉगी जैसे दूसरा डॉगी ले आऊंगी।'

'नहीं-नहीं।' श्याम सुन्दर दास चीख पड़े।

तभी मोहन ने सीमा के कंधे पर हाथ रखकर उसका ध्यान अपनी ओर आकर्षित किया और बोला—'सुनो मुझे कुछ गड़बड़ी लगती है।'

सीमा ने सिसकते हुए पूछा—'कैसी गड़बड़ी?'

'सीमा—मुझे लगता है—डैडी पागल हो गये हैं।'

'नहीं।'

'हां सीमा। मुझे ऐसा ही लगता है। अब देखो न—जिस डॉगी को मरे हुए भी कई वर्ष बीत गये हैं—डैडी उसके विषय में कह रहे हैं कि वह रात उनके बिस्तर पर सोया था। इसके अलावा बिस्तर पर सूखे पौधे?'

'नहीं।' सीमा सिसकते हुए चीख पड़ी—मेरे डैडी कभी पागल नहीं हो सकते। तुम झूठ बोलते हो।'

'सीमा बुरा वक्त आते देर नहीं लगती। मुझे लगता है—उस तेज बुखार की वजह से ही ऐसा हुआ है।'

'नहीं-नहीं।'

एक-एक करके सभी नौकर भी वहां आ गये।

उसी समय डाक्टर ग्रेवाल भी आ गया। सीमा उसे देखकर रोते-रोते बोली—देखिए डाक्टर—देखिये डैडी को क्या हो गया है?'

'डोंट वरी—सब ठीक हो जायेगा।' डाक्टर ने कहा। फिर सेठ श्याम सुन्दर दास की ओर देखकर चौंकते हुए वह बोला—'यह क्या हुआ इन्हें? सेठ जी पागलों की तरह क्यों हरकत कर रहे हैं?'

मोहन बोला—'संभवतः यह पागल हो गये हैं डाक्टर।'

'हां हां।' श्याम सुन्दर रोते-रोते चिल्लाए—हम पागल हो गये हैं। हम वास्तव में पगाल हो गये हैं।'

'शांत रहिये सेठ जी।'

'शांत—तुम कौन हो हमें शांत करने वाले? अरे हम अपनी इच्छा के मालिक है। यह हमारा घर है। अपने घर में हम डॉगी पाल सकते हैं। कैदी पाल सकते हैं। हम रो सकते हैं हम हंस सकते हैं। चले जाओ—हम कहते हैं चले जाओ यहां से।'

डाक्टर ग्रेवाल उन्हें भौंचक्का सा देखता रहा।

सीमा रोते-रोते फिर चिल्लाई—'डैडी प्लीज! देखिये इस तरह चीखना आपके लिए ठीक नहीं है।'

इस पर श्याम सुन्दर दास ठहाका मारकर हंस पड़े और डाक्टर ग्रेवाल ने सीमा से कहा—'देखिये यह तो सही है कि सेठ जी पागल हो गये हैं। हां—यह हो सकता है कि यह पागलपन अस्थाई हो और यह थोड़ी बहुत देर बाद सामान्य स्थिति में आ जायें। फिर भी घबराइए मत। मोहन साहब—आप जरा इनकी बांह पकड़िए—मैं इंजेक्शन देता हूं।'

'नहीं।' श्याम सुन्दर दास चींख पड़े—'हमें इंजेक्शन नहीं चाहिये। हम बिल्कुल ठीक हैं। हम पागल नहीं हैं। हम पागल नहीं है।'

श्याम सुन्दर दास चीखते रहे। मोहन के कहने पर नौकरों ने उन्हें जकड़ लिया और डाक्टर ग्रेवाल ने उनकी बांह में लगातार दो इंजेक्शन लगा दिये। इसके बाद ग्रेवाल ने मोहन से कहा—'अब इन्हें नींद आ जायेगी। यदि इनका पागलपन अस्थाई हुआ तो यह दोपहर तक बिलकुल ठीक हो जायेंगे। नहीं तो कुछ और सोचना पड़ेगा। मैं शाम को फिर आऊंगा।

इसके पश्चात् डाक्टर ग्रेवाल चला गया और सीमा डैडी के निकट ही बैठकर अपने आंसू पोंछने लगी। सेठ श्याम सुन्दर दास अब बिल्कुल शांत थे और एकटक दृष्टि से कमरे की छत को घूर रहे थे। फिर वह लेट गये और धीरे-धीरे उनकी पलकें मुंदने लगी।

मोहन ने सीमा से कहा—

आओ सीमा इन्हें आराम करने दो।

सीमा उठकर बोली—यह सब अचानक कैसे हो गया मोहन?'

'सीमा—इस संसार में जो कुछ भी होता है—सब कुछ अचानक ही होता है। मेरा मतलब है—आदमी को पता ही नहीं चलता। और फिर मानव देह तो न जाने कितने रोगों की खान होती है। कब कौन-सा रोग सर उठा ले पता ही नहीं चलता है। वैसे—एक बात बाताओगी?

'वह क्या?'

'तुम्हारे खानदान में कोई व्यक्ति पहले भी पागल हुआ है?'

'शायद—दादाजी को पागलपन के दौरे पड़ते थे।

'गुड—फिर तो यही बात है। कहते हैं—पागलपन का यह रोग आनुवांशिक भी होता है। फिर भी घबराओ मत। डाक्टर ग्रेवाल एक अच्छे मनोचिकित्सक भी है। मुझे पूरा यकीन है कि डैडी ठीक हो जायेंगे।'

'और।' सीमा बोली—'यदि वो ठीक ना हो पाये तो?'

'सीमा डार्लिंग—यह रोग असाध्य नहीं है। मैं एक दो दिन डाक्टर ग्रेवाल का उपचार देख लूं। उसके पश्चात इन्हें किसी मेंटल हास्पीटल में भर्ती करा दूंगा।'

'तुम्हारा मतलब है पागलखाना।'

मोहन धीरे से हंसकर बोला—'अरे भई—पागलों को पागलखाने में नहीं तो क्या मयखाने में भर्ती किया जाता है? आओ-चिन्ता छोड़ों! सब ठीक हो जायेगा।'

'मैं यही बैठती हूं। तुम जाओ।'

अरे बाबा—डैडी अब सो रहे हैं। इन्हें जगाना उचित नहीं। और फिर आज का मौसम भी तो देखो।'

'मोहन प्लीज।

'जैसी तुम्हारी इच्छा। मैं नाश्ते के पश्चात् थोड़ा घूमकर आता हूं। दोपहर का खाना भी शायद बाहर ही खाऊंगा। और हां—यदि कोई व्यक्ति इनसे मिलने आता है तो मना कर देना ऐसे में किसी भी व्यक्ति का इनसे मिलना ठीक नहीं।'

सीमा ने कुछ कहा। कुर्सी खींचकर वह बिस्तर के निकट ही बैठ गयी और मोहन बाहर चला गया। सेठ श्याम सुन्दर दास अब गहरी नींद सो रहे थे।'

* * *

आकाश साफ न था। बादलों के छोटे-छोटे टुकड़े अजीब-सी शक्लों में हवा के साथ-साथ पूरब से पश्चिम दिशा की ओर उड़े जा रहे थे। मौसम में कल की अपेक्षा कुछ अधिक ठंडक थी।

ऐसे में मोहन की गाड़ी बंगले के फाटक से निकली और सपाट सड़क पर दौड़ने लगी। तभी सामने से आती शिल्पा को देखकर उसने गाड़ी रोक दी। शिल्पा उसे यहां मिल जायेगी—ऐसा उसने सोचा भी न था।

किन्तु वह गाड़ी से उतर पाता उससे पहले ही शिल्पा उसके निकट आ गयी और अपने बैग से एक कार्ड निकाल कर उसकी ओर बढ़ाते हुए धीरे से बोली—

'मेरी शादी का कार्ड।'

मोहन के सामने बम-सा फट गया।

लगा जैसे कोई विशाल पर्वत खंड उसके ऊपर आ गिरा हो। उसकी जुबान तालू से चिपक गयी। मुंह से एक भी शब्द ने फट सका और वह केवल आंखें फाड़कर शिल्पा एवं उसके हाथ में थमे शादी के कार्ड को देखता रहा।

शिल्पा ने फिर कहा—'ठीक आठ दिन बाद मेरा विवाह है।'

'नहीं।' अविश्वास से मोहन बोला—'ऐसा नहीं हो सकता। तुम-तुम झूठ बोल रही हो।'

'मुझे तुम्हारी तरह अभिनय करना नहीं आता। यह सत्य है। मैं विवाह कर रही हूं।'

'पर शिल्पा तुमने तो कहा था कि...।'

'जीवन भर तुम्हारे लिये जीती रहूंगी—यही न?'

'हां-हां।'

दर्द भरी मुस्कराहट के साथ शिल्पा बोली—फैसला बदल दिया मैंने अपना। सोचा—जीवन की राह पर अकेले न चल सकूंगी। कोई साथी न हो तो गिरने का डर रहता है।'

'यह क्यों नहीं कहती कि ऐसा करके तुम मुझे जलाना चाहती हो तुम तुम मुझसे बदला लेना चाहती हो।'

'नहीं मोहन—यह सच नहीं है। न में तुम्हें जलाना चाहती हूं और न ही मेरा उद्देश्य तुमसे बदला लेना है। मैंने तो केवल अपनी राह चुनी है। और वैसे भी जब तुम अपने लिए कोई साथी चुन सकते हो तो क्या मुझे ऐसा करने का कोई अधिकार न था?'

मोहन शिल्पा के इस तर्क को न काट सका।

कुछ क्षणों के मौन के बाद वह बोला—'शिल्पा—क्या तुम कुछ समय तक ठहर नहीं सकती थीं?'

मोहन की आवाज में दर्द था।

शिल्पा घृणा से बोली—मैं ठहरती किन्तु किसके लिए?'

'मेरे लिए शिल्पा—मेरे लिए।'

'तुम...?'

'मैंने कहा न था—शिल्पा मैं तुम्हारा हूं—जीवन भर तुम्हारा रहूंगा।'

'मोहन—तुम्हारा वह प्यार और अपनापन तो उसी दिन अग्नि में जलकर राख हो गया था—जब तुमने सीमा के साथ फेरे लिये थे। फिर किसकी प्रतीक्षा करती मैं?

'मेरी शिल्पा, मेरी। क्योंकि अग्नि को साक्षी मानकर सीमा के साथ फेरे लेना सच्चाई न थी। यह एक नाटक था शिल्पा—जो मुझे इसलिए खेलना पड़ रहा था क्योंकि मैं सीमा से विवाह किये बगैर अपनी दीदी के हत्यारे को उसके गुनाहों की सजा नहीं दे सकता था।'

'दीदी के हत्यारे?'

मोहन गाड़ी से उतर गया और शिल्पा से बोला—हां शिल्पा—यही वह विवशता थी जिसे मैं चाहकर भी तुम्हारे सामने न खोल सका। किन्तु आज—जब मेरी आंखों के सामने ही मेरे प्यारी की अर्थी उठने वाली है और मैं अपनी मंजिल के करीब भी पहुंच गया हूं तो मैं तुम्हारे सामने अपनी विवशता भी खोल रहा हूं।'

शिल्पा ने कुछ न कहा।

एक पल मौन रहकर मोहन बोला—'शिल्पा बहुत छोटा था मैं उस समय! शायद दस-बारह वर्ष की आयु रही होगी। उस समय पिताजी सेठ श्यामसुन्दर दास की फैक्टरी में काम करते थे। एक दिन श्याम सुन्दर दास ने किसी बहाने दीदी को अपने बंगले में बुलाया और उनका सब कुछ लूट लिया। दीदी अपना सब कुछ गंवाकर जी न सकी और उन्होंने पहाड़ी से कूदकर अपनी जान दे दी। यह सुनकर क्रोध से पागल हुए पिताजी जब श्याम सुन्दर दास के बंगले पर पहुंचे तो उसने पिताजी को रोजी के खून के जुर्म में गिरफ्तार करा दिया। पिताजी पर मुकदमा चला दौलत के सामने सच्चाई हार गयी और पिताजी को उम्र कैदी की सजा हो गयी। वह आज भी जेल नाम के उस नरक में रहकर अपने जीवन का एक-एक दिन गिन रहे हैं।'

शिल्पा सुनती रही।

गम एवं गुस्से की वजह से मोहन का चेहरा पल-पल बिगड़ता जा रहा था। वह कहता रहा—मैं उस समय छोटा था शिल्पा। बड़ा होता—तो श्याम सुन्दर दास नाम के उस कुत्ते को इतनी सांसें न लेने देता। किन्तु बड़ा होने पर जब मुझे दीदी की मौत और पिताजी की बरबादी का पता चला तो मेरी रगों में तेजाब घुलने लगा। मेरे सीने में दिन-रात प्रतिशोध के अंगारे दहकते रहते। रह रहकर मेरी आत्मा मुझे कचोके लगाती और तब मैंने निश्चय किया शिल्पा कि भले ही मेरा वजूद मिट जाये—किन्तु मैं उस कमीने से अपने घर की बरबादी का बदला जरूर लूंगा।'

शिल्पा बोली—'और इसीलिए तुमने सीमा को अपने प्रेमजाल में उलझाया और उससे विवाह किया?'

'हां—ताकि मैं उस कमीने को कुत्ते से भी बुरी मौत मार सकूं।

'कामयाबी मिली?'

'अभी नहीं किन्तु मेरी मंजिल अब दूर भी नहीं है।'

'जानती हूं—तुम श्याम सुन्दर को मिटा दोगे। किन्तु सीमा—उसका क्या होगा?'

'ईश्वर गवाह है कि मैंने उसे एक पल के लिए भी नहीं चाहा, अतः मैंने कभी उसके विषय में सोचने की जरूरत ही न समझी।'

'पर—उसने तो चाहा है तुम्हें! क्या उसकी चाहत का इससे भी बड़ा और कोई प्रमाण हो सकता है कि अमीर पिता की संतान होकर भी उसने तुम्हारे जैसे साधारण युवक से विवाह किया? जबकि उसे चाहिये था कि वह अपनी ही हैसियत वाले किसी युवक से विवाह करती।'

में नहीं जानता कि वह क्या करती। मैं तो सिर्फ इतना जानता हूं कि मैंने केवल अपनी योजना को कार्यरूप देने के लिए ही उससे विवाह किया है।'

'चलो छोड़ो।' शिल्पा बोली—'तुम्हारी बहन की मौत और पिता की बरबादी का जिम्मेदार सेठ श्याम सुन्दर है। किन्तु इसमें सीमा का तो कोई कसुर नहीं।'

'कसूर सिर्फ ये है कि उसने एक नाग के घर में जन्म लिया है और—सांप के घर में हमेशा संपेलिये ही जन्म लेते है। मैं उस सांप को ही नहीं—उसकी औलाद को भी मिटाना चाहता हूं ताकि उसके घर में सदियों तक अंधकार छाया रहे।'

'तुम्हारा मतलब है मोहन।' शिल्पा खड़े-खड़े थक गयी तो उसने गाड़ी का सहारा ले लिया और बोली—'कि प्रतिशोध पूरा होते ही तुम सीमा से सम्बन्ध तोड़ लोगे?'

'यह सच है शिल्पा। और यही वह दिन भी होगा—जब हम दोनों हमेशा के लिए एक हो जायेंगे।'

'हम दोनों—अर्थात् मैं और तुम?'

'हां—और इसीलिए मैंने तुमसे ठहरने के लिए कहा है।'

'फिर तो तुम गलत सोच बैठे मोहन। क्योंकि मैं खुदगर्ज नहीं हूं। मैंने अपने स्वार्थ के लिए किसी दूसरे के अधिकारों पर डाका डालना कभी नहीं सीखा।'

'शिल्पा।' मोहन जैसे आकाश से गिर पड़ा।

शिल्पा कहती रही—'और फिर जो स्त्री किसी भी दशा में गुनाहगार नहीं है। जिसके हृदय में तुम्हारे लिए हर पल प्रेम का सागर लहराता है—उससे उसका प्यार छीनने की तो मैं कल्पना भी नहीं कर सकती। नहीं मोहन नहीं—तुम अपनी योजना में कोई भी रूप दो—यह तुम्हारा व्यक्तिगत मामला है। किन्तु मैं तुमसे मिलना भी पसंद न करूंगी। बल्कि यदि तुमने सीमा को धोखा दिया तो मैं समझूंगी कि तुम इंसान नहीं पत्थर हो। पत्थर जो किसी को घाव तो दे सकता है—किन्तु उससे प्रेम नहीं कर सकता।'

इतना कहकर शिल्पा ने शादी का कार्ड गाड़ी के अंदर सीट पर डाल दिया और बोली—'यदि समय मिले तो शादी में अवश्य आना।'

'शिल्पा—मेरी बात तो सुनो शिल्पा।'

मोहन ने उसे रोकना चाहा। जबकि शिल्पा पलटी और तेज-तेज कदमों से आगे बढ़ गयी। मोहन उसे लुटी-लुटी नजरों से देखता रहा। फिर जब वह उसकी दृष्टि से ओझल हो गयी तो मोहन के चेहरे पर ऐसे भाव थे जैसे उसने गाड़ी से सर टकरा-टकराकर प्राण देने का निश्चय कर लिया हो।

* * *

सेठ श्याम सुन्दर दास की हालत अगली सुबह तक बिगड़ गयी। उन्होंने अपने कपड़े तार-तार कर डाले और कमरे का एक-एक सामान उठाकर बाहर पटकने लगे। सीमा ने पहले तो उन्हें

संभालने की कोशिश की किन्तु जब वह असफल रही तो बरामदे में बैठकर हिचकियों से रोने लगी।

मोहन ने डाक्टर ग्रेवाल के अतिरिक्त तीन-चार डाक्टर और बुलायें उन्होंने बारी-बारी से श्याम सुन्दर दास का चैकअप किया और अंत में यही निर्णय दिया कि वह पूरी तरह पागल हो चुके थे।

श्याम सुन्दर दास के कई मित्र भी उनसे मिलने आये और उन्हें भी यह विश्वास करना पड़ा कि वह पागल हो चुके थे।

फिर जब डाक्टरों का दल चला गया तो मोहन ने नौकरों की सहायता से श्याम सुन्दर दास को कमरे में बंद कर दिया। उनका यों स्वतन्त्र रहना दूसरों के लिए खतरे से खाली न था।

'सीमा ने इस पर आपत्ति की—'नहीं मोहन—डैडी के साथ ऐसी निर्दयता ठीक नहीं। वह अकेले हैं और कुछ भी कर सकते हैं।'

'सीमा रानी-पागल व्यक्ति इतनी आसानी से नहीं मरता।'

'ऐसा न कहो मोहन। वह-वह हमारे डैडी हैं।'

सिर्फ तुम्हारे डैडी—मेरे नहीं। और हां—यदि तुम्हें अपने डैडी से इतनी ही हमदर्दी है तो तुम बड़े आराम से उनके साथ रह सकती हो। किन्तु इस कहावत का ध्यान रखना कि पागल के साथ रहने वाला भी पागल हो जाता है।'

'म—मोहन।'

'चलो अब आराम करो। डैडी को अपने किये की सजा भोगने दो।'

सीमा ने चौक कर पूछा—'डैडी ने ऐसा क्या किया है?'

'सीमा रानी-इंसान से अपनी जिन्दगी में न जाने कितने पाप होते हैं। कुछ पाप अनजाने में होते हैं और कुछ वह जान-बूझकर करता है। किन्तु ईश्वर के नियमानुसार पापों का पुल तो उसे भोगना ही पड़ता है। हो सकता है—तुम्हारे डैडी से भी ऐसे ही कुछ पाप हुए हों।'

'मैं इन सब बातों को नहीं मानती। मैं अपने डैडी को डाक्टर खनेजा के पास ले जाना चाहती हूं। चिन्ता मत करो—उनके उपचार पर जो पैस खर्च होगा—वह मैं तुमसे न लूंगी। लाख दो लाख का उधार तो मुझे अपनी सहेलियों से भी मिल सकता है।'

मोहन व्यंग्य से मुस्करा कर बोला—क्यों नहीं—जब तुम स्वयं करोड़पति की बेटी हो तो तुम्हारी सहेलियां भी करोड़पति होंगी। और हो सकता है इतना रुपया तो तुम्हारे किसी एकाउंट में भी पड़ा हो।'

'मैं डाक्टर खनेजा को फोन करती हूं।'

'फोन खराब है मैडम।'

'अभी तो ठीक था।'

'खराब होने में कितनी देर लगती है।'

'मैं तुम्हारी बात पर विश्वास नहीं करती।'

सीमा ने कहा और चलकर वह अपने कमरे में आ गयी। मोहन ने झूठ न कहा था। फोन वास्तव में खराब था।

तभी मोहन भी उसके पास पहुंच गया और व्यंग्य से बोला—'क्यों—हो गया फोन?'

'घर—अभी कुछ देर पहले तो....।

'ठीक था। मैंने कहा न—खराब होने में देर नहीं लगती। और वैसे भी।' मोहन बैठकर बोला—'यह फोन अब सिर्फ मेरा ही आदेश मानता है। मेरा है न—इसलिए।'

इतना कहकर मोहन ठहराका मारकर हंस पड़ा।

उसकी यह हंसी सीमा के कानों में पिघले हुए सीसे के समान उतर गयी। चेहरे पर सन्नाटा फैलने लगा। उसे लगा—जैसे मोहन उससे झूठ ही नहीं बोला था—बल्कि कुछ न कुछ छुपा भी रहा था।

किन्तु इस समय उसने मोहन से बहस करना उचित न समझा और पराजित स्वर में बोली—'ठीक है—डाक्टर खनेजा के पास मैं स्वयं जा रही हूं।

'किसकी आज्ञा से?'

'आज्ञा—क्या मतलब?'

'मतलब यह कि तुम मेरी पत्नी हो और पत्नी अपने पति के आज्ञा के बिना घर से बाहर कदम नहीं रखती।'

सीमा की आंखों भर आई। रो देने वाले स्वर में वह बोली—मेरे डैडी बीमार है और तुम आज्ञा की बात करते हो।'

'लड़की पराया धन कही जाती है और विवाह के पश्चात् उस धन पर सिर्फ उसके पति का ही अधिकार होता है।'

'तुम—तुम कहना क्या चाहते हो?'

'सिर्फ यह कि मेरी आज्ञा के बिना तुम बाहर न जाओगी।'

सीमा के चेहरे पर भूचाल जैसे भाव फैल गये।

'और। पल भर की चुप्पी के बाद वह बोली—'यदि मैं ऐसा नहीं करती तब...?'

'मेरे तुम्हारे बीच कोई रिश्ता न रहेगा। यूं समझो कि यदि तुम्हारे कदम मेरी आज्ञा के बिना बाहर निकलते हैं तो वह मेरी आज्ञा से ही अंदर आ सकते हैं। अब तुम जा सकती हो।'

इतना कहकर वह मौन बैठ गया ओर सामने रखी पत्रिका खोलकर पढ़ने लगा। सीम उसे ऐसी नजरों से देख रही थी—जैसे उसे समझने की कोशिश कर रही हो।

लम्बी चुप्पी के बाद वह बोली—डैडी का क्या होगा?'

'होना ही क्या है—कमरे में पड़े अपने पापों का प्रायश्चित करते रहेंगे।

तुम जानते हो—मैं उनकी बेटी हूं और वह मेरे पिता है।'

'किसी भी विवाहिता के लिए उसके पति का स्थान सभी रिश्तों से बढ़कर होता है।'

'तुम्हारा मतलब है—मैं तुम्हारे लिए अपने पिता को घुट-घुटकर मर जाने दूं? पतिव्रत धर्म के लिए अपने जन्मदाता को भी ठोकर मार दूं?'

'मैं कुछ नहीं चाहता। मैंने यह सब तुम्हारी इच्छा पर छोड़ दिया है। निर्णय तुम्हारे हाथ में है।

'मोहन—मैं सोच भी नहीं सकती थी कि तुम ऐसे हो। मैंने तुम्हारे अंदर एक सच्चे इंसान के दर्शन किये थे। पर मुझे क्या पता था कि तुम्हारे चेहरे के नीचे एक चेरा और भी है।'

'बिल्कुल उसी तरह जिस प्रकार तुम्हारे पिता के चेहरे के नीचे भी एक चेहरा छुपा है।'

'कौन-सा चेहरा?'

'वह—जिसकी वजह से मैं उनसे घृणा करता हूं और यह कहता हूं कि वह इंसान की खाल में छुपे हुए भेड़िये है।'

'मोहन।'

'चिल्लाओं मत।' मोहन एक झटके से उठा और गुस्से से दांत पीसकर बोला—'यदि में उनके काले कारनामे तुम्हें सुनाऊंगा तो तुम भी उनसे घृणा करोगी।'

'पहलेलियां क्यों बुझा रहे हो? साफ-साफ क्यों नहीं कहते?'

'तो सुनो—उन्होंने मेरी दीदी का खून किया है। उन्होंने मेरे पिता को उम्रकैद के रूप में उस अपराध की सजा, दिलाई है—जो उनके द्वारा कभी हुआ ही नहीं था।

सीमा अविश्वास से बोली—'यह कैसे हो सकता है?'

हो सकता है तो पूछो अपने पिता से। आज से बारह वर्ष पूर्व कौन थी वह लड़की जिसे एक शाम उन्होंने छल-कपट से अपने बंगले में बुलाया था? पूछो उस कमीने से जिसने एक गरीब बाप की बेटी की इज्जत लूटकर उसे पहाड़ी से कूदने पर विवश कर दिया था। कौन थी वह अबला?'

सीमा का मस्तिष्क सन्नाटे में डूबने लगा।

मोहन घृणा से कहता रहा—'और जब उसी अबला का बाप गुस्से से पागल होकर तुम्हारे बंगले में आया तो क्यों गिरफ्तार करा दिया गया उसे? क्यों अदालत में यह सिद्ध किया गया कि रोजी का खून मुंशी हीरालाल ने किया है? मैडम सीमा—मैं उसी बेगुनाह बाप का बेटा हूं जो आज भी सैंट्रल जेल की चहारदीवारी में अपनी शेष जिन्दगी का एक-एक दिन गिन रहा है। मैं उसी अबला बहन का भाई हूं—जिसकी लाश भी उसके परिवार वालों को नहीं मिल पाई थी। पता नहीं उस गरीब को चील-कौवे खा गये थे अथवा उसे श्याम सुन्दर दास ने दफना दिया था। आज उसी बहन की आत्मा आ—आकर मुझसे एक सवाल पूछती है। वह पूछती है कि तू जिन्दा क्यों है? लज्जा से मर क्यों नहीं जाता तू? वह धिक्कारती है मुझे—लानत भेजती है मेरे जीने पर।'

यह सब कहते-कहते मोहन की सांसें उखड़ने लगी।

गुस्से की ज्यादती की वजह से उसकी आंखें अंगों के समान दहक रही थीं और वह इस प्रकार अपने जबड़ों पर दबाव डाला रह था—जैसे पागल हो गया हो।

सीमा उसकी कठोर मुखाकृति देखकर एक कदम पीछे हट गयी और पल ठहर कर मोहन फिर बोला—'मैडम सीमा—मैं अपनी उसी बहन की मौत ओर पिता की बरबादी का बदला लेने के लिए तुम्हारे राजमहल में आया हूं। मगर में उस कमीने को इतनी आसान मौत नहीं दूंगा। मैं उसे तड़पा-तड़पा कर मारूंगा। और हां—एक बात तुम भी जान लो। मैंने तुमसे कभी प्यार नहीं किया। तुमने जिसे प्यार समझा—वह एक नाटक था। मैंने तुम्हें अपनी पत्नी का स्थान कभी नहीं दिया।'

'नहीं-नहीं।'

'यह सच है सीमा। और जानती हो—यह नाटक मैंने क्यों किया? सिर्फ और सिर्फ इस राजमहल में रहने के लिए। ताकि मैं एक सुनियोजित ढंग से अपने शत्रु सेठ श्याम सुन्दर दास को उसके गुनाहों की सजा दे सकूं। विश्वास करो—यह सब होते ही मैं तुम्हारी दौलत तुम्हारे नाम लिखकर यहां से चला जाऊंगा। ताकि तुम इसके सहारे अपना शेष जीवन सुख-चैन से गुजार सकों'

इतना कहकर मोहन बैठ गया।

सीमा के होंठों से सिसकियां फूट पड़ी।

सिसकते हुए वह बोली—'नहीं ऐसा न कहो। मोहन यह ठीक है कि तुमने मुझे कभी प्यार नहीं किया कभी पत्नी का दर्जा नहीं दिया तुमने मुझे किन्तु मैंने तो तुम्हें पागलपन की सीमा तक चाहा है। देवता माना है मैंने तुम्हें। हमेशा पूजा की ही है तुम्हारी। फिर क्या कसूर है मेरा—जिसकी वजह से तुम मुझे छोड़कर जाना चाहते हो? क्या सिर्फ यह कि मैं तुम्हारे दुश्मन की बेटी हूं? अथवा यह कि मैं भारतीय संस्कारों में पली वह नारी हूं—जिसे आज भी अबला की संज्ञा दी जाती है? जो न अपनी इच्छा से जी सकती है और न मर सकती है। जो अपने पति के मान, अपमान और तिरस्कार को भी इसीलिए स्वीकार करती है—क्योंकि वह उसका परमेश्वर होता है? बोलो—उत्तर दो मोहन—उत्तर दो।'

'मेरे पास तुम्हारे किसी भी प्रश्न का उत्तर नहीं है। मोहन ने घृणा से कहा और तेजी से बाहर चला गया।

सीमा सिसकती रही।

* * *

रात पल-पल अपना सफर पूरा कर रही थी। आकाश में पूनम का चांद चमक रहा था। वातावरण पर दूधिया चांदनी बिखरी थी। मौसम न गर्म था और न अधिक ठंडा।

किन्तु सेठ श्याम सुन्दर दास को जैसे इन बातों से कोई लेना देना न था। अपने कमरे में वह शांत दीवार का सहारा लिये बैठे थे। कमरे का अधिकांश सामान अस्त-व्यस्त-सा फर्श पर बिखरा पड़ा था।

तभी कमरे का दरवाजा खुला और सीमा ने कमरे में प्रवेश किया। वह धीरे-धीरे आगे बढ़ी और पिता के निकट आकर ध्यान से उनका चेहरा देखने लगी। सेठ श्यामसुन्दर दास का चेहरा भावहीन था और वह एकटक दृष्टि से कमरे की छत को देख रहे थे अपने पिता की यह हालत देखकर सीमा के अन्तर्मन में पीड़ा का तूफान चीख उठा। वह अपने पिता के निकट ही बैठ गयी और दो देने वाले स्वर में उनसे बोली—

'डैडी—क्या यह सच है कि मोहन की बहन की मौत और उसके पिता की बरबादी के जिम्मेदार आप है? आप ही ने एक बेटी को उसके पिता एवं भाई से अलग कर दिया? आप ही ने एक पिता को उसके बच्चों से दूर कर दिया? यदि यह सच है तो बताइये डैडी—क्यों किया आपने ऐसा—क्यों? डैडी—आपने यह तो सोचा होता कि आपकी भी एक बेटी है और आपके गुनाहों की सजा उसे भी मिल सकती है।'

'जानते हैं आप—मोहन ने आपको मिटाने की सौगंध खायी है। क्या करूं मैं ऐसी स्थिति में? पुलिस को फोन करके मोहन को गिरफ्तार कराऊं अथवा आपको मिटने दूं? एक ओर आपकी ममता का फर्ज है एवं दूसरी ओर भारतीय नारी की मर्यादा। आप तो जानते ही हैं—वह मेरे परमेश्वर हैं। तो या अपने परमेश्वर को पुलिस के हवाले कर दूं? अपने हाथों से उजाड़ दूं अपने सुहाग को? बोलिए न डैडी—बोलिए।'

श्याम सुन्दर के होंठ भी न हिले। पाषाण प्रतिमा की भांति वह यूं ही कमरे की छत को घूरते रहे।

सीमा उन्हें यों मौन देखकर झिंझोड़ने लगी और बोली—'आप—आप कुछ बोलते क्यों नहीं डैडी? क्या सोच रहे हैं आप?'

श्याम सुन्दर दास के होंठों पर मद्धिम सी मुस्कराहट फैल गयी।

वह धीरे से हंसकर बोले—'तुम पागल हो लड़की। हम तुम्हारे डैडी नहीं है। पिता तो ईमानदार होता है न—किन्तु हम तो झूठे और बेईमान हैं। धोखा दिया है हमने तुम्हें।'

'तो क्या....?'

'कहानी वही सही थी। कुत्ते और बिल्ली वाली। बिल्ली पेड़ पर चढ़ जाती है और कुत्ता नीचे खड़ा भौंकता रहता है।'

'डैडी-डैडी यह आप क्या कह रहे हैं। देखिये—आप बिल्कुल ठीक हो जायेंगे। मैं कल ही डाक्टर खनेजा से मिलती हूं।'

तभी बंद दरवाजा एक झटके से खुल गया।

सीमा के शब्द अधूरे रह गये और वह चौंककर उठ गयी।

आगन्तुक मोहन था। वह नपे-तुले कदमों से आगे बढ़ा और सीमा से बोला—'तुम यहां क्या कर रही हो?'

'डैडी से मिलने आई थी।'

'किन्तु क्यों?'

'क्या विवाह के पश्चात बेटियां इतनी पराई हो जाती है कि वह अपने पिता से भी नहीं मिल सकती?'

'मिल सकती हैं—किन्तु ऐसे पिता से नहीं जिसने दूसरे की बेटी को अपन बेटी न समझा हो।'

'मोहन—मोहन क्या तुम यह सब भूल नहीं सकते?'

सीमा मैडम—ऐसे जख्म जो दिन रात पीड़ा देते हों और जिनकी वजह से इंसान सो भी नहीं पाता हो—कभी नहीं भूलाए जाते।'

'देखो।' सीमा ने हाथ जोड़ लिये—गिड़गिड़ाने वाले अंदाज में वह बोली—

'डैडी की ओर से में क्षमा मांगती हूं। भगवान के लिए इन्हें क्षमा कर दो।'

'क्षमा और एक कुत्ते को।' मोहन ने एक नजर श्याम सुन्दर दास पर डाली और घृणा से बोला—'नहीं सीमा—मैं इन्हें क्षमा नहीं कर सकता। यदि मैंने इन्हें क्षमा कर दिया तो दीदी की आत्मा को कभी शांति नहीं मिलेगी। इन्हें अपने पापों की सजा भोगने दो सीमा। चलो—बाहर चलो।'

'मोहन—मोहन।'

'चिन्ता मत करो सीमा। मैंने कहा न—मैं इन्हें इतनी आसान मौत नहीं मारूंगा।'

इतना कहकर मोहन ने सीमा की बांह पकड़ ली और उसे बलपूर्वक बाहर ले आया। सीमा चीखती रही—'नहीं मुझे डैडी के पास रहने दो। डैडी अकेले है—उन्हें कुछ भी हो सकता है।'

'जो कुछ होने वाला है—तुम तो नहीं रोक पाओगी।'

फिर वह सीमा को कमरे में ले आया और उससे बोला—'आज के बाद तुम अपने पिता से नहीं मिलोगी।'

सीमा रो पड़ी।

रात थोड़ी ही शेष थी। अतः थोड़ी देर बाद ही दिन का उजाला फैल गया। उजाला होते ही डाक्टर ग्रेवाल आ गया। मोहन उसे लेकर ड्राइंग रूम में आ गया और ग्रेवाल से बोला—ऐसा कब तक होता रहेगा डाक्टर? मेरा मतलब हैं—इंजेक्शन देने का यह सिलसिला कभी खत्म भी होगा अथवा यूं ही चलता रहेगा?'

'मोहन साहब—मेरी समझ के अनुसार तो इंजेक्शन देने का यह सिलसिला अब बंद हो जाना चाहिये। सेठ के जीवन को खतरा हो सकता है।'

'फिर क्या होगा?

'देखिये—मैंने आपसे कहा था कि ऐसा इंजेक्शन केवल चौबीस घंटों तक प्रभाव कर सकता है। उसके बाद नहीं आगे क्या करना है—इसे देखना आपका काम है। आप कहें तो मैं उन्हें इंजेक्शन दूं?'

'नहीं डाक्टर—आज रहने दीजिये।

तभी वहां सीमा आ गयी। उसे देखकर बातों का सिलसिला रुक गया और फिर डाक्टर ग्रेवाल वहां से चला गया।

सीमा की आंखों से घृणा की चिंगारियां छूट रही थी। मोहन से वह बोली—'मोहन—क्या किसी व्यक्ति का खून करने के लिए यह आवश्यक है कि पहले उसे पागल बनाया जाये?'

'किसकी बात कर रही हो?'

'अपने डैडी की। तुम्हारी और डाक्टर ग्रेवाल की बातें मैंने सुन ली हैं। मैं जानती हूं कि डैडी के पागलपने का कारण तुम हो। डैडी पागल नहीं है। तुम उन्हें इंजेक्शन दे-देकर पागल बना रहे हो।'

'यह सच है।'

'किन्तु क्यों—क्यों कर रहे हो तुम ऐसा?'

'मैंने पहले ही कहा है कि मैं उन्हें तड़पा-तड़पाकर मारना चाहता हूं।

'कितने बुरे हो तुम।'

'शायद तुम्हारी कल्पना से भी अधिक।'

'तुमने दरबान से क्या कहा है?' सीमा ने पूछा।

मतलब?'

'मैं बाहर जाना कहती थी। उसने फाटक नहीं खोला। उसका कहना है कि मैं बाहर नहीं जा सकती।'

'यह झूठ नहीं है।'

'तुम्हारा मतलब है—मैं कैदी हूं।

'सिर्फ आज शाम तक के लिए। उसके पश्चात् तुम पर कोई प्रतिबंध न होगा।

'शायद तुम यह सोचते हो कि मैं बाहर जाकर पुलिस के सामने तुम्हारी पोल न खोल दूं।

'मैं मूर्ख नहीं हूं।'

'यह काम बाद में भी तो हो सकता है।'

उस वक्त तीर तुम्हारे हाथों से निकल जायेगा। तुम किसी प्रकार भी सिद्ध न कर सकोगी कि तुम्हारे पिता का खून मैंने किया है। मेरे पास चार डाक्टरों की रिपोर्ट है उस रिपोर्ट के अनुसार तुम्हारे डैडी पूरी तरह से पागल है।

'ओह।'

सीमा ने इतना ही कहा और बैठकर बेबसी की हालत में अपने होठों को काटने लगी। मोहन कुछ क्षणों तक तो बैठा रहा—इसके पश्चात वह उठकर बाहर चला गया।

* * *

शांती देवी किचन में निकली और उसी समय बरामदे में खड़ी शिल्पा को देखकर वह चौंक पड़ी। शिल्पा ने आगे बढ़कर उनके पांव छुए। शांति देवी उसे आशीर्वाद देकर बोली—'पागल-अपनी चाची को क्या बिल्कुल ही भूला दिया था तुमने? मैंने विवाह को मना क्या किया—कि तू तो इस घर का रास्ता ही भूल गयी। किन्तु सच कहूं बेटी! मैं तो बहू के रूप में तुझे ही पसंद किया था। पर—मोहन की जिद के आगे मेरी एक न चली। फिर भी तू चिन्ता मत करना। मोहन ट्रेनिंग पर गया है। उसके आते ही मैं भूख हड़ताल कर दुंगी और कहूंगी—देख रे—यदि तूने शिल्पा से विवाह न किया तो में भूख प्यास से तड़प-तड़प कर अपनी जान दे दूंगा। लेकिन तू खड़ी क्यों हैं। बैठ-बैठ न—मैं तेरे लिए चाय लाती हूं।

शिल्पा ने बैठकर पूछा—

'मोहन कौन-सी ट्रेनिंग पर गये हैं मां जी।'

तुझे पता नहीं। शांति देवी गर्व से बोली—'अरी मेरा मोहन तो अब बहुत बड़ा आदमी बन गया है। साहब है साहब कम्पनी उसे पांच हजार रुपये वेतन देती है। और हां—कम्पनी ने उसे गाड़ी भी दी है। कई बार मिलने आया है वह मुझसे गाड़ी लेकर। अब तो एक सप्ताह से नहीं आया कोई काम लग गया होगा।'

'पर मां जी मोहन ने तो विवाह कर लिया है।'

शांति देवी धीरे से हंस पड़ी।

फिर बोली—'तू भी बच्चों जैसी बातें करती है शिल्पा। मेरा मोहन विवाह करता तो क्या मुझे पता न चलता? बहू की आरती तो मैं ही उतारती। पूरे पन्द्रह दिन तक गाना-बजाना होता घर में।'

'फिर तो तुम्हें कुछ पता नहीं मां जी। और हां—यह बात भी झूठ है कि मोहन ट्रेनिंग पर गया है। वह तो घर जवाई बनकर अपनी ससुराल में रहता है। गाड़ी भी वहीं से मिली है।'

'नहीं।'

'हाथ कंगन को अरसी क्या मां जी विश्वास न हो तो आप स्वयं जाकर देख आइए।'

शांति देवी की मुखाकृति कठोर हो गयी। वह बोली—'किससे किया है उसने विवाह?'

'शहर के मशहूर उद्योगपति सेठ श्याम सुन्दर दास की बेटी सीमा से।'

शांति देवी के सामने धमाका-सा गूंज गया। श्याम सुन्दर दास-यह नाम उनकी कनपटी से इस प्रकार टकराया कि कुछ क्षणों के लिए वह चेतनाहीन-सी हो गयी।

तभी शिल्पा बोली—अच्छा मां जी मैं तो चलती हूं। यह सोचकर आयी थी कि पता नहीं फिर कब मिलना होगा। इसी रविवार को मेरी शादी है। इतना कहकर शिल्पा ने अपने बैग से विवाह का एक कार्ड निकाला और उसे शांति देवी को थमा दिया।

शांति देवी के मस्तिष्क में अब भी धमाके से गूंज रहे थे और वह सन्नाटे जैसी स्थिति में खड़ी थी।

एकाएक शिल्पा को कुछ याद आया और वह बोली—'हां—एक बात और रह गयी मां जी। मोहन ने मुझसे बताया था कि उसने सीमा से यह विवाह केवल इसलिए किया है—ताकि वह वहां रहकर सीमा के पिता सेठ श्याम सुन्दर दास से अपनी दीदी की मौत और पिता की बरबादी का बदला ले सके। उसने यह भी बताया है कि श्याम सुन्दर दास को मिटाने के बाद वह सीमा से हमेशा के लिए सम्बन्ध तोड़ लेगा। यदि हो सके तो आप उसे समझा दें मां जी। मुझे लगता है—इस पागलपन में वह निश्चय ही कुछ न कुछ गलत कर बैठेगा, अच्छा—प्रणाम मां जी।'

इतना कहकर शिल्पा पिुर शांति देवी के पैरों में झुकी और वह वहां से चली गयी।

उसके जाने के पश्चात भी शांति देवी सन्नाटे जैसी स्थिति में खड़ी रही।

* * *

सेठ श्याम सुन्दर दास के चेहरे से ही लगता था कि आज उनके मस्तिष्क पर पागलपन का प्रभाव न था। ईजी चेयर पर वह गुमसुम से बैठे थे। उनके सामने मोहन खड़ा था। उसके हाथ में रिवाल्वर थी और वह कह रहा था—

'सेठ श्याम सुन्दर दास—यूं तो मैंने तुम्हें तड़पा-तड़पा कर मारने की कसम खायी थी। किन्तु तुम्हारी बेटी मेरे इस बने-बनाये खेल को बिगाड़ भी सकती है—यहीं सोचकर मैंने तुम्हारे लिए आसान मौत का चुनाव किया है। में अपने हाथ में थमी तुम्हारी इस रिवाल्वर से तुम्हारे सीने पर सिर्फ एक गोली चलाऊंगा और रिवाल्वर तुम्हारे हाथों में देकर बाहर चला जाऊंगा। रिवाल्वर तुम्हारी मुट्ठी में इसलिए दबाऊंगा ताकि वह सिद्ध हो सके कि अपने सीने पर गोली तुमने स्वयं चलाई है। दस्ताने मैंने इसलिए पन रखे हैं—ताकि रिवाल्वर के दस्ते पर मेरी उंगलियों के निशान न बन सकें।

'तुम शायद सोच रहे होगे कि इस खून को आत्महत्या सिद्ध करने के लिए शायद रिवाल्वर का हाथ में होना ही ठोस प्रमाण न होगा। किन्तु इससे भी बड़ा प्रमाण मेरे पास है। डाक्टरों की रिपोर्ट और नौकरों के बयानों से यह बात सिद्ध हो गयी है कि तुम पागल हो चुके हो। पागलपन में तुमने आलमारी से अपनी रिवाल्वर निकाली और सीने पर गोली दाग लीं क्यों—ठीक रहेगा ना श्याम सुन्दर? सांप भी मर जायेगा और लाठी भी बची रहेगी। मेरा प्रतिशोध भी पूरा हो जायेगा और मैं कानून से भी बच जाऊंगा।'

इतना कहकर मोहन ने एक जोरदार ठहाका लगाया और श्याम सुन्दर दास उससे बोले—'तुम्हारी प्लान अच्छी है बेटें पर तुम बता सकते हो कि इस घटना के पश्चात हमारी बेटी का क्या होगा?'

'मैं तुम्हारी बेटी के साथ अन्याय नहीं करूंगा श्याम सुन्दर दास। मैंने सोच लिया है कि मैं उसकी यह सम्पत्ति उसे सौंपकर यहां से चला जाऊंगा। मुझे इस दौलत में कोई दिलचस्पी नहीं है।'

'अर्थात्—तुम सीमा से सम्बन्ध तोड़ लोगे?'

'हां।'

'एक स्त्री से उसका सुहाग अलग हो जाये तो क्या तुम इसे न्याय कहोगे? और फिर-कुसूरववार तो हम हैं। हमने लूटा है तुम्हारे घर को। हमारी बेटी ने तो कोई अपराध नहीं किया।'

'मुझे बातों में उलझाने की कोशिश मत करो श्यामसुन्दर दास और सावधान हो जाओ।

'हम सावधान ही हैं बेटे। हमारी मौत से यदि तुम्हारी पिता के बीते हुए दिन वापस आते हैं तो हमें तुम्हारे हाथों से मिली मौत भी स्वीकार हे। किन्तु उससे पहले हम दो बातें बता दें। पहली तो यह कि रोजी का खून वास्तव में हीरालाल से हुआ था।

'नहीं।'

'हीरालाल हम पर हमला करना चाहता था किन्तु बीच में रोजी आ गयी और उसका खून हो गयां दूसरी बात यह है कि तुम्हारी मधु जीवित है और आशा देवी के नाम से सुल्तानगंज में रहती है। उसकी एक बेटी भी है—जो बारह वर्ष की हो गयी है।

मोहन चौंक पड़ा। रिवाल्वर पर उसकी उंगलियों की पकड़ ढीली पड़ गयी।

एक पल की चुप्पी के बाद श्याम सुन्दर दास फिर बोले—मोहन बेटे हम इस अपराध को पूरी ईमानदारी से स्वीकार करते हैं कि हमने मधु की इज्जत के साथ खिलवाड़ की थी। किन्तु उसी शाम जब हमने मधु को आत्महत्या के उद्देश्य से पहाड़ी पर जाते देखा तो हमारे विचार बदल गये। हमने न केवल उसकी प्राण रक्षा की—बल्कि उसी पहाड़ी पर बने मंदिर में उसकी मांग में सिन्दूर भरा और उसे अपनी जीवन संगिनी के रूप में स्वीकार कर लिया। मधु को हम अपने बंगले में इसलिए नहीं रख पाये—क्योंकि सीमा हमसे बगावत कर सकती थी। इसके अलावा स्वयं मधु भी अपने उस चेहरे को लेकर किसी के सामने आना नहीं चाहती थी। यही कारण था कि वह मधु से आशा बनकर इसी शहर में रहती रही और तुम लोगों से कभी नहीं मिली।'

मोहन का रिवाल्वर वाला हाथ नीचे झुक गया। उसके सामने जैसे एक के बाद एक धमाके होते जा रहे थे।

सेठ श्याम सुन्दर दास ने उठकर कहा—और हां बेटे—हम यह भी बता दें कि हमने विवाह से पूर्व तुम्हारे विषय में पूरी जानकारी प्राप्त कर ली थी। यद्यपि तुमने हमसे अपने विषय में कुछ भी न बताया था। यहां तक कि अपने पिता एवं मां के सम्बन्ध में भी तुमने झूठ कहा था। किन्तु

हम जानते थे कि तुम हीरालाल के बेटे हों और जानते हो—हमने तुम्हारे एवं सीमा के विवाह के लिए सहज ही अपनी सहमति क्यों दी थीं क्योंकि तुम्हारा घर हमारी वजह से बरबाद हुआ था तुम्हें अपना दामाद बनाकर हम उस क्षति को पूरा करना चाहते थे। हां—हमें इस बात की कोई जानकारी नहीं थी कि तुम केवल हमसे बदला देने के लिए ही सीमा से विवाह कर रहे हों।'

मोहन ने हाथों में थमी रिवाल्वर बिस्तर पर फेंक दी। वह आगे बढ़ा और श्याम सुन्दर के पांव छूकर बोला—'म—मुझे क्षमा कर दीजिये डैडी! मैंने आपको समझने में भूल की थी।'

श्याम सुन्दर दास मुस्करा कर रह गये।

उनके पांव छूकर मोहन पलटा तो वह यह देखकर चौंक पड़ा—कि दरवाजे के निकट सीमा खड़ी थी। मोहन ने उससे कुछ कहना चाहा। किन्तु उससे पहले ही वह बोली—'मैंने सब कुछ सुन लिया है मोहन। मुझे तुमसे कोई शिकायत नहीं है। सुबह का भूला यदि शाम को घर लौट आता है—तो उसे भूला नहीं कहते।'

तभी एक युवती ने कमरे में प्रवेश किया और श्यामसुन्दर दास उसे देखकर चौंकते हुए बोले—'मधु—तुम।'

किसी ने बताया था कि आप पागल हो गये हैं। यह सुनकर अपने आपको न रोक सकी और....।'

'अच्छा किया तुमने।' फिर उन्होंने एक नजर मोहन पर डाली और उससे बोले—'मोहन बेटे—यही है तुम्हारी बहन मधु और मधु—यह तुम्हारा छोटा भाई है—मोहन।'

मधु एवं मोहन कई क्षणों तक अपलक एक-दूसरे को देखते रहे। फिर पता नहीं क्या हुआ कि मोहन दीदी-दीदी कहता हुआ मधु के सीने से लग गया और मधु पागलों की तरह उसकी पेशानी को चूमने लगी।

तभी एक आवाज ने सभी को चौंका दिया।

'मोहन।'

यह शांति देवी थीं।

मां को देखकर मोहन जल्दी से पीछे हट गया और कंकंपाती आवाज में बोला—'देखो-देखो दीदी आयीं मां —दीदी लौट आयीं।'

शांति देवी की नजरें मधु के चेहरे पर जम गयीं। उस चेहरे को देखते हुए वर्षों का अतीत उनकी आंखों के सामने घुम गया और दूसरे ही क्षण मेरी बच्ची—मेरी बेटी' कहते हुए उन्होंने मधु को अपने हृदय से लगा लिया। मां के सीने में अपना चेहरा छुपाकर मधु हिचकियों से रो पड़ी।

कुछ क्षणों तक मधु को अपने हृदय से लगाने के बाद शांति देवी फिर मोहन की ओर घूम गयी।

मोहन उनसे बोला—'तुम-तम नाराज हो न मां। इसलिए नाराज हो—क्योंकि मैंने सीमा से विवाह भी कर लिया और तुमसे बताया भी नहीं।

'शिल्पा ने मुझसे सब कुछ बता दिया है।'

'तो मैं अपनी विवशता भी बता दूं। मां।' मोहन ने कहा और इसके पश्चात उसने मां से सब कुछ बता दिया। उसने मां को मधु एवं सेठ श्याम सुन्दर के सम्बन्धों की जानकारी भी दी और यह भी बताया कि श्यामसुन्दर दास निर्दोष थे।

मोहन की बात समाप्त होते ही श्यामसुन्दर दास बोले—फिर भी हम तुमसे क्षमा मांगते हैं शांति देवी बहन और अपने अपराध को स्वीकार करते हैं आप चाहें तो इस अपराध के लिए हमें कोई भी सजा दे सकती हैं।

'मुझे आपसे कोई शिकायत नहीं है भाई साहब।' शांति देवी बोली—'लेकिन एक बात मेरी समझ में नहीं आई। जब आप जानते थे कि मोहन मधु का भाई है फिर भी आपने सीमा का विवाह मोहन से कर दिया। क्षमा करे—यह रिश्ता कुछ...।'

'हम समझते हैं शांति बहन। किन्तु सच्चाई यह है कि सीमा हमारी अपनी बेटी नहीं है। यह हमारी बहन तारा की एक मात्र निशानी है। सीमा जब छः महीने की थी—तभी हमारी बहन और बहनोई एक कार दुर्घटना में स्वर्ग सिधार गये थे। इस रहस्य को सीमा भी जानती है यही कारण था कि हमने सीमा एवं मोहन के विवाह की अनुचित नहीं माना। हां हमने सीमा से वह अवश्य छुपाकर रखा की हम मधु से विवाह कर चुके हैं। फिर वह सीमा की ओर देखकर बोले—'सीमा बेटे—हमें क्षमा नहीं करोगी इस अपराध के लिए।'

सीमा ने कुछ न कहा और आगे बढ़कर मधु के सीने से लग गयी। मधु ने उसे बांहों में भर लिया।

यह देखकर श्याम सुन्दर दास के होठों पर उल्लासपूर्ण मुस्कराहट थिरक उठी।

* * *

व्यक्तित्व विकास

अच्छा इंसान सफल विजेता कैसे बने
शशिकांत 'सदैव'

डेल कारनेगी
लोक व्यवहार
प्रभावशाली व्यक्तित्व की कला
HOW TO WIN FRIENDS & INFLUENCE PEOPLE
DALE CARNEGIE

टॉपर्स के टॉप टिप्स
टॉपर बनना ना तो मुश्किल है, ना ही नामुमकिन
जे.पी.एस. जौली

डेल कारनेगी
चिंता छोड़ो सुख से जियो
HOW TO STOP WORRYING & START LIVING
DALE CARNEGIE

कहानियाँ जो जीना सिखाएं
जे.पी.एस. जौली

कहानियाँ जो राह दिखाएं
सुख, समृद्धि और सफलता की पारसमणि
जे.पी.एस. जौली

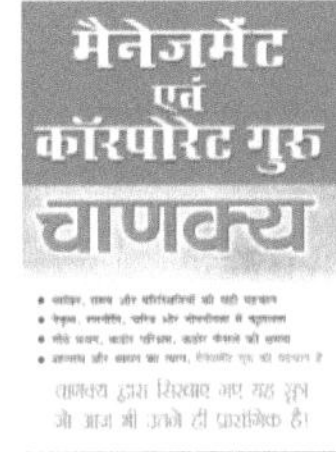
मैनेजमेंट एवं कॉरपोरेट गुरु चाणक्य
चाणक्य द्वारा सिखाए गए यह सूत्र जो आज भी उतने ही प्रासंगिक हैं।
हिमांशु शेखर

डॉ. उज्जवल पाटनी
सफल वक्ता सफल व्यक्ति

आपके भीतर छिपी सफलता पाने की 8 शक्तियाँ
शिशिर श्रीवास्तव

सफलता की नई तकनीक

टाइम मैनेजमेंट

आप और आपका व्यवहार
सूर्या सिन्हा

सोच बदलो सफलता पाओ

क्या है नेटवर्क मार्केटिंग जानिए
No.1 Bestseller
12 भारतीय भाषाओं में उपलब्ध
सूर्या सिन्हा

जीत लो ख्वाबों को
दृढ़ इच्छाशक्ति, आत्मबल और कठिन परिश्रम से आप हर सपना साकार कर सकते हैं

हार के बाद ही जीत है
जोगिन्दर सिंह

www.ingramcontent.com/pod-product-compliance
Ingram Content Group UK Ltd.
Pitfield, Milton Keynes, MK11 3LW, UK
UKHW041824200726
13854UKWH00002BA/551

9 789352 780648